影山笔耕路

曹源 · 著

线装書局

图书在版编目（CIP）数据

影山笔耕路 / 曹源著 . — 北京 ：线装书局，
2023.1
ISBN 978-7-5120-5072-3

Ⅰ . ①影… Ⅱ . ①曹… Ⅲ . ①中国文学－当代文学－
作品综合集 Ⅳ . ① I217.2

中国版本图书馆 CIP 数据核字（2022）第 125348 号

影山笔耕路
YINGSHAN BIGENG LU

作　　者：曹　源
责任编辑：姚　欣
出版发行：线装书局
　　　　　地　　址：北京市丰台区方庄日月天地大厦B座17层（100078）
　　　　　电　　话：010-58077126（发行部）010-58076938（总编室）
　　　　　网　　址：www.zgxzsj.com
经　　销：新华书店
印　　制：成都市兴雅致印务有限责任公司
开　　本：710mm×1000mm　16开
印　　张：13.75
字　　数：239千字
版　　次：2023年1月第1版第1次印刷
印　　数：0001-2000册

线装书局官方微信

定　　价：69.80元

《影山笔耕路》初读手记（序）

梁光华

秋景宜人金桂赏，耕耘收获醉书香。壬寅金秋九月，我闲居上海，有诗文相伴，生活十分惬意。一日喜鹊鸣窗，忽然微信传来曹源博士电子书稿《影山笔耕路》。点开微信手机屏，展卷初读，发现这是他近30年来的文学论著集，乐而先读为快。

书稿第一部分"基础教育研究"收录四篇论文，其中开卷首篇即为《莫与俦教育思想对当今语文教育的启迪研究》。此文选题好，对清代独山嘉庆进士、遵义府学教授、著名教育家莫与俦的教育思想做了深入系统的爬梳研究总结，写得很有理论价值，写得很有实践价值。古为今用，将莫与俦教育思想用于当今语文教育启迪研究，颇有创新性与实用性。当代语文教师、语文教育工作者研读借鉴，定可获得启示，用以指导提高语文教育教学质量。

书稿第二部分"作家作品研究"收录十七篇论文，最能展示曹源学术功力的是关于蹇先艾和莫友芝的研究论文。鲁迅先生1933年选编出版《中国新文学大系·小说二集》，蹇先艾的《回家的晚上》《水葬》两篇小说入选其中。鲁迅先生在其《导言》中，把蹇先艾评价为这一时期有成就的作家，并称誉为特色鲜明的"乡土作家"。这一定评在中国现代文学史上颇有影响。曹源则另辟蹊径，选题研究蹇先艾被尘封、被遮蔽的都市小说，从小说之人物群像、认识价值、审美价值诸方面进行深入挖掘、梳理研究，让当代读者得知蹇先艾先生除了是五四时期有成就的"乡土作家"之外，还是善于创作反映老北平都市生活的知名小说作家，为丰富研究蹇先艾小说艺术成就做出了贡献。该集子还收录了作者研究蹇先艾《盐灾》的论文，卓有新意，可见曹源是研究蹇先艾作家作品的有心人和有成果的研究者。

莫友芝是教育家莫与俦的儿子，是晚清文化大儒，一生学富五车、著述丰硕。我曾耗费十年之功收集整理点校了470万字的《莫友芝全集》，2019年11月交由上海古籍出版社公开出版发行。曹源这本集子取名《影山笔耕路》，显然表明他是独山影山文化的后学，想沿着莫友芝开创的影山文化之路大力弘扬中华优秀传统文化。清代同治年间，莫友芝在江南治学，校刊古籍，收藏批校的宋代刻本《河岳英灵集》，是盛唐进士殷璠选编唐代著名诗人诗集——《河岳英灵集》流传至今最早最完整的唯一宋刻本，价值连城，入选国家"中华再造善本"原色影印，惜无人整理研究莫友芝批校的国宝级宋刻本《河岳英灵集》。曹源和我共同选题研究，在核心期刊《古籍整理研究学刊》2021年第6期发表了《国宝宋本〈河岳英灵集〉之莫友芝批校考论举隅》一文。这篇专论对深入研究唐代开元、天宝年间最早的唐人选编刊刻唐人诗集《河岳英灵集》有填补空白的作用，对全面深入研究莫友芝古籍整理批校有填补空白的作用。这也表明曹源在莫友芝研究中有了新成果，继续研究，定会产生更多的丰硕成果。这部分收录的《传统与现代的对话》《论贵州现代小说中的革命者形象》等论文，也都观点新颖，论析深刻独到，值得一读。

书稿第三部分收录的诸篇文学作品，是曹源在多年的教学生涯中随兴创作的。曹源关心第二故乡独山乡邦文化，热爱生活，其散文诗篇文笔清新，感情真挚，篇什优美，颇能展现其多姿多彩的才华。我为他公开发表这些作品而高兴。

曹源跟我问学多年，常常问道切磋于盲，他时值盛年公开出版《影山笔耕路》，为同行、为读者奉献了一本好书，值得祝贺！希望曹源不止步于此，继续耕耘跋涉，创造出更多更好的佳作论著奉献社会，为传承发展中华优秀传统文化献力。谨拟四句小诗为君鼓劲加油：

> 影山笔耕路，问学索求心。
> 不畏经年苦，欣看著作林。

壬寅金秋九月写于上海

人生无根蒂，飘如陌上尘（自序）

曹　源

魏晋时期大诗人陶渊明《杂诗》中曰："人生无根蒂，飘如陌上尘。"屈指一数，自己不知不觉已是"知天命"的年纪，回首半百的人生经历，忍不住有些话要说。

20世纪70年代初，我出生在湖南省永兴县黄泥镇板冲村一个名叫黄竹涧的偏僻小山寨，村寨不大，只有我家、三个叔叔家、两位堂伯父家，总共也不过几十口人。据说我们上几代的祖先是从黄泥镇一个名叫楚子党的村子搬迁过来的（楚子党这个村子我后来拜访过，村子不算很大，几百户人口吧，地势较为平坦，但是这里的村民自古以来都有尚武习武的习俗，所以楚子党的乡民性格较为野蛮，当地民风也较为彪悍，这是楚子党周围百姓所公认的），当时黄泥镇未头岭上黄竹涧一带猛虎比较多，当地人便邀请楚子党的几位习武的猎人来此狩猎驱虎，我的先人们的一支后来就这样在此安家定居。

我父母都是地地道道的农民，辛劳一生，但也是贫穷一生，他们一生育有四个子女，我是家中长子，下面还有一个弟弟、两个妹妹。父母可以说是半文盲，除了会写自己的名字外，其他字认识多，但是父亲会拨打算盘算账，于是他就一直担任当时塘垅生产队（现在叫组）的出纳，掌管生产队有限的集体经费的开支。关于我的父亲，我曾在散文《父亲》（1994年5月曾发表于《贵州民族报·文艺副刊》）一文中追忆，直到现在，我还深深沉痛地怀念着父亲，而且自认为自己对父亲是有较多亏欠的，主要是自己性格上的任性与固执所致。

后来我在某次机缘巧合下，不远千里来到了贵州省某南部小县任教，先是在某偏远的初中任教，后来进入黔南教育学院、贵州师范大学汉语言文学专业进修，毕业后，先后在县城最好的高中学校以及县教育局教研室工作。本以为自己一辈子就奋战在中学教育教学一线战场上了，但不承想，2013年为了响应黔南州教育局的号召，在比较仓促的情况下参加了黔南民族师范学院的首届教育硕士（语文学科教学方向）的招生考试，没料到竟然以总分第一名的成绩被录取了，毕业后留校任教，开始了大学教师生涯。2016年又顺利考取了贵州师范大学的中国现当代文学专业的博士研究生，四年后正常毕业，返回母校黔南民族师范学院文学与传媒学院任教至今。

自己上半生几乎都是在学校度过，教书或者求学，加之自己自幼对文学的酷爱，小学开始的作文就被语文老师当作范文屡次在全班朗读。这些年来，自然在闲暇之余也创作了一些勉强称之为"文艺作品"的文字。今年年初，自己利用空闲时间把这些年来自己创作的这些文字稍加整理，竟然有四十万字之众，于是将其中的二十多万字汇集成册，命名为《影山笔耕路》，并投稿联系出版社成功，现在这样一本小册子终于要付梓成印与大家见面了。

小册子内容主要分为三部分：前面两个部分主要是学术论文创作，分别是"基础教育研究"和"作家作品研究"：《莫与俦教育思想对当今语文教育的启迪研究》《浅谈水族文化进校园的必要性与可行性》《论被遮蔽的蹇先艾都市小说价值》《国宝宋本〈河岳英灵集〉之莫友芝批校考论举隅》《梁光华教授对"莫学"研究的贡献》《聚焦叙述、圆形人物与"无用的细节"》等。这些论文主要关涉基础教育、作家作品、戏剧研究等方面，这些学术研究论文虽然有思之未深、甚至存在瑕疵之处，但也是自己工作求学期间废寝忘食、呕心沥血之作，并有自己的一孔之见。第三部分是"文学创作选辑"：散文如《董约坳的端午歌会》《父亲》《仰望思亲桥》等，小说如《红雪》等，这些文学作品几乎都是自己三十岁之前在乡镇工作时期的文字，而且绝大部分都曾在《贵州民族报》《贵州公安报》《独山报》等报刊发表，或者在州级、县级征文比赛中获过奖，虽然略显稚嫩，着墨不多，但情味却悠长，饱含当年一位文学青年的真情挚意。

"苔花如米小，也学牡丹开。"《影山笔耕路》的出版还是具有一定意义的：一是对自己五十年来的人生经历做一个阶段性的小结；二是真心希望本册子的出版能够对广大语文教师的教育教学研究、文艺评论、文学作品创作等提供一些实实在在的参考与帮助。

特别值得一提的是，《莫与俦教育思想对当今语文教育的启迪研究》是在自己的硕士生导师、二级教授、原黔南民族师范学院党委书记梁光华的悉心指导下完成的教育硕士学位论文（自己 20 万字的博士学位论文将在不久的将来单独集结出版，故未列入本册中），在此，还要对昔日的恩师梁光华教授表示衷心的感谢！

总之，《影山笔耕路》在一定的层面上呈现了自己五十岁生涯的创作实际，当然，它与名家的佳构相比，确实存在不少的差距。但是，生活不如意事十之八九，不完美是初生的象征，它将迸发强大的生命力，给人以前行的勇气。我奉献的作品不一定完美，但一定是真诚的。因为我始终相信，"清诗三百年，王气在夜郎""万马如龙出贵州"。

谨以此书献给像缕缕阳光温暖大地、像徐徐春风吹绿群山，无怨无悔地默默耕耘在贵州高原南部的教育同行们。

2022 年 3 月 16 日

目 录
CONTENTS

文学创作选辑

基础教育研究

莫与俦教育思想对当今语文教育的启迪研究

摘　要： 晚清贵州独山籍著名教育家、学者莫与俦，20—59 岁曾在独山及周边长期从事教育教学活动，59 岁后改任遵义府学教授，此后一直在遵义任教长达 19 年，直至 79 岁终老任上。他从事教育近五十年，他是贵州第一个在教育中倡导汉学（朴学）的教育家，他培养了包括莫友芝、郑珍在内的一大批杰出人才，他为贵州文化教育事业做出了杰出的贡献。

莫与俦在教育教学实践中逐渐形成了自己的教育思想，他著的《示诸生教》四篇是其教育思想的系统总结。如教育学生首当"正趋向"，教育学生读书当求实用，教育学生重科举又不惟科举，教育学生安贫乐道自食其力，教育学生学会读经治学的研究方法，教育学生效法圣贤、培养有用之才等。

在当今新的教育形势下，170 多年前莫与俦成功的教育经验及其教育思想，对于我们当今如何搞好语文教育教学工作仍然具有积极的启迪、借鉴意义。比如，必须不断强化师生的思想品德教育、必须不断提升学生的语文综合素质、必须不断强化对学生语文学习方法的传授等。

关键词： 莫与俦；教育思想；语文教育；启迪意义

前　言

一、选题的意义

贵州坐落于我国西南边疆地区，位于云贵高原上，因其较为偏远，所以，历史上教育以及经济方面就颇为落后，而东汉人士尹珍进入中原，拜师求学，返回故里最终开创了黔中之学。在其之后的数千年之中，基于地理及各种各样的背景因素，贵州教育发展一直停滞不前。

从我国古代发展史不难看出，贵州地区一直有着深厚的历史背景，时间追溯到明朝时期。作为曾经鼎盛一时的朝代，在永乐十一年，也就是公元1413年，贵州曾经出现了承宣布政使司这样的一个独立区域，其主要作为当时贵州一带的特别行政区域。就历史来看，明朝时期的帝王将相主要信奉的是安边之道的政治思想，尤为注重国家内部的礼乐教化，因此基于这样一个大的文化背景，贵州大部分地区开设各类学校机构。正是这样的一股好学之风吸引了当时各地富有诗书气息的人才，历史上流传的名人江东之等都先后来到此地为官，此类名人志士主要学习孔孟之道，因此，极力弘扬儒家之风，在整个贵州形成了优良的学风。根据史料所记，贵州一带创立了多个学府书院，其中较为出名的有龙岗书院，该书院由史上留名的思想家、文学家、教育家王阳明所开办。还有学孔书院，为当时荣归故里的孙应鳌所设立并亲自传道教书。这只是当时的一个简要缩影，其学风日渐盛行，能人志士饱读诗书，科举为官者不计其数，在历史上留下了光辉的一笔。

随着时间的变更，直到康熙年间通过了贵州对于义学推广的提议，紧接着雍正将官学又归到学风之中，不断地影响着历史的发展。来到嘉庆以及道光年间，有三位大文人又将整体的学术之风提升了一个档次，作为著名的学府——遵义府学当时培养了许多的文人志士，而当时府学的教授更是为其发展做出了贡献。先后出任这一职务的杨凤台、莫与俦、蔡兆馨三位将自身精力全部投入了教学之中，再加上遵义本地黎安理与黎恂、黎恺父子三人兴学于遵义，遵义地区一时学风文风鼎盛，促进了贵州教育的发展。根据流传下来的资料可以看出，整个清王朝统治的268年中，科举出身的人数就达到了4300人，就连进士一职的中榜者也上升到600多人，其中高中状元的名人也是流传千古，在历史的长河中占据了相当高的地位。

清朝"康乾盛世"后，至嘉庆年间，政治、经济、文化、教育都开始由兴盛转向衰落。然而就在这一社会变革时期，贵州本土的著名学者、布依族教育家莫与俦却甘于淡泊、不重名利，矢志开启明智，在家乡独山以及遵义两地从事教育，培育人才近五十年，为贵州教育做出了杰出的贡献。

莫与俦（1763—1841），这一位在历史学术中留下了光辉篇章的文人，其生平通过《清史稿·文苑传》可以清晰解读，其出生在具有良好背景的书香门第，乾隆年间生人，37岁通过科举中进士后入朝为官，官任翰林院庶吉士，直到嘉庆年间才有所变动。因其参加翰林院散馆考试后，被吏部赏识，任命为四川洪雅知县，在职位上兢兢业业，后又被改任为四川盐源知县。他主政地方期间，政绩突出，为官清廉。直到嘉庆九年，其父亲由于病重而故去，由此辞官回乡，在这期间朝廷多次让其重返工作，但其因为家中母亲身体不便多次推却，就这样在家生活了17年。期间大部分时间以教馆授徒为业侍奉老母，养活妻小。其母病故后，道光二年（1822），吏部催促莫与俦进京选官，但莫与俦请求改任教职，次年任遵义府学教授。道光二十一年，也就是1841年，在遵义学府内故去了一位流传千古的教育学者，享年79岁。

莫与俦先生一生的精力都投入到了治学方面，把一身的诗书气息留在了贵州，不仅教学方面严谨，培养出多位名人，而且也将其多年在教学方面的感悟传授给后辈及学生，其对教育方面的影响一直延续了下来，被后世推崇为西南硕儒。同时他不仅自己在此方向上努力，还潜心研究前人的遗作，作为贵州首位大教育家尹珍，其留下的诸多的宝贵经验都是由莫与俦研究并推广的。这样的一位文人，将自己的一生都付给教育，为当地的教育做出了不可磨灭的贡献。莫与俦先生著有《贞定先生遗集》一书，其中的《示诸生教》四篇是他近五十年从教生涯教育思想的系统总结，谢启晃主编的《中国少数民族历史人物志》赞誉莫与俦是"清代著名教育家"和"清代后期西南地区的文化大师"，他在贵州教育史上占有崇高的地位。

总之，莫与俦是我们黔南乃至我国历史上享有崇高声誉的著名教育家，他的教育活动是晚清贵州教育的重要组成部分，其突出的贡献不仅在贵州一地充分被发现，甚至在整体的西南区域都流传着他的光辉事迹。莫与俦的教育思想集汉朝尹珍，明朝王阳明、张翀、邹元标、孙应鳌等历代教育家教育思想的优长，自成一体，特色鲜明，内涵十分丰富，对当今语文教育启迪意义较大，很值得专题研究。本论文希望在前人研究的基础上有所补充、有所完善、有所提高、有所发展，给更多从事教育的工作者们以更多的启示、更多的思考、更多的激励。

二、国内研究文献综述

当代国内对于莫与俦教育实践及其教育思想的研究，主要有丁伟华的《教书育人、一代师表——清代教育家莫与俦》，石尚彬的《晚清著名教育家莫与俦》，另外，赵一君等人所撰写的《布依族第一位有史可考的教育家——莫与俦》一文也为人们了解其生平经历提供了良好的参考依据。关于莫与俦的主要思想研究方面的论作《论莫与俦教育思想特点》为人们了解莫与俦的思想提供独到见解。因为其思想在整个西南地区产生了重大的历史意义，为找出这方面的相关内容，由黄万机所著的《西南汉学的津梁——莫与俦》就不可避免地诞生了，李远的《清代学者莫与俦》让人们可以明确地了解到莫与俦所构筑的教育学文化，在这些文章之外的《莫与俦对遵义沙滩文化的影响》以及《略论教育与文化的关系——从莫与俦、郑珍献身教育说起》两篇论文让读者可以有效地了解莫与俦从起点到终点的历史，这些文章都从不同方面论及了莫与俦的教育实践及教育思想。但是从莫与俦教育思想对后世教育的启迪等方面来说，研究者们尚未全部涉及，目前仍然存在较大的研究空间。本研究希望站在前人研究的基础上，进一步深挖，进一步广泛收集整理各种相关资料，并对之进行条分缕析，做系统的归纳和总结，把莫与俦教育活动研究引向"纵深"，拓展莫与俦教育活动研究的领域，在其教育实践的基础上，系统归纳总结出莫与俦的教育思想、教育贡献以及其教育思想对后世教育的启迪。

三、论文的创新与不足

本论文的创新之处：一是通过对《贞定先生遗集》，尤其是其中的《示诸生教》四篇文本的细读，归纳总结莫与俦的教育思想，其中"教育学生重科举又不惟科举""教育学生学会读经治学的研究方法"这两点是作者反复研究之后首次提出。二是在论及他的教育思想时，以他五十九岁年龄为界，将他前期的教学与他后期的教学从教学内容、教学方法、教育成果等方面做了比较分析，厘清了莫与俦由传统私塾先生向著名教育家的发展演进过程，这个观点也是发前人之所未语。三是论文最后联系当今教育形式，阐述了170年前的莫与俦教育思想对现代教育的启发和参考，比如，必须不断强化对师生思想品德的教育、必须不断提升学生综合素质、必须不断强化对学生读书与治学方法的传授等。希望能借此实现贯通古今并落实教育基本问题的研究初衷。四是通过文献研究的方法，考证出莫与俦在担任遵义府学教授期间，当时遵义学子考取进士的名单；对莫与俦在不同时段的教学内容，其门生的姓名、行事，做了一定的考证，从侧面丰富了莫与俦教育思想的内涵。

但因为本人才疏学浅，论文也存在诸多不可避免的不足，比如，在研究方法方面，仅仅采用了文献研究法、访谈法，研究方法稍显单一等。存在的不足还望大方之家批评指正。

第一章　莫与俦的教育教学实践

第一节　20—59 岁在独山的教育教学实践

莫与俦从事教育与他的家庭背景不无关系。这背景可以从史料的记载中明确看出，记载当时历史的史料《显考莫公行状》是有效的参考依据。莫与俦出生在 1763 年，故去于 1841 年，当时为自己取字犹人。号杰夫、寿民，清朝乾隆二十八年（1763）诞生于贵州独山兔场（今影山镇）上街一个书香世家。莫家原来籍贯在江南省上元县（今江苏南京）珠市巷。莫氏家族祖先有姓名可考者为明代弘治年间的莫先，莫先参军征讨贵州都匀苗民起义，征讨结束后留守，置家在都匀城南的薛家铺。莫先之子莫庭美，莫庭美之子莫尚文，莫尚文之子莫如爵，莫如爵之子莫云衢。莫云衢生有四子，其中第三子莫嘉能，字崇级，性格耿直，通达事理，担任乡约官数年，乡里诉讼渐渐平息，善理财，尤爱读书人。莫嘉能有四子：莫刚，州学生；莫燦、莫元，岁贡生；莫强，附学生。其中莫强，字健行，中秀才后长期担任乡里塾师。莫强有二子：莫与班、莫与俦。家庭原因，莫与俦从小跟随父亲与兄弟饱读诗书，接受了当时的良好教育，在严格的家庭环境中为自身积攒了文学功底。

莫氏家族后人，深受良好家风的熏陶，大都"敦实行、崇礼让"，莫与俦以及其五子友芝、六子庭芝都乐于从事文教工作。

莫与俦第一段从教生涯是在清乾隆四十七年（1782）至清嘉庆三年（1798）近十七年时间里。

清乾隆四十七年（1782），莫与俦二十岁，入选州附生，又因成绩优异获得官府提供的俸禄；后义拜精通经术的山东名进士、时任独山知州的萧旃年为师，学业日益进步，成绩屡获第一。读毕州学后，远近乡民争相聘请莫与俦为塾师。

因为家里藏书较少，而且家中藏书与俦早已尽悉能背，教书后，他深感教材不足，于是便托人购置四书五经、《文选》及蒙学丛书，自己先刻苦钻研，然后才对学生讲授。几年下来，与俦对这些经书的内容全部了然于胸。其直到 36 岁前，虽多次参与科举，但均未中第，但是也为其积累了另外的宝贵经验，在这期间他作为私塾的先生在当地多个地方教书。在教学实践中，莫与俦视学生学习程度高低灵活实施教学，程度低者教读《百家姓》《三字经》《千字文》等启蒙读物，程度高者教读"四书"《古文观止》《左氏春秋》等。与俦特别注重识字习字、朗读、背诵、书法、吟诗作对，还选教《增广贤文》《幼学琼林》《声律启蒙》等"杂书"。

莫与俦第二段从教生涯是在清嘉庆十年（1805）至清道光二年（1822）与俦丁父忧及奉养老母居家独山期间，实际教书时间大约在十三年。

清嘉庆三年（1798）八月，莫与俦乡试考中举人，第二年春进京会试又高中进士，入选翰林院庶常馆庶吉士，进入翰林院学习。莫与俦在翰林院的三年学习期间，得以有机会与清代名儒阮元、朱珪、纪昀、洪亮吉、王引之、郝懿行等汉学大家相师友，"故熟于国朝大师家法渊源"。这些当时国内一流的国学大师中，朱珪、洪亮吉长于经术；《四库全书》的总纂修官纪昀是晚清一代通儒，长于考据；阮元被尊为一代文宗，擅长训诂。与俦通过学习儒学经典，学习汉代郑玄的"三礼注"（《仪礼》《礼记》《周礼》注解）、许慎著的《说文解字》等朴学知识、方法，治学眼界大开，为其日后卓有成效地施教授业，并成为晚清贵州著名教育家创造了必要的条件。

清嘉庆六年（1801）四月，三十九岁的莫与俦参加翰林院散馆考试，朝廷拟以四川洪雅知县委用。次年，四川巡抚奏请朝廷，莫与俦改任盐源知县；三月，与俦先被假知（代理）四川茂州，九月抵达盐源就任。与俦在四川从政期间，因为官清廉，"历著循绩"，上司拟提拔他任邛州知州。在他将要赴任之际，不料家里传来父亲病故的噩耗，与俦请求暂缓上任。由于与俦勤政爱民，两袖清风，因此，当父亲病故之时，他竟然连殓父的安葬费都拿不出，幸亏时遇四川学政周廷栋，周廷栋慷慨馈赠与俦操办父亲丧事的银两。当与俦丁忧出城时，"士民犹祖筵尽县境，争跪进糕果"。

丁父忧两年期满后，清嘉庆十二年（1807），与俦以母亲年逾七十为由，请求继续在家行孝终养母亲天年。待其母病故且服丧两年期满，莫与俦前后居家独山共达十七年之久，期间曾长期受聘担任塾师及主讲于独山紫泉书院。

一直任职到 1808 年，由于其能力被充分赏识，又收到了聘书，于是开创书馆继续为教育奋斗。八寨旧时风气尚武轻文，莫与俦任教后，八寨渐开崇文好学之风。但是为了便于就近侍奉老母，与俦在八寨教书仅一年后，于次年（1809）返回故里，应聘主讲于独山紫泉书院，还在家乡兔场家宅后建影山草堂教馆授徒。

莫与俦在紫泉书院或影山草堂讲学期间，教学内容仍以蒙学、四书五经、八股文制艺以及传统的科举之学为主，但是据其子莫友芝《答万锦之全心书》记载，与俦对于学习层次较高的学生，已经开始传授汉学，开贵州朴学之先河。与俦在教学中，特别重视学生道德修养、行为规范的培养，将传授知识、研究学问与品德修养有机地结合起来。从此，独山文风大振，学子一扫先前只重科考不重道德修养的不良倾向。

莫与俦的朴学之风，与本地浙东学派万氏（万民钦及子孙）的穷经治史、学以致用以及本地蔡氏（蔡暄及子孙）易学研究相结合，逐渐发展了莫氏家学，形成了驰名省内外的"影山文化"。紫泉书院在莫与俦十二年的辛勤耕耘下，桃李遍黔南，达到了兴盛期。

总之，五十九岁之前的莫与俦因为当时是在私塾及书院授徒，教学对象基础较差，所以教学内容以传统的蒙学及科举之学为主，尽管他从四川为官回来之后，也在独山紫泉书院兴朴学之风，但是整体上来说他采用的仍然是一般传统塾师的教学。但是，这两段教学经历却为他后来成为一代教育家奠定了坚实的基础。

第二节　60—79岁遵义府学教授任上的教育教学实践

莫与俦经历了两段教学后并没有选择退隐，而是继续为教育献身，在其60—79岁期间他又开展了第三段教学。作为当时著名的府学，遵义府学为当地培养了诸多的能人志士，莫与俦也就是在此地展开了其生平最后的一段教学。1823年，莫与俦作为教授来到了遵义府学并将其一家都迁移到此。自此后，与俦一直在遵义任教直至七十九岁终老任上。

根据《贵州省志·教育志》中有关府学学制学额的记载，府学设教授1人，训导4人，按照规定录取生员。当时遵义府学定额招收生员大约在90人左右（秀才18名，廪生36名，增生36名，1岁1贡）。但是遵义府所辖的遵义、桐梓、绥阳、仁怀、正安五县生员听闻莫与俦来遵义执掌教鞭后，纷纷前来请业。根据史料的记载，因为莫与俦来到此地教书，当时诸多的文人被吸引到此请教问书，来往请教的人员众多，以至于当时的房屋不够，只能租用。莫与俦不仅能够对史料进行有效的解读，为学生答疑解惑，更为重要的是其能够根据学生的特性开展教学，这在史料中同样有着明确记载。莫与俦将学生的实际情况进行分类，对不同的学生施以不同的教学方式，与俦对后进生以详细讲授知识为主；而对天赋较高的优等生则以自学为主，教师进行个别指导。

府学经费主要来自学田、祭田、宾兴田的田租。田租的一部分用于文庙修葺与祭祀，一部分支付教授、训导薪俸及生员开支。当时遵义府学条件相当简陋，而官府又不重视，甚至克扣办学经费，糊弄学子士人。莫与俦上任后，大胆站出来抵制，并想方设法改善办学条件。但是由于前来求学的学子实在太多，所以，十有九人仍然租房走读。他的《补葺遵义府学记》一文记载了当时的情景，"与俦之来遵义，学舍三楹傍舍各二，来学者割半居之，比竹增壁，若蜂房；然其裕者又各赁屋以处市旅恒满焉，然不得安而辄归"。在莫与俦的多次催促下，知府才不得不在道光六年以及道光十四年两次拨银增修府学，办学条件有所改善。由于有了黌舍（校舍），诸生中因为家庭条件不好而辍学的又来复学了。此外，莫与俦还节衣缩食捐出部分俸银为学校添置图书。在中国古代，像莫与俦这样处处为学子着想的学官是不多见的。

五十九岁之后的莫与俦在遵义的教学与他五十九岁之前的教学有了重大的变化，他已经完成了从一位传统的私塾先生到一代著名教育家的升华，成为晚清贵州教育史上首屈一指的教育家。

究其原因，一是他的教学对象发生了变化。他此时在遵义官学府学授徒，学生主要以生员（即秀才）为主，学生学习起点较高。二是五十九岁之后的他是真正热爱教育、热爱学生，不再把教育当成养家糊口的手段或工具，同时府学教授之职的俸禄也让他不再像以前那样为日常油盐柴米的开销担心。三是五十九岁之后的他对于人生的目的与意义有了更为透彻的感悟。四是他在京城翰林院学习的经历，为他打下了坚实的学术基础。五是此时他的教育教学经验也更加丰富老道。

莫与俦在遵义设教的教育方法。一是张弛有度，宽严得宜，反对体罚学生。在《遵义府志》上就有这样的一段记载，其原文这样写道："与人语，从容和易；有不可，辞色凛然，每面责人过，而过即忘之；门弟子受责，惧再往；比往，乃若平时；后过举，又不可以惧受责不见；见小善行，或诗文一二语佳，诵不去口；故从游者乐改过迁善。"见到学生犯了错，严厉批评，但是过而即忘，从不记仇；见到学生有了些许进步，立即赞不绝口。二是主张循序渐进。首先要求诸生从《尔雅》《说文解字》等训诂学专著入手，以此打好坚实的文字基础。等到诸生掌握这些基础知识后，再读经书及清代大家的名著，融贯古今，在这之中就有像惠栋自己独立撰写并提出自身观点的《易汉学》，文章有着众多精彩见解的《毛诗传疏》，同时段玉裁最为著名的著作《说文解字注》也是其主要的解读对象，还有阎若璩的《古文尚书疏证》，王引之所著的《经传释词》《经义述闻》。三是其能够按照学生的实际情况来安排教学进度，尤其是根据学生的特点来开展针对教育，引导学生发挥自身的优势，同时发现自身的不足之处从而向良好的方向改变，将许多的学生培养成才。对后进生分白班和夜班授课，以详细传授知识为主；对天赋较高的优等生则以自学为主，学生先自学弄懂一般的知识，对部分不能理解的问题，学生提出疑问后，教师重点解疑解难，从而提高学习的时效性。这样的教学方式一直被沿用下来，充分受其影响的郑珍、莫友芝在教学过程中，也是按照这样的一套流程来充分地为学生制订独立的学习方式。四是注重榜样激励。作为盛行的孔孟之道，尤其是孟子的"天将降大任于斯人也，必先苦其心志，劳其筋骨，饿其体肤"，昭示着榜样的力量同时也是警醒后人的语句，常被他引用。莫与俦晚年还在遵义府学左侧建"汉三贤祠"，激励遵义学子好学上进。

莫与俦在遵义的教学内容。莫与俦除了教授学生参加乡试、会试的传统科举之学外，他还以汉学教授学生，在遵义开朴学之风，教授学生考据、训诂、辞章、义理等治学方法，并非一味讲授应考的八股文章。他最后的生涯全部贡献在遵义府学之中，这十九年的教学过程，不仅仅将当时的儒家之道传授开来，更兼具了理学基础，培养出众多的能人弟子，被后世的人认为其是当时"对黔中汉学的传授，为引渡津梁第一人"。

莫与俦在遵义的教学成就。由于莫与俦学问高深，教学得法，既严格要求又和蔼可亲，讲学时有着自己独特的风格，"言之未尝不津津；听者虽愚滞，未尝不怡如旱苗之得膏雨也"。因为其饱读诗书，同时教学针对性强，使跟从学习的学生受益匪浅，遵义文风一时大振，盛况超乎前古。据不完全统计，与俦在遵义担任府学教授期间，直接培养的生员就高达上千人。晚清著名学者郑珍、莫友芝、黎庶昌、萧光远、莫庭芝、黎庶焘等均出其门下，其中莫友芝、郑珍著述等身，跻身汉学大师之林。另据《遵义市志·教育》记载，嘉庆、道光年间，贵州十六府（厅、州），每届省试选拔举人四十八人，遵义府常逾四分之一。

五十九岁之后的莫与俦在遵义的教学、教育实践卓有成效，著述的《示诸生教》四篇系统阐述了自己的教育主张，形成了独具特色的莫与俦教育思想。如教育学生首当"正趋向"、读书当求实用、重科举又不惟科举、要安贫乐道自食其力、学会读经治学的研究方法、要效法圣贤、培养有用之才等，莫与俦不愧为晚清贵州教育史上首屈一指的教育家。

道光二十一年（1841）七月二十二日，一生从教近五十年的莫与俦以七十九岁的高龄病逝于遵义府学任上。临终叮嘱友芝，"吾死，若及诸弟势不能归矣，即于遵义择不食之地葬我"，南望故乡方向泪落良久。去世后，因家贫不能归葬故乡独山，家人只得遵照其遗嘱将其安葬于遵义县东乐安溪畔的青田山。

第二章　莫与俦的教育思想及教育贡献

莫与俦在近五十年的教育教学生涯中，进一步继承和发展了贵州历代教育家的教育思想，形成了一套比较完整且独具特色的教育思想。作为能够良好总结其教育观点的著作《示诸生教》一书，将其一生的教育思想充分解读，为后世留下宝贵财富，也为贵州当地整体的教育做出了突出贡献。

第一节　教育学生首当"正趋向"

中国的传统教育，是以儒学为根本。莫与俦也是这种大思想潮流下的一员，躬行孔孟之道，但是其主要的思想是基于儒学之中的对于人格的培养，他将其作为教育的根本、树立为主要的教育之道。而对于人格的培养主要是通过道德教育来实现的，所以，莫与俦把为学首当"正趋向"的教育观点放在了首要位置。

莫与俦《示诸生教一》提出了"正趋向"的教育思想。他曾经在文章中提出过这样的理论观点：学习的东西一定要分清其主要的思想潮流，规划出一条正道，哪怕自身存在深厚的文学底蕴，但是道路不正也仅仅是小人而已。他认为人的趋向如同舟车的舵与方向盘，意义非同小可，趋向正不正直接决定一个人是否走正道。与俦认为"国家以经艺取士"的目的，是使学子能够学习践行历代圣贤的遗训，定好人生志向，矫治陋习，纠正偏向，从而能够"处则为良士，出则为名臣，即其最下无所成，亦足以奉身而寡罪"。

关于有人把读书当成是追名逐利的工具和手段，莫与俦在《示诸生教一》中批评道："今之为学者，自童蒙授章句则曰将以秀才举人也，将以进士翰林也，将以致高爵厚禄肥身家遗子孙也。父以此勉其子，师以此勉其弟，滔滔皆是，恬不为怪，呜呼！蒙养之初而有利禄之诱，先入为主视为当然，根深蒂固白首莫拔。"与俦认为当时的为学之人，还在当童生时就期许将来要考中科举，以期获取高官厚禄，光耀门庭，荫庇后世。这种以功名利禄为目的的读书观，舍本逐末，"根深蒂固白首莫拔"，害人不浅。

陈田在《黔诗纪略后编·教授莫犹人先生与俦本传》中评价与俦："教士有法，以立身为本。"

张舜徽在《清人文集别录》中亦指出："与俦施教之始，尤以尚志为亟。"

莫与俦提出"正趋向"的观点，重点在端正诸生的学习目的，批评只为求取功名利禄而读书的不良风气，要求"服习圣人之遗训"，即按照儒家的道德规范立身处世，要求诸生立德树人，知仁义廉耻，做明理守法的君子。同时认为读书不仅仅是为了科举，而应该积极进取，主动入世，"达则兼济天下，穷则独善其身。"诸生通过学习，能够"处则为良士，出则为名臣，即其最下无所成，亦足以奉身而寡罪"，勉励诸生树立"修身齐家治国平天下"之志向，而要想平天下，其前提，也是重中之重的一个环节就是修身。只有做到修身之后才能够齐家，最终达成治国平天下的宏图伟业，这就要求在学习过程中要充分注重个人的思想教育。

在当时的历史条件下，莫与俦提出"为学之道莫先于正趋向"的教育思想，把德育提到首要地位，抵制世俗利禄观念，思想具有进步性，有利于教育的发展。

第二节　教育学生"读书当求实用"

明末清初，顾炎武、王夫之等提倡"经世致用之学"的观点。在这个观点中最为重要的涵盖范围就是经国济世，其主要是让学者不仅看到眼前的书本，更要胸怀国家，抱负安天下。而致用则是要求学生不仅要刻苦读书更要将其学到的知识应用于实际之中。莫与俦同样强调学用结合，认为"读书当求实用"。

《示诸生教二》一书中有着这样的一段记载：读书的最终效用就是实际应用，

并非是简单的诵读文章而已。学子在学习六经子史时要"使之自求诸身，心而切按之行事"，知识要与实践结合，理论要联系实际，知识要经得起实践的检验，学而能用。如果基于前人的经验学习，后人只将这些看作是文章词句的撰写，那么只会沉沦在辞藻的选用之中，并不能够对实际生活有所帮助。因此，诸生学习的不仅仅是章句和辞藻，关键的是要增长见识、提高才干，重视学习的实用性，否则所学毫无用处。

《示诸生教二》认为"学须就事上学"，学习要以学习人事为主，因为当世的经典著作，讲的都是关于古代的人事。人们之所以要去学习知识，就是为了能够将知识同礼仪结合，单纯的知识和不学也无太多差异。与俦还经常邀请社会贤达人士到学校现场讲学，讲授孝悌仁义等内容。"暇日，萃国老庶老敦古处者于庠，序齿，讲孝悌仁让，与诸生观听。"

与俦在该文中认为，读书不在多，而在于能够举一反三，则读一卷书，自有一卷书之益。诵诗三百后，即可以承担一定的官职而且能够治理好一方的百姓；否则，即使终生读书，也跟没有学习是一个样。

这样的一个观点在当时是极为先进的，因为当时推崇的更多是一心求学，不去管其他的生活琐事，而其能够提出学习同实践结合的观点就是现在也是很重要的，同王阳明的观点也不谋而合，可以说影响深远。

第三节　教育学生既重科举，又不惟科举

重视科举，但又不惟科举，这不能不说是莫与俦与众不同的教育思想。作为一位清醒的教育家，莫与俦在《示诸生教三》中痛陈了科举制度"贴艺取士"的危害。

关于古代读书、科举与做官的关系，黔南师院梁光华教授认为，"在封建时代，读书、科举、做官三位一体。封建时代隋朝以降的读书人如果不入科举，那是没有出路的，也是没有社会地位的；一旦科举及第，即可身价百倍，官运亨通，光宗耀祖"。这的确是封建科举时代的真实写照。通过科举考试，确实也可以遴选出许多"明儒硕彦"和干济之才。但是科举发展到了明清时代，一些干进之徒舍本逐末，不重视自身的学识修养，一门心思摩习八股时艺以博取功名。科举这种僵化的教育制度，发展到后期越来越成为束缚人才的桎梏，高中举人、进士及第的不少人并没有多少真才实学，而部分拥有真才实学的人却每每落榜下

第。因此，莫与俦在《示诸生教三》中痛陈了当时科举制度"贴艺取士"（即八股文、试贴试及策论）的危害："科举之学，坏人心术"，使人"性灵锢蔽，精神虚掷"，不利于培养真才实学的人才。

实事求是地说，身为翰林院庶吉士的莫与俦后半生如果继续从政，凭他在京城的人脉关系，他也能够如鱼得水，但是他却主动请改教职，说明他对"读书—科举—做官"这一条普通人所向往的阳光大道并不以为然。就莫与俦在任期间，不难发现整个府学因为其自身理论将整体的学术风格变化为联系实际，主要开展一些撰写书籍、讲书为用等实用型教学，而不再遵从一直以来的考试为上的学风，这样的学术风格也影响了当地的其他书院。

据《遵义市志·教育》记载，莫与俦之后，郑珍、莫友芝后来主讲湘川书院，学生主要学习"经学、史学、治术诸书，又余功兼及对偶、声律之学""其资质难强者，当先攻八股，穷究专经"。从最后一句就可以看出当时遵义学校一贯的教育思想。

有个例子也可以佐证与俦的这个教育思想。"（友芝）屡试春官，每报罢。归，教授府君必叩其所得，绝不以得失为意，谓之曰：'若辈寂寂守户下，不以此时纵游名山大川，遍交海内英儒俊彦以自广，恐终成固陋耳！'"在莫与俦看来，友芝倘若能纵游天下名山大川，遍交海内外英儒俊彦，扩充自身的修养见识，比起高中进士更为重要。这正是莫与俦的与众不同之处。

正因为莫与俦重视科举，但又不惟科举的教育思想，才促成了遵义郑珍、独山莫友芝等后学崛起于西南，而郑莫两人虽然未能进士及第功名显达，但是他们却在学术上开辟了一条广阔途径，跻身于汉学大师之林，从而千古流芳。

第四节　教育学生安贫乐道，自食其力

古代读书人在考取功名之前，到底该靠什么养家糊口？莫与俦的《示诸生教四》给了我们明确的答案，同时也为"耕读为本、忠厚传家"的古训做出了最好的诠释。

莫与俦在《示诸生教四》中说道："吾庠不少贫士，贫而安于贫，虽贫何病？不安于贫，则亦何所不至矣。"诸生安于贫则心中无贫，不安于贫，则会无所不为无所不干。"故粗有田庐，且不必论；即了无所籍，授徒为业，夫岂不能？"与俦认为，贫困的读书人，粗有田庐者可以教馆授徒，这是读书人的本行；并

且，佃租田地勤力耕种也照样能够生活。

莫与俦教导诸生安贫守法，如果授徒就要甘于寂寞尽心尽力，如果耕作就要不惧辛劳；否则，人一旦不守本分，必将走上一条"奉身法网"、追悔莫及的不归路。

莫与俦本人就是一位安贫乐道、自食其力的典型代表。他中举前就曾经在独山老家亲自种过庄稼，也开馆授徒，当过多年的私塾先生；后来有机会进京选官时却又自请改任教职。根据《清代科举述录》记载，府学教授一般是童生考取生员（俗称秀才）后归其教导，清朝府学教授地位并不高，嘲讽者讥讽其为"豆腐官"。然则莫与俦却甘愿选择这样清贫的"豆腐官"，并甘之如饴，无怨无悔，乃至死后竟然都"贫不能归葬"。还有一个关于他淡泊名利的例子，即在他七十九岁时，贵州巡抚贺长龄准备将友芝与郑珍合编的《遵义府志》呈上朝廷以求奖励时，莫与俦执意不赞成，此事"遂已"。

莫与俦的这种甘于淡泊、安贫守法、以耕作授徒自谋，不轻易求于人的"贫贱不能移"的儒家道德思想，对于古代中国农耕社会的大多数底层读书人来说具有很强的现实意义。

第五节　教育学生学会读经治学的研究方法

古人云：授人以鱼不如授人以渔。作为一代教育家，莫与俦教育学生时非常强调教育教学方法的传授，要求学生除熟记经书知识外，还要掌握读经治学的研究方法。

莫与俦也在其著作《示诸生教二》中提出这样的一个观点：每一件事以及每一句话均是有效用的，读到一本书其必定是有它独特的见解，对人能有所启发，利用学习到的读书之法就能够从书中汲取有效知识来反馈自身。据《贵州省志·教育志》记载，莫氏在遵义设教，教学中，训释六经以汉儒的方法为圭臬。在莫与俦生活的年代，汉学是知识界的主流，汉学以考释字义、辩正典章制度为主，注重真实而反对空谈。这就为诸生如何治学指出了明确的方向。

莫与俦在辛勤教学之外，还身体力行，埋头著书立说。通过著述，教会学生开展学术研究。经过他手撰写出来的优秀著作众多，当中最为出名的就是《二南近说》四卷，同时也有学术价值较高的《仁本事韵》两卷，再加上富有主要的见解的《喇嘛纪闻》两卷。这些书籍都包含着他的辛苦劳作以及个人见解。他的诗文集不幸遗失，现仅有《贞定先生遗集》存世，收录了他的部分诗文。

《贞定先生遗集》卷一中的《毋敛先贤考》在考证贵州第一位教育家尹珍方面做出了创造性的工作。这方面的记载也是有充足的史料可以依据，对于尹珍来说，出生在东汉这一时期，家在牂牁郡毋敛县。尹珍是牂牁郡毋敛县人不假，但是古代的牂牁郡毋敛县到底是属黔北道真还是黔南独山？莫与俦的《毋敛先贤考》利用考据学的方法，根据前人所著的相关书籍考证，充分地分析研究，最终推翻了前人的结论，认为当属后者，这独树一帜的观点也让其在历史学方面产生了重要的影响。这一观点也被现代的王燕玉教授证实，从而界定了毋敛县的范围。

与俦著的《贞定先生遗集》卷三中的《贵州置省以来建学记》在考证贵州清代以前的教育史方面做出了突出的贡献。在文章中有这样的叙述，当时的情况是开设布政后，学风传播范围仅仅是在当时的贵州以及播州一带，因为长期的历史发展延续下来的学术氛围，当时的思州一带主要是府学，其余的地方都没有建立起学术氛围。上至洪熙元年，贵州等地的考生只能在其他地区一并考试且名额欠缺。这样的情况一直持续到嘉庆年间，因为学风浓厚，贵州等地开设各种官学，于是便和其他地区分开科考。文章以史料为依据，首次考证并厘清了贵州学校及科举从无到有的历史变迁过程，语前人之所未语。《贵州置省以来建学记》这篇文章极为重要，学术价值极高，至今仍是研究贵州古代教育史的重要资料。此外，莫与俦著的《都匀府自南齐以上地理考》《二南近说》等地理考证文章，因为考证翔实，观点新颖，不仅在当时有着先进的意义，就目前来看也有其独特的优点，当代的谭其骧教授在其编著书籍时也纳入这一经典观点。

正因为莫与俦学识渊博，深谙汉学治学门径，教育弟子无隐无私，毫不保守，又身体力行撰写学术著述作为示范，因而，他的弟子们也大都有著述问世。如其子嗣莫友芝就广泛受到其影响，独立著《郘亭知见传本书目》以及《持静斋藏书纪要》等被后世所熟知的名著经典；郑珍著有《仪礼私笺》《说文逸字》《说文新附考》《巢经巢经说》等鸿篇巨制；两人从而跻身汉学大师之林。

此外，郑珍和莫友芝受莫与俦影响，还创作了大量诗作，郑珍有《巢经巢诗钞》《巢经巢诗钞后集》、莫友芝有《郘亭诗钞》和《郘亭遗诗》等诗集传世，这两人也最终成了名人大家，被广为流传，更是赢得了诸多赞誉。郑珍和莫友芝之所以能够成为"西南硕儒"，他们的恩师莫与俦先生可谓居功至伟。

第六节　教育学生效法圣贤，培养有用之才

榜样的力量是无穷的。莫与俦认识到了这一点，所以，他除重视府学和书院教育外，还建三贤祠，教育学生效法圣贤，培养有用之才。

莫与俦晚年在遵义府学左侧建三贤祠，奉祀舍人、盛览、尹珍三位先贤，尊奉他们为贵州文教楷模，鼓励学生以先辈为榜样，刻苦学习。舍人，汉武帝时代今贵州遵义人，著有《尔雅注》三卷；盛览，作为名噪一时的司马相如的学生，生于汉武帝时期，出身贵州一带，跟随老师常年学习后，用自身的文化底蕴从事教育；尹珍，东汉时期今贵州独山县人，著名学者、文学家及教育家。与俦命郑珍撰写《汉三贤祠记》，文中阐述建祠的主旨是"以朴学为受业诸生的治学途径，揭橥事必求是，言必求诚，一反明代空疏文巧之弊"，是为了起到"都人士必有高望而奋起"的作用。与俦自言他在遵义任教近二十年，遗憾不能为诸生请来名师鸿儒，故借祭祀三位贵州本土先贤，在当地倡导兴文重教之风。同时在其故去后的长时间内，因为其思想不断被人推崇，尹珍之风也沾溉后辈学者，尊重前人们所遗留下的宝贵财富，从中提取出供后人学习的东西成了贵州等地的风俗传统。但莫与俦为何要建汉三贤祠，而不是像前人那样单独祭祀尹珍？因为"他除以汉三贤精神激励学人外，更是要厘清贵州汉学的学术渊源，增强黔中学人的学术自信心"。据《遵义市志·教育》记载，嘉庆、道光年间，贵州十六府（厅、州），每届省试选拔举人四十八人，遵义府常逾四分之一。三贤祠的确起到了"都人士必有高望而奋起"的作用。

莫与俦还以自身为榜样，以实际行动深深影响了子女一代。他在独山建"影山草堂"、在遵义建"棠阴书屋"作为自己儿子们的读书场所，他对儿子督课极严。他有九个儿子七个女儿，其中儿子大多学有所成，特别是五子友芝、六子庭芝、九子祥芝，或因学术传世，或因政绩闻名；作为其女婿的黎庶昌在他的影响下饱经诗书，终成一代名家，也是历史上清朝晚期的著名文学家。《过庭碎录》是五子莫友芝记录其父言行的著作，有十二卷之多，是一部反映家庭教育思想的皇皇著作，只可惜失传，未能刊印发行。

第七节　莫与俦的主要贡献

因为莫与俦经历过长期的真正的教学工作，奋战在一线岗位，因此，他所提出的主张并不是纸上谈兵，而是具有深远的实际意义，为当时学术氛围的形成提供了不可抹去的重要作用，同时其深刻的内涵一直沿用至今，为当前的实际教学提出指导意见。此外，他还培养了包括莫友芝、郑珍在内的一大批杰出人才，在贵州开朴学（汉学）教育之先河，是黔中汉学的引渡津梁者，在考证贵州第一位教育家尹珍、清代以前贵州教育史等方面也做出了创造性的贡献。

一、培养了大批杰出的人才

莫与俦和其弟子们在黔南、黔北的教育活动，使两地文风大振，催生了黔南的"影山文化"及黔北的"沙滩文化"。据不完全统计，与俦在遵义担任府学教授期间，直接培养的生员就高达上千人，培养了包括莫友芝、郑珍、万心全、莫庭芝、萧光远等在内的大批著名弟子，再传著名弟子有黎庶昌、胡传新、郑知同等。

作为其后代子嗣来说，最为著名的就是号邵亭的第五位儿子莫友芝，其出生于1811年，故去于1871年，年仅20高中。在此后的近三十年时间里，友芝一生五次参加会试但是均遗憾未登科。其父故去之后，他接任了讲席一职，出任当时遵义两大著名书院的教职，同时也在私塾教书，这一历程花去了十七年的时间。莫友芝一生治学严谨，著述丰富。梁光华教授经过多年研究后认为其在清代的地位不仅仅是作为教育家出现，同时兼具了历史以及文献的考究学者。同时其吟出的诗句作为宋诗派的首要代表为后世所推崇，撰写的书法作品也被后人珍藏，其更是到目前为止，研究水书这一专业领域的第一人。莫友芝被后人誉为"西南巨儒"而名垂青史。

不仅子嗣出名，而且其门生遍地，最为得意即是郑子尹。其较之于莫友芝来说，晚六年中举，同时三次会试均以失败憾终，最终被任为教职一席，终成晚清一代经学大师。曾帅从莫与俦，并得其真传。郑珍在与俦的悉心教诲下，埋头于考据、训诂之学。他的学生黎兆祺、黎庶蕃、赵廷璜、郑应照、郑知同、莫庭芝等均是著名学者。再传弟子更是数不胜数，对遵义地区乃至贵州省的影响都极为深远。对于他的评价，可以从章士钊先生所撰写的《访郑篇》一书中发现，他将莫与俦后人门生中最为出名的这两位并称为西南两大儒。

作为其女婿的黎庶昌，也是莫与俦先生的再传弟子，为我国晚清时期留下诸多的丰功伟绩和散文著作。早期从教郑珍，同治元年（1862），他以廪贡生身份上《万言书》，引起朝廷重视，被朝廷委以知县补用。先入曾国藩幕，后来出使欧洲列国写成《西洋杂志》一书，派驻日本国大臣后，极力搜罗典籍，刻印了《古逸丛书》《续古文辞类纂》等书，闻名于世。

曾经有这样一句话，"善歌者使人继其声，善教者使人继其志"，提出跟随大儒学者学习能够继承其志，上文中论述的莫与俦先生的后人也是经受了莫与俦先生的熏陶以及影响，最终在个人品性等方面占据了属于自己的一片天地。大都人格高尚、学风踏实、学有所成，且大多以业师与俦为榜样，终身从事文教工作，有些弟子虽然进入仕途，但是仍然关心支持家乡的文化教育工作。

莫与俦先生出任教授一职，来到遵义府学时，是 1823 年。这正是汉学进入沙滩的开元之年。莫氏、沙滩黎氏、郑氏三个家族结为姻亲，交往密切，切磋学术与诗文，共同创造和发展了沙滩文化。

与俦在担任遵义府学教授期间及其后，遵义的文化教育水准达到了一个新的高度，在贵州省内仅次于贵阳。这一段历史可以从贵州教育史的记载中查询，单单在道光年间其教育高度就飞速上升，在遵义考取的进士就有：夏国琦、萧韶鸣、张廷杰、钟汉章、胡长新（黎平籍）、赵廷铭等。据《遵义市志·教育》记载，嘉庆、道光年间，贵州 16 府（厅、州），每届省试选拔举人 48 人，遵义府常逾四分之一。据史料的记载显示，遵义一地仅进士就有 59 人，而举人的人数更是多达 388 人，其中最为著名的就是科考探花郎杨兆麟，1903 年高中。这些与教育家莫与俦以及另外两位独山籍的遵义府学教授杨凤台（贵州独山人，莫与俦的前任，嘉庆四年己未科与莫与俦同榜进士）、蔡兆馨（贵州独山人，莫与俦的继任，嘉庆十五年庚午科举人）当初在遵义兴学、提振了遵义的文风学风不无关系。

二、开贵州朴学教育之先河

清朝在历史的长河中被作为汉学的复兴年代，因为就历史而言汉人们多学经学，这就让后世将其定义为汉学，把经史名物加具训诂考据一起统称为汉学。对于汉学，基本的治学方针是实事求是，最终要将知识落为实际。而对于宋明理学，一般将其归纳为道学，这是因为在宋明时期，主导思想仍是儒学，但主要在诠释义理、谈论性命。在清代，以文字训诂辨伪、名物制度考证为中心的汉学勃然兴起，乾嘉时期汉学达到鼎盛阶段，此时宋学衰微。但是，贵州历来处于中国文化边缘之地，在当时，贵州讲程朱理学的大有人在，讲授汉学的师者还是处于一片荒地，而莫与俦正是这片荒地的拓荒者，是黔中汉学的引渡津梁者。

与俦的早年翰林院庶吉士的学习生涯决定了他后来坚持采用以汉学为主的教育理念，因为莫与俦在翰林院的老师很多都是当时国内一流的国学大师，阮元被尊为一代文宗，擅长训诂；《四库全书》的总纂修官纪昀是晚清一代通儒，精通考据之学；朱珪、洪亮吉长于经术。他的同学姚文田、王引之、张惠言、郝懿行等也以汉学闻名当世。莫与俦在翰林院期间，刻苦钻研汉学，一改过去读书"惟取士五经"的观点，他与当时在北京的浙东学派名家章学诚"同为有求实精神的学者"，成了朴学名家，从而奠定了莫氏学术的思想基础。

莫与俦在教学的内容上，必以清代朴学大师的著作为课本。在他教学的实践中主要是通过讲解训诂专著让学生得以打基础，利用文字的基础才能为日后的精神研发做积淀。等到诸生掌握这些基础知识后，再读经书及清代大家的名著，如惠栋的《易汉学》、段玉裁的《说文解字注》等汉学专著，融贯古今。

民国版《独山县志》亦记载，莫与俦改官遵义教授时，日以朴学倡后进。正因为如此，莫友芝出生在书香门第，少年时期就有浓厚的学术氛围，亲受其父亲的指导，对汉学有独到的研究见解，他也将他的见解撰写到了学术著作之中，著名的《唐写本说文解字木部笺异》就为其所著；而郑珍在莫与俦的教导下，穷尽一生钻研汉学，著有《说文逸字》《说文大旨》《说文新附考》等文字训诂学专著。黎庶昌也受其岳父的深远影响，在一文中高度表彰了莫与俦先生的丰功伟业，给予岳父极高的评价；陈田评价莫与俦"教士有法，黔士知有汉学，自先生始"；张舜徽称赞莫与俦"开西南朴学之先也"。这些评价都是实事求是的。当年莫与俦在独山紫泉书院主讲时，即开汉学之风；后来担任遵义府学教授之后，更是以汉学倡导诸生，确乎是开黔中朴学之先河。

第三章　莫与俦教育思想对当今语文教育的启迪

就历史传承来看，语文教学仅仅通过有文字可查的历史就长达三千多年。悠久的历史之中，语文教学不断地前进，语文教育观大发展演变主要有先秦"为修己"、汉代至清代"为功名"、20世纪初至20世纪末"为生活"、21世纪"为人生""为人的发展"四个时期。清朝末期因为当时政治因素，最终取消科举考试的制度，严禁八股取士，同时创办新型学堂，这也代表了我国历史中科举语文教育的一段历史的结束。随着时代的不断发展，当前来看，如何能在大环境下将语文教育落实在实际之中？如何成为一名深受学生爱戴的老师？对于这些问题，170多年前的晚清著名教育家莫与俦给我们做出了很好的回答，莫与俦的教育思想，有着非常深刻的教育学意义，对我们当今的语文教育具有很好的启迪借鉴意义。

第一节　必须不断强化师生的思想品德教育

莫与俦针对当时所教部分学生中出现的舍本逐末，不重视提高自身学识修养，一门心思摩习八股时艺，以求博取功名利禄的"干进之徒"提出了"正趋向"的教育思想，强调读书是为了学习儒家道德规范立身处世，以期"修身齐家治国平天下"，才不会"奉身法网""自绝于士林"。

反观当今的教育，又何尝不值得我们深思呢？极少数急功近利的学校追求"成才"教育而忽视了更为重要的"成人"教育，结果导致了一系列不应该发生的事件。作为人民教师，也无可避免地经受着市场经济的不断冲击，有些教师因为经济利益放弃了本该注重的教育，导致了一部分中小学校老师不愿投入更多精力为学生传道授业解惑，而是将更多的精力放在为自己获取利益之中，有损师德师风。

因为语文学科性质使然，相对于数理化教师，语文教师的言行举止更容易影响学生的成长，而且语文教师承担班主任工作的概率更大。众所周知，班主任的言行对学生心灵的影响深远，甚至会让他们铭记一生。语文教师自身的师德师风修养对学生乃至整个社会的影响都是深远而又广泛的。作为历史长河中的优秀语文教师，最应该具备的品质就是个人素养以及广阔的胸襟，用自身的魅力去影响学生，这才是真正语文教学的目标。因为老师对学生有深刻的影响，所以，老师端正教学态度，学生才可以更好地将学业看作是自身的工作，从而提升学生的学习效率，也为其成长发展提供有利条件。

语文这一学科本质和其他的科目不尽相同，决定语文素养的方面众多，这个学科不仅影响自身的思想更是肩负着素养的提升，这也是王荣生先生的观点。所以，我们既要反对历史上"文化大革命"时期曾把语文课上成思想政治课；也不能忽视语文课在"传道"中有着独特性、优越性作用。

莫与俦的"正趋向"教育思想，强调读书是为了学习儒家道德规范立身处世，立德树人，知仁义廉耻，做明理守法的君子。与我们目前倡导的社会主义核心价值观来说是一脉相承的。但是早在170多年前身处封建时代的莫与俦就能够提出"正趋向"观点，确实难能可贵。

在这里不得不提的就是，我的母校黔南民族师范学院，其校训"崇德、博学、敬业、创新"和莫与俦先生的观点也是不尽相同，更加注重学生的品德培养，旨在让学生有更优秀的思想道德品质，从而更好地推进学校全面和谐发展。

第二节　必须不断提升学生的语文综合素质

在封建科举制度下，应试做官几乎成了古代语文教学的主要目的，语文教学基本上就是围绕着"八股文""策论""试贴诗"的写作进行。但是莫与俦并不是以教科举知识、方法为主要目的，他"重科举但不惟科举""读书当求实用""培养社会有用之才"的教育思想给我们的启迪是既要重视高考又不唯高考，必须不断提升学生的综合素质。

莫与俦认为，通过科举考试，确实也可以遴选出许多"明儒硕彦"和干济之才，但是也容易造成不少"性灵锢蔽，精神虚掷"只知道死读书的书呆子。反观我们今天的高考，高考作为国家选拔优秀人才的一种机制，有其积极的一面，它确实能遴选出智育较好的人才。

在现存的新课标制度中可以明确地看出，语文课程的基本理念首先是全面提高学生的语文素养，充分发挥语文课程的育人功能。所以，我们的语文教师，在教学中要讲中考、高考知识，发展学生的智育，让学生顺利通过中考、高考测试，进入更高一级学校学习深造。但是，教师也不应该仅仅只为中考而中考，只为高考而高考，完全忽视学生综合素质的培养及发展。正如福建师范大学文学院教授潘新和所说，现代的语文教育最成功的一点就是将教学从当初为了考取功名而转向为了生活、为了提升学生素质，同时将文言文用白话文代替，更是象征语文教学的不断发展。

最大弊端是教学目的从为生活又回到了为应试，出现了"新八股"。

在当今语文教学中，不少语文教师不尊重孩子的兴趣爱好，不发展孩子的语文素养，一味地注重考试成绩，一切均以"高考指挥棒"为转移，唯考分是举，考什么就讲解什么，把一篇优美的散文或者诗歌肢解成为若干个考分点，很多学生沦为"考试的机器"，成为"高分低能"的"流水线产品"。这类人往往只能在学业评价上获得较高分数，而忽视了最重要的语文素养的培养。所以，社会上才会出现重点大学的中文系学生，居然不会写简单的应用文的怪现象（因为有些年份高考不考应用文导致）。这也完全违背了高中语文新课标的要求。

记得《如果我是语文教师》一文中这样写的，周国平说如果他作为一名语文教师，主要的教学方面就会放在阅读和写作上，不仅要提升学生在这两面的能力，更要培养其对于这两方面的真实兴趣。由此来说，语文素质的教学是必不可少的。

其实，读书人也并非一定要挤上高考"独木桥"才有出息。就如著名的比尔·盖茨来说，其作为美国微软公司的创始人，他并没有完成大学学业，也获得了巨大的成功；一代国学大师张舜徽，他也没有上过大学，完全靠自学成才，成为我国著名的历史文献学博士生导师；数学大师华罗庚更是只有初中学历，但是其不断地自主学习，最终也为数学史贡献了自身的力量，也留下了不可抹去的影响。

正如莫与俦当年所强调的读书不能光俯身在书斋死读书，闭门造车，强调要走出书斋，在社会生活中学习，学习对自己实用的知识。莫与俦的"重科举但不惟科举"的教育思想，给我们今天语文教育如何正确对待应试教育与素质教育树立了一个很好的榜样。我们的语文教育工作者应当全面传授学生各种知识、各种技能（包括职业技术），促进学生德智体美劳全面发展，让他们既能学到一技之长，养家糊口，又能传承文化，创新发展，成为一个对社会有贡献、有价值的人。

第三节　必须不断强化对学生语文学习方法的传授

莫与俦作为一名学者、一名教育家，身体力行、榜样示范的人生经历，启迪新形势下的教育工作者必须不断强化对学生语文学习方法的传授，不仅要授人以鱼，更要授人以渔。就古人的观点来说，只提供一条鱼也仅仅够维持一顿饭的需要，而将打鱼的技艺传授与人则会让其有一生的安家立命之本。这也就要求教学过程之中，不仅要将传统的知识传递给学生，更要将学习的方法传授给学生，这样才能学会学习。

莫与俦当初在遵义设教，教学中，训释六经以汉儒的方法为圭臬。其治学的根本方法是"实事求是""无征不信"，通过考证历史文献，让学生学会学问研究的方法，其特点是注重真实，从而为学生指明了读书与治学的方向。例如，莫与俦的《毋敛先贤考》利用考据学的方法，不仅通过实际对当地进行描述，更结合《水经注》《汉书·地理志》，最终打破了经验之谈，提出了独到的观点，被证实观点的正确性。同样，我们今天的语文教师，面对不同群体、不同需求时必须采用不同的方法，因材施教，教育学生学会最适合自己的学习方法。

受应试教育影响，今天部分教师仍然只教学生考试知识，忽视学生动手能力，忽视学生素质教育。所以，为改变这一不利局面，自 2004 年起，高中"新课改"①逐渐在全国铺开，课改中的主要内容就是要注重学生真实能力的培养，更加注重学习的过程，而非最终的考试结果，三方面的改革也体现了教育的实质，主张新型的学习模式。

正因为如此，通过这一次改革，最终的目的就是教师也能够转变自身的教育方向，深化改革，从实践中提取适合学生的教学方式，把学习交给学生，带动学生的积极性，让学生自主学习。

当我们面对不同群体、不同需求时，应该采用不同的方法，因材施教，培养个性，发展潜能。

达尔文在历史中提出过这样的一个观念，认为真正的知识并不是传授的知识，而是在学习过程中学会学习的方法。学生通过学习方法的掌握，读书治学就能够举一反三，触类旁通。当学生能够充分掌握这样的学习能力之后，才是学习的开始，才能够真正地开始学习，为以后的科研提供基础，最终成长为对社会有用的人才。

对于教师，主要的是注重传授知识的学习方式，而不是单纯地传递知识，这样才能够让教学高效，真正提升教育的质量。充分发挥学生的主体性、主动性和

---

① "新课改"的全称是"新一轮基础教育课程改革"，2001 年 6 月 11 日国务院召开改革开放以来第一次有关基础教育工作的会议，颁布了《关于基础教育改革与发展的决定》。新一轮基础教育课程改革，是中华人民共和国成立以来基础教育的一次深刻的变革；是针对传统教育弊端的一次革命；是一次教育理念的革命；是一次"教"与"学"的革命。

创造性，让学生自己去做自己的事情，教师不能越俎代庖，从而达到莫与俦当初教学的良好效果——"言之未尝不津津；听者虽愚滞，未尝不怡如旱苗之得膏雨也。"

在这个新的课程发展阶段，教师的教学也要改革，充分学习先进的教学观念，沿袭古人的传统。就如叶圣陶也提出过这样的理论：成为一个优秀的教师并不是看如何把知识传递下去或者传递了多少知识，而是要看如何让学生明白如何学习。最终的目的不是为了让学生学会多少知识，而是让学生学会如何自主学习。叶老的观点同先进的观点也是不谋而合，因此，教师应该向这方面发展。

同时，我们还要学习莫与俦在辛勤教学之余，还身体力行埋头著述开展学术研究的精神。新形势要求我们的教师除了教书育人，还要充当基础教育的研究者，要不断研究学生，实事求是地研究学生成才的规律，把教书与科研结合起来，做研究型的教师，做专家型的教师。教师要有针对性地开展教育科研课题研究，撰写有价值的学术论文，语文教师还必须要学会写作"下水文"来指导学生作文。

这就需要教师自身的表率作用，让学生在学习中发现问题、提出问题，增强其探索问题的能力。刘国正先生也提出过这样的观点，一名教师如果要去教授知识，必须自己先要熟悉知识，才能够将其转化为自身的观点，从而更好地传授给学生，每一行都有自己的专业领域，因此，要专精于自身的讲授。就如沈从文先生一样，为了搞好写作教学，其所设定的题目总是要通过自己的实践之后才会布置给学生，让其写作。因此，教师一定要将学习和传授并肩，这样才能培养出优秀的学子。

结　语

贵州因为交通不便，经济落后，在人们的心目中历来都是远离中原先进文化的蛮荒之地。但是晚清的莫与俦自幼受家学影响，后来又受当时国内著名学者的熏陶，他学有精专，热爱教育，试图改变贵州文化教育落后的现状，在家乡独山以及遵义两地从事教育培育人才近五十年。他的儿子、弟子们大都继承他的教育事业，薪火相传，继续为贵州教育发展做出贡献。

　　著名画家刘海粟在《花溪语丝》中说："与俦是子尹（郑珍）的老师，洪亮吉的得意门生，终生教书，桃李遍天下。"其门下弟子郑珍推崇自己的恩师，在撰写的《祭贞定先生文》一书中给予极高的评价，用"玉洁坚金"来盛赞恩师，赞其精神万古流芳。莫与俦逝世后，深受教益的弟子们根据他一生敦品笃学、致力文教的高尚风范，"私谥"他为"贞定先生"以示敬仰之情。曾国藩也对其高度评价，在《翰林院庶吉士遵义府学教授莫君墓表》中对莫与俦的评价丝毫不吝惜自己的赞美之词："君出而为吏，恩信行于异域；退而教授，儒术兴于偏陬，校其所得，与夫同年生之炳炳者，孰为多寡，未易遽定也。"曾国藩认为，莫与俦生前也许不如当朝那些大学者赫赫有名，但是论其身后的贡献及影响，却不一定比他们逊色，事实上也的确如此。

　　《遵义志》把莫与俦生平事迹列在"宦绩"栏，后来光绪又题准入祀遵义名宦祠。《清史稿·文苑传》也有对他事迹的记载。《中国少数民族历史人物志》赞誉莫与俦是"清代著名教育家"和"清代后期西南地区的文化大师"。《贵州教育史》论述清代贵州教育名人时，首论莫与俦。的确，莫与俦有将近半个世纪的教育教学实践经历，他为贵州教育做出了杰出贡献，并产生了极为深远的影响，而且他还留下了完整而系统的教育思想，给后人以参考和借鉴。因此，莫与俦当可视为清代三百年贵州第一教育家。

　　通过莫与俦的生平事迹不难看出，他一生都致力于教学事业，自身有着丰富的学识，为人师表高度自律，教学能够从自身出发，用自身行动影响学生，是为后世所尊崇的一代名师，更是流传千古的教育学家。莫与俦的教育思想集贵州汉朝尹珍、明朝王阳明、张翀、邹元标、孙应鳌等历代教育家教育思想的优长，莫与俦甘于淡泊，固守清贫，不重名利，矢志开启民智，致力于家乡教育和著述事业的精神永远值得我们后人学习；同时，他的教育思想对今天我们的语文教育教学都具有积极的借鉴启迪意义，我们通过对莫与俦教育思想的学习与研究，并努力应用于我们的语文教育教学实践当中，我们就一定会有机会成为新时期一名优秀的语文教师乃至语文教育家。

参考文献：

一、专著教材类

[1]独山县志编纂委员会：《独山县志》，贵阳：贵州人民出版社，1996。

[2]（清朝）郑珍、莫友芝：《遵义府志》，遵义市印刷厂，1996。

[3] 孔令中：《贵州教育史》，贵州教育出版社，2004。

[4] 万大章：《独山莫贞定先生年谱》，北京图书馆出版社，1999。

[5] 遵义市志编纂委员会：《遵义市志》，北京：中华书局，1998。

[6] 梁光华：《问学论稿》，贵阳：贵州民族出版社，2012。

[7] 黄万机：《莫友芝评传》，贵阳：贵州人民出版社，1992。

[8] 黄万机：《客籍文人与贵州文化》，贵阳：贵州人民出版社，1992。

[9] 裴汉刚：《莫友芝研究文集》，贵阳：贵州人民出版社，1991。

[10] 李远：《彪炳史册的黔南人》，贵阳：贵州人民出版社，1992。

[11] 张剑：《莫友芝诗文集》，北京：人民文学出版社，2009。

[12] 张剑：《莫友芝日记》，南京：凤凰出版社，2014。

[13] 莫庭芝：《青田山庐诗词》，光绪十五年黎氏家集刻本。

[14] 徐惠文：《莫友芝年谱》，独山县政协文史资料委员会，1996。

[15] 贵州省地方志编纂委员会：《贵州省志·教育志》，贵阳：贵州民族出版社，1990。

[16] 张剑：《莫友芝年谱长编》，北京：中华书局，2008。

[17] 莫与俦：《贞定先生遗集》，台北：文海出版社印行，1969。

[18] 朱绍禹：《中学语文课程与教学论》，北京：高等教育出版社，2005。

[19] 叶澜：《教育学原理》，北京：人民教育出版社，2007。

[20] 陈旭远：《课程与教学论》，北京：高等教育出版社，2012。

[21][苏] 苏霍姆林斯基：《给教师的建议》，北京：教育科学出版社，1984。

[22] 谢启晃：《中国少数民族历史人物志》，北京：民族出版社，1983。

[23] 胡晓风：《陶行知教育文集》，四川教育出版社，2007。

[24]（民国）周恭寿：《续遵义府志·列传》，遵义市鸿运印刷厂，2000。

[25] 教育部：《（普通高中）语文课程标准》，北京：人民教育出版社，2003。

[26] 潘新和：《新课程语文教学论》，北京：人民教育出版社，2005。

[27]《黔南布依族苗族自治州志（简编本）》，贵阳：贵州人民出版社，2007。

[28] 张舜徽：《清人文集别录》，北京：中华书局，1963。

[29] 张贵新：《新时期师德修养》，北京：首都师范大学出版社，2006。

[30] 王荣生：《语文教学内容重构》，上海教育出版社，2007。

[31]王荣生：《语文科课程论基础》，上海教育出版社，2005。

[32]莫友芝：《清故授文林郎翰林院庶吉士贵州遵义府教授显考莫公行状》，《莫友芝年谱长编》，北京：中华书局，2008。

[33]曾国藩：《翰林院庶吉士遵义府学教授莫君墓表》，《曾国藩诗文集》，上海古籍出版社，2005。

[34]莫祥芝：《清授文林郎先兄郘亭先生行述》，《莫友芝年谱长编》北京：中华书局出版发行，2008。

[35]胡适：《章实斋先生年谱》，上海商务印书馆，1922。

二、期刊论文类

[1]梁光华：《莫友芝生平人品与主要学术成就评介》，黔南民族师范学院学报，2005（1）。

[2]黎铎：《莫与俦对遵义沙滩文化的影响》，教育文化论坛，2011。

[3]习近平：《青年要自觉践行社会主义核心价值观》，中华人民共和国教育部网站，2014-5。

[4]赵一君：《布依族第一位有史可考的教育家——莫与俦》，民族教育研究，1996（1）。

[5]石尚彬：《晚清著名教育家莫与俦》，贵州文史丛刊，1997。

[6]丁伟华：《金坚玉洁，煦若春曦——清代著名学者、教育家莫与俦先生事略》，黔南民族师范学院学报，2011。

[7]安尊华：《略论教育与文化的关系——从莫与俦、郑珍献身教育说起》，教育文化论坛，2011。

[8]罗进：《论莫与俦教育思想特点》，青年与社会——社科纵横，2013。

[9]杨祖恺：《莫友芝一家的学术活动》，贵州文史丛刊，1981。

[10]谭佛佑：《晚清筑城书院新教育改革的先范——学古书院》，贵州文史，2011。

[11]禹玉环：《清代遵义的书院教育研究》，兰台世界，2013。

[12]邹安欣：《贵州郑珍莫友芝师承论》，遵义师范学院学报（社会科学版），2013。

[13]张永文：《辞官从教的晚清进士胡长新》，黔东南新闻网，2014。

[14]史继忠：《沙滩文化揭秘：文化与教育交融》，教育文化论坛，2010。

[15] 暴鸿昌:《清代汉学与宋学关系辨析》,史学集刊,1997。

[16] 徐惠文:《独山州书院简史》,独山文史资料选辑(第十辑),1991。

[17] 周崇启:《明清时期汉文化教育与黔南民族文化教育融合摭考》,黔南教育,2014。

(该文系本人学科教学·语文教育硕士学位论文,部分章节曾以《贵州教育家莫与俦研究》为题发表于《黔南民族师范学院学报》2018年第4期)

浅谈水族文化进校园的必要性与可行性

——以黔南布依族苗族自治州独山县为例

摘　要：水族是具有悠久传统文化的古老民族，水族文化丰富多彩，但目前水族文化保护、传承状况却不尽如人意。为进一步继承和发展优秀的传统文化，应以水族地区的学校教育为主阵地，以水族传统文化课程资源的开发利用以及在校园开展丰富多彩的水族文化教育活动等为载体，深入持久地推行"水族文化进校园活动"，方可取得良好的效果。

关键词：水族；民族文化进校园；传承

水族是中华民族大家庭中的一员，是具有悠久传统文化的古老民族，现有水族人口大约40万人。水族主要居住在贵州省黔南的三都水族自治县、荔波、都匀、独山等县。就独山而言，全县98%以上的水族人口聚居在玉水镇和影山镇。在历史长河中，水族人民创造了优秀的、丰富多彩的传统文化，成为祖国珍贵文化遗产的一部分。如何进一步继承和发展水族文化，笔者认为，以学校教育为主阵地，以水语、水书、水族歌舞教学及其他教育活动为载体，是推行"水族文化进校园活动"的一条主要途径。本文就此进行一些粗浅的论述，不当之处，恭请方家不吝赐教。

一、水族文化进校园活动的重要意义及政策依据

水族是迁徙而来的民族。水族自称"睢"，据研究，与古代夏商时期古文化

发祥地的睢水流域有关。族称"睢"被"水"取代，与唐代开元年间在今黔桂交界的环江一带设置以安抚水家人为主体对象的羁縻抚水州有关。这也是封建中央王朝正式确认水家为单一民族之始。

水族在发展演变的漫长历史过程中，为中华民族、为世界文化留下珍贵的古文化遗产。水族的农耕文化、水族古文字与水书、水族语言与民间文学、水族的民俗、水族多彩的民间艺术，都古老奇特且神秘。水书内容博大精深，2005 年"水书习俗"被国务院列入第一批国家级非物质文化遗产名录。[1]

水族文化源远流长、丰富多彩，但在传承方面却有着较大的困难，为了做好中华优秀文化的保护与传承工作，2012 年党的十八大报告指出："文化是民族的血脉，是人民的精神家园。建设优秀传统文化传承体系，弘扬中华优秀传统文化。繁荣发展少数民族文化事业。"[2]2014 年全国两会政府工作报告指出："认真落实中央支持少数民族和民族地区发展的政策措施。扶持人口较少民族发展，继续实施兴边富民行动。保护和发展少数民族优秀传统文化。"[3] 这是党在新的历史条件下为发展民族优秀传统文化，构建和谐社会做出的新的要求。

而贵州省教育厅、贵州省民族宗教事务委员会早于 2002 年 10 月制定实施了《在全省各级各类学校开展民族民间文化教育的实施意见》，在全省范围内启动了民族文化进校园活动；2008 年 7 月下发的《省教育厅、省民委关于大力推进各级各类学校民族民间文化教育的实施意见》(黔教民发〔2008〕216 号) 明确指出："开展民族民间文化教育，是保护和传承优秀民族民间文化的需要；是'多彩贵州'繁荣发展的需要；是构建贵州特色民族教育的需要。""自治地方和民族乡的中小学必须把民族民间文化教育纳入日常教学活动中，围绕当地优秀民族民间文化资源特点，因地制宜地开展民族歌舞、民族声乐、民族体育、民族工艺、民族绘画、民族语言等进课堂活动，尤其是要抓好列入国家和省非物质文化遗产保护的项目进课堂活动。其他地区的学校要从本地实际出发，积极把民族民间文化教育纳入素质教育的内容中，将当地各族人民喜闻乐见的民族民间文化引进教学活动中。"[4]

各级教育、民族工作部门和各类学校结合本地本校实际，深入持久开展民族民间文化教育活动，不但能丰富课堂教学内容，培养学生学习兴趣，而且能进一步传承优秀的民族民间文化，培养民族文化艺术人才，促进素质教育和办学水平的提高。

二、当前独山水族文化在传承发展过程中存在的问题

独山县地处贵州最南端，与广西壮族自治区接壤，是贵州省乃至大西南进入两广出海口的必经之地，素有"贵州南大门""西南门户"之称。全县总面积2442.2平方公里，现辖一城六区（即：独山大学城、贵州独山经济开发区、麻尾工业园区、独山高新技术产业园区、独山现代农业产业园区、独山紫林山国家森林公园文化旅游产业园区、独山城乡统筹改革实验区）和8个镇，总人口约为35万人。

独山主要民族有布依族、苗族、水族、壮族等，少数民族占总人口的69%。独山县有水族人口22541人，全县98%以上的水族人口聚居在玉水镇（原名本寨水族乡），影山镇（由原来的兔场镇、甲定水族乡、翁台水族乡合并过来）的甲定村、翁台村。此外，基长、水岩、城关等乡镇皆有水族人口分布。

独山的这些水族聚集区拥有丰富的水族文化资源，有被誉为古文字"活化石"的水书，有水族各地异彩纷呈的端节、卯节，有隆葬、久祀的丧葬习俗，还有祈求世世代代昌盛的起造习俗，以及水族的语言、马尾绣、剪纸、银饰、蜡染、石刻、服饰、建筑、铜鼓、芦笙等。但由于这些水族文化所处的地理环境闭塞、狭小，文化市场小，文化发展的经济拉动力不大；当地青年大多外出打工。这些水族文化"传接人"长期在外，造成民族文化人才断层，而且当地水族青少年在学校现代教育的影响下，缺少接触传统水族文化的机会。以上原因正在导致独具特色的水族文化渐渐遗失。以水书为例，水书被水族民间水书先生用来记载天文、地理、民俗、伦理、哲学、美学、法学、宗教等文化信息，是水族人的"易经"，目前仍在水族民间广泛使用，故被称为象形文字的"活化石"，是一部解读水族悠久历史的重要典籍，亦是破解、研究和传承水族社会历史文化的重要密码符号。水语、水书本是水族人民独特的语言和文字，但是在水族民间，水族人虽然会说水语，但会记录水语的人却甚少，懂水书的老人已经寥寥可数。据水书专家学者搜集统计，已发现并破译的水书有468个单词，还有较多的水书已被流失，原因是老一辈"水书先生"还没有找到继承者就过世。"水书先生"过世时，由于家族内没有继承者，家人就把水书作为祭品烧掉或者陪葬。其次，由于水书研究逐渐引起国内外专家学者的重视，不少来自日本、韩国等外国专家不断从民间收购水书，一些珍贵水书就此流失。据调查，在独山影山镇的甲定、翁台两个水族村的水族已经基本汉化，7岁至16岁的水族子女已经无人能识读水族文字，连水书的一至十都不会写；中青年中仅仅是极少数读书人对水书略知一二。由此可见，拯救和保护水族文化已经刻不容缓！

三、推行水族文化进校园活动是传承水族文化的有效途径

由于我国各民族族情复杂，民族人口居住格局复杂，民族文化表现形式复杂，这就决定了在传承民族文化方面，国家很难出台统一的教材和标准，因此，民族教育传承民族文化的功能必须依靠地方课程、校本课程来实施。水族文化进校园活动是地方民族教育传承水族文化的有效途径。原因如下：一是校园是民族文化传承的主阵地。从独山玉水镇（原名本寨水族乡），影山镇的甲定水族村、翁台水族村的中小学的布点来看，学生生源一般来自学校周边，中小学周边一定范围内水族的生态环境、居住环境也基本相同，民族文化中的相同、相似因素多，校园作为当地最为重要的文化单位，成了当地各民族文化的交汇点、交流点，学校具有民族文化传播辐射的重要作用。二是学校教育是民族文化传承的主要方式。学校教育、社会教育、家庭教育是三种最重要的教育方式，其中学校教育是传承民族文化效率、效果、效益最为显著的方式。学校教育具有人员专业、设备先进、规范长效等优势。目前，贵州不少县市民族文化进校园活动之所以开展得有声有色，其中一个重要原因就是课程实施方面得到了保障。三是中小学生是民族文化传承的主要对象。民族文化进校园活动无疑使民族中小学生成为民族文化传承的主要对象，从年龄阶段讲，他们正值个体社会化的关键期。在这个人生阶段，他们感知器官敏捷、思维活跃、模仿能力强，是接受民族文化艺术表现形式的最佳时期，反过来，这些民族文化成分又会促进其综合素质和多元智力的提高和发展。从民族发展角度讲，青少年是民族的未来，民族文化教育从"娃娃"抓起，有利于民族文化的发展，有利于民族基本素质和民族内部结构的优化，从而有利于民族的不断发展进步。[5]

四、水族文化进校园的可行性策略

（一）加强水族传统文化课程资源的开发与利用

传承、改造和创新水族传统文化最重要、最基本的途径之一是教育，而其

主要载体是课程。列入课程的文化就能传承、发展。2013 年，由独山县教育局、独山县民族宗教事务局主编了乡土教材《水族文化进校园读本》（全一册）。该读物吸收了省内外知名水语、水书专家学者的研究成果，根据儿童、少年由浅入深、循序渐进的认知规律，教学内容编排较为合理，以常用的、易学的水文字为主。该教材共分为四部分：水语拼音、认读简单的水文字、常见事物及称谓、水族民间文化和习俗。书中还收录了童谣、水书作品、水语歌曲等供学习者领略欣赏，以此提高学习者的学习兴趣，从而使水族文化在学生的生活中产生潜移默化的作用。教材易教易学，有很强的教育意义和可操作性。学校可以每周安排一个课时授课。水语、水书分别用 12、10 课时来完成教学。书中的水语拼音方案结合独山县水族方言语音的特点，简单易学，拼出水语准确率高，曾在课堂中试教，学生容易接受。独山在玉水镇温泉民族小学四到六年级开办了 3 个水族文化教学班；玉水镇塘立中学音乐教师整理编写了《端节情》《劝学歌》等水族歌曲。通过水语、水书、水歌进课堂的形式，促使中小学生对丰富多彩的水族文化有初步的认识和了解，从而增强他们的民族自尊心和自豪感，培养他们热爱家乡、建设家乡的高尚情操。

（二）在校园里开展丰富多彩的水族文化教育活动

水族村落的民风民俗、服饰器具、民间文化艺术、民间体育游戏等诸多方面的文化知识，给学生打开了一扇了解水族文化的窗口。水族地区学校应该因地制宜在校园里开展丰富多彩的水族文化教育活动，使学生亲身参与和感受水族文化，利用文化的渗透作用让学生自觉传承水族文化。

可以结合端节、卯节等水族重大节日举办校园文化活动。水族地区的学校可以结合实际情况将水族盛大的端节定为校园文化艺术节，让水族学生都熟悉且喜欢的节日同时成为校园文化教育的重要内容，这样可以充分调动学生的积极性、参与性，以加深学生对水族节日文化的理解和喜爱。[6]2012 年独山县教育局联合独山县民族宗教事务局联合举办了独山县少数民族原生态歌曲进校园展演活动，产生了较大的影响。

水族传统艺术在中国少数民族艺术中有一定代表性，可以结合水族传统艺术开展艺术教育活动和综合实践活动。例如，水族巧夺天工的马尾绣刺绣艺术，是水族妇女世代传承的以马尾作为重要原材料的一种特殊刺绣技艺，是水族艺术中的精品，被称为"刺绣中的活化石"，被列入首批国家非物质文化遗产名录。水族学校完全可以举办水族马尾绣工艺制作培训班，让女生在学习一定职业技能的同时，将水族马尾绣技艺传承下去。

同时可以结合水族音乐、舞蹈、民歌等进行音乐、舞蹈教育，例如，芦笙舞、铜鼓舞的学习等。结合水族剪纸、蜡染、刺绣等水族传统美术资源开展美术教育，结合水族酿酒、建筑、婚丧嫁娶等传统艺术及习俗开展综合实践活动课等。

独山玉水镇塘立中学近年来每年都举办全校性的水语文字书写大赛。该校成立的60人的水族歌曲合唱团，经常活跃在校内外舞台上。合唱歌曲《水家人的棉花情》于2012年在黔南州中小学少数民族原生态歌曲大赛中荣获优秀编曲一等奖，产生了一定的社会反响。

总之，水族文化的传承与发展，水族地区的学校教育责无旁贷，只有在水族地区建立健全长效的学校教育机制，才能使民族教育在水族文化的传承中起到更加持久的、更加巨大的作用。水族文化进校园是一项长期的战略任务，只有通过全社会共同努力，才能进一步激发水族学生热爱水族文化、增强民族自豪感和自信心，这对丰富中华民族多元文化具有十分重要的现实意义和深远的社会意义。

参考文献：

[1]潘朝霖，韦宗林：《中国水族文化研究》，贵州人民出版社，2004。

[2]胡锦涛：《中国共产党第十八次全国代表大会上的报告》，新华社，2012。

[3]李克强：《全国两会政府工作报告（全文）》，新华社，2014。

[4]《省教育厅、省民委关于大力推进各级各类学校民族民间文化教育的意见》，2008。

[5]严庆，李彬：《民族文化与民族教育互动发展的助推工程》，贵州民族研究，2007。

[6]黄胜：《水族文化传承的学校教育策略研究》，民族教育研究，2009。

（原载于《黔南民族师范学院学报》2015年第4期）

教师如何关注学生中"留守儿童"教育问题

摘　要：当前，"留守儿童"教育问题凸显，关注留守儿童，帮助他们树立自信，提高学习成绩，实现教育的公平发展，是摆在当前教育工作者面前的一个重要课题。笔者认为，对留守儿童多一份发自内心的理解与尊重，多一份真心实意的关爱，多一份真情的鼓励与激励，让他们感受阳光、感受温暖，就可以奏响师生间最和谐的音符。愿我们的每位老师都能成为沐泽荷花的红日和雨露，去爱抚无边的绿色。

关键词：教育公平；留守儿童；教育方法；教育质量

　　在我县，外出务工农民数量大，留守儿童的问题尤为突出。作为一名农村中学语文教师，这些年来，本人的班级学生中经常有"留守儿童"，他们因为父母外出打工而留守家中，他们因为长期缺少父母之爱，心理上总是处于劣势，他们敏感、脆弱、自控力差、不善社会交际，属于班级学生中所谓的"弱势群体"。作为一名人民教师，如何来关注"留守儿童"学生，帮助他们树立自信、提高学习成绩，从而实现教育的公平发展，是摆在当前教育工作者面前的一个重要课题。在此，本人结合自身从教二十年的教育工作实践，浅显地从以下三个方面谈谈教师如何关注学生中的"留守儿童"教育问题。

一、多一份发自内心的理解与尊重

　　懂得尊重，学会尊重，是做人的一门学问，更是师德规范的要求。从根本上说，尊重别人就是尊重自己，因为只有学会了尊重别人，我们才能够得到别人的

5

尊重。只有尊重学生，才能谈得上对学生关心、理解与信任；否则，关心学生云云，只是一句空话。平等公正地对待每一个学生。在倡导和谐教育的同时教师必须尊重每位学生做人的尊严和价值，确保人人实现受教育的权利，确保人人获得适合自己发展的教育机会。这就要求教师要自觉遵守职业道德，以身立教，依法施教，更多关注学生中的"留守儿童"。教师不能因为有些学生是"留守儿童"就戴着有色眼镜看待他们：对他们或横眉冷对、或漠不关心、或讽刺挖苦、或变相体罚，致使他们的身心受到严重伤害。如果是这样，学生对老师尖酸刻薄的厌恶情绪就产生了，对老师恨之入骨的敌对情绪也产生了，还谈什么教育呢！

从某种意义上说，"留守儿童"学生的自尊心比优秀生还要强，"留守儿童"学生心中其实更渴望被尊重，他们把被人信赖和尊重，看作是一件至高无上的荣誉，往往比分数更为重要。冰心说："情在左，爱在右，站在生命的两旁，随时播种随时收获。"我们更要拥有包容"留守儿童"学生缺点的平和心态，要用心倾听他们发自肺腑的心声，要创设与学生真诚沟通的机会。我们不仅要尊重学生，还要让他们学会尊重他人，以积极向上的心态去处理好发生在他们自己身上的事情。

正是因为有了发自内心的理解与尊重，教师才能包容留守儿童的幼稚和任性。这种包容是无声的教育，它能让人感到温暖和舒心，给留守儿童奋发向上的力量，起到"润物细无声"的效果。

二、多一份真心实意的关爱

法国教育家卢梭说："只有真心实意地爱学生，才能精雕细刻地去塑造他们的心灵。"没有爱就没有教育，教育技巧的全部奥秘在于如何热爱学生。教师对学生的爱是理解、信任、尊重、鼓励，是一种能触及灵魂的教育过程。教师在点点滴滴的小事中，要特别注意控制自己的教育行为，不要感情用事，挫伤学生的自尊心。在平时，多与"留守儿童"学生接触，交流沟通，增进了解，换位思考，不要把错误看成是不可饶恕的，改过是需要过程的。在学习上，多帮助他们分析落后的原因，指导他们掌握正确的学习方法，帮助他们树立学习的自信心。针对学生缺乏自信的这种情况，本人总是循循善诱并进行赏识教育，一方面关注他们的进步并及时予以肯定、鼓励，使他们相信自己的能力；另一方面通过举办主题班会等形式让孩子清楚自己的优点并逐渐帮助他们树立起自信心。

巴特尔说："教师的爱是滴滴甘露，即使枯萎的心灵也能苏醒；教师的爱是融融春风，即使冰冻了的感情也会消融。"在爷爷奶奶呵护下成长起来的留守儿童，生活自理能力很低且缺乏责任心、自信心，表现在学习上缺乏吃苦耐劳的精神和坚强的意志，大多数学生遇到难题通常是退缩。本人认为，造成这一现象的主要原因就是学生缺乏家庭温暖，因此，教师在教学中要学会对症下药，对他们要有更多的关注并倾注更多的爱、更多的情，使他们在家庭中失去的温暖在学校、在教师那儿得到补偿。教师要对他们施以更多的关爱和呵护，让每一位"留守儿童"学生都能抬起头来走路，不仅能使他们在心灵的沟通中体验到关心，感悟到温情，而且也能取得教育过程的最大值，达到事半功倍的效果。

正如法国影片《放牛班的春天》所描述的那样，我们应该坚信，哪怕这个学生成绩再差，品德再不好，只要他的血液中还留有一丝理智，相信心与心的沟通就能使迷路的羔羊重返大道，通向成功。

三、多一份真情的鼓励与激励

《学记》中说："善教者使人继其志。"德国教育家第斯多惠曾说："教学的艺术不在于传授的本领，而在于激励、唤醒、鼓舞。"学生的心，敏感而脆弱，永远需要鼓励、喝彩与掌声。哪怕只是一句简单的称赞、一个关切的眼神，有时也会给他们带来莫大的影响，起到意想不到的作用。"留守儿童"学生虽然有些方面不如人意，但他们身上也有闪光点。老师要善于捕捉他们身上的闪光点，如果把这一闪光点发扬开来，就有可能照亮一片。教师要帮助留守儿童融入集体，让他们感受阳光、感受温暖。在班级中，多给留守儿童创造表现的机会，让他们获得成功，体验到成功的快乐，从而激发他们的自信心，使他们获得更多的成功。俗话说，数子十过不如奖子一功。教育家也说，赞许犹如阳光。教师要针对"留守儿童"学生的现实基础和进步特点去夸奖孩子。我所在班级有一位留守儿童罗秀景同学，他是一个性格内向、学习成绩也不佳的学生，但是他对人很有礼貌，对老师很尊重，只要路上碰到老师，大老远就会与老师打招呼。抓住这一点，课上我当众表扬了他，从此以后，他学习劲头更足，学习态度更加认真，在期末考试中语文考了89分。事实告诉我们，真诚的鼓励与激励是一种策略，更是一种艺术，可以奏响师生间最和谐的音符。愿我们的每位老师都能成为沐泽荷花的红日和雨露，去爱抚无边的绿色。

参考文献：

[1] 张贵新主编：《新时期师德修养》，首都师范大学出版社，2006。

[2] 周明星主编：《教师工作创新》，中国人事出版社，1999。

[3] 马新国主编：《中小学班主任工作》，中央民族大学出版社，2007。

（原载于教育新思路文萃《琢玉时光》，中国戏剧出版社 2011 年 1 月）

"冷处理" 帮大忙

一天上午我上英语课时，忽然发现后排平时纪律不太好的龚永红同学伏在桌子上"呵呵呵呵"，身子抽个不停，似乎笑不够的样子，引得全班一片哄笑。

此情此景，是可忍，孰不可忍。一时，我急了，快步走过去，令他站起来，但是他却置若罔闻。我气愤得要赶他出教室，可他还是极不服气地坐着岿然不动。我伸手去拉，个头高大的他竟然抱住桌腿拼命顽抗。师生就这样尴尬地相持着，面对全班几十双眼睛，我的确感到不太体面。

这时，我是该摆教师架子继续发威，停课示警呢？还是暂时先放一放，等课后再处理？经过冷静思考后，我选择了后者，大度地请他坐好，自己从容不迫地继续上课。

课后，我从龚永红同桌处了解到，他今天感冒了，刚才在课堂上是在咳嗽，当他被我叫到办公室时，眼睛直望着天花板，满脸怨恨。然而，我却诚恳地向他道歉，责怪自己当时不了解情况就采用那种做法，请他原谅。他听着听着，脸色渐渐变得平和起来。接着，我指出当时他太固执，也不说明，直接影响了全班的课堂秩序。此时，我看到他眼中充满了愧疚的泪水，他表示，愿在下午上课时向全班同学做检讨。

这件小事已经过去了，但却使我时时记忆如新。因为在教师与学生的教与学过程中，师生之间难免有时会发生误会或冲突。如何正确处理好这些误会或冲突？这件小事教我不要着急，要搞"冷处理"，即事后弄清是非，实事求是地处理，方能收到事半功倍的效果。因此，对于师生矛盾，"冷处理"的办法的确能帮大忙。

（原载于《贵州日报·教育天地》1996 年 1 月 18 日）

作家作品研究

论被遮蔽的蹇先艾都市小说价值

摘　要： 蹇先艾写过不少以故都北平为背景的都市小说，但这一事实却往往被他的"乡土作家"身份所遮蔽。为全面挖掘蹇先艾的创作实绩，对作家做出更加准确全面的评价，很有必要对他被遮蔽的都市小说进行全面梳理及系统研究。通过对蹇先艾都市小说进行文本细读之后可以发现：首先，他的都市小说生动描绘了形形色色的都市人物群像，塑造的这些人物形象，在中国都市文学的初创期，参与了都市形象的建构，具有不可替代的价值；其次，这些都市小说真实描摹了历史转型时期北平的时代画卷，深刻揭示了故都中下层人民的生存困境与时代灾难，具有一定的认识价值；再次，讽刺、白描以及意识流等创作技法的运用，都展示着蹇先艾都市小说独特的审美价值，而蹇先艾娴熟地运用现代主义手法进行小说创作，极大地丰富了初创期都市文学的表现力。总之，长期以来被遮蔽的蹇先艾的都市小说以其独有的观察视角和表现形式赋予了北平另一种文学想象，为后人提供了有关北平的另一种时代记忆。

关键词： 蹇先艾；都市小说；北平

　　李欧梵在《现代性的追求》中曾经这样谈论欧洲现代文学，他认为："欧洲自十九世纪中叶以降的文学几乎完全以城市为核心"[1]。然而，对于有着五千年农业文明历史的古老中国来说，情况当然不同，可以说，直到 20 世纪初，中国文学题材基本上还是以乡村社会为核心，"到了 20 世纪 20 年代后期，特别是进入 30 年代，随着以共和制为主导的民国社会的稳定发展，中国都市社会开始展现一种繁华趋势，这样也使得中国都市小说创作开始呈现出一种蓬勃发展的势头，都市和都市生活逐渐成为现代文学创作的一个重要题材"。[2] "从区域上分，当时的都市小说大致可以分为两大类型，一是以茅盾、蒋光慈等左翼作家和刘呐鸥、穆时英等新感觉派作家为主干的描写上海十里洋场的创作；一是以老舍为代表的描写北京皇城故都景象的创作"。[3] 其实描写皇城故都景象的创作家何止老舍，其他如蹇先艾、沈从文等"侨寓文学的作者"（鲁迅语）在自己侨寓的故都北平，同样以"他者"的眼光创作了大量现代都市小说。蹇先艾1922年就发表了都市题材小说作品《人力车夫》，此后便一发而不可收。只不过因为鲁迅先生1935年编辑《中国新文学大系·小说二集》时，选取了蹇先艾的《回家的晚上》和《水葬》这两篇小说，而且在"导言"中有过这样的评价："蹇先艾叙述贵州，裴文中关心着榆关，凡在北京用笔写出他的胸臆来的人们，无论他自称为用主观或客观，其实往往是乡土文学，从北京这方面说，则是侨寓文学的作者。"[4] 就这样，蹇先艾无形中被贴上了"乡土作家"的标签，所以，导致他创作的都市小说往往被读者和研究者所忽略或低估，以致今天在中国知网等学术空间检索不到一篇关于蹇先艾都市小说研究的学术论文。"比起上海，作为八百年故都的北京，现代化的进程更为艰难，从抵抗、挣扎到追随、突破、步履蹒跚，它也因而更具代表性，更有研究价值。"[5] 故此，本论文尝试从小说人物形象、认识价值、审美价值等方面来解读一直不被人们关注的蹇先艾的都市小说。

一、蹇先艾都市小说中的人物群像

1919年冬天，发生在北京的五四反帝反封建运动刚刚过去半年，13岁的蹇先艾结束私塾教育，离开"老远的贵州"日渐衰败的封建旧官僚家庭，远赴北京游学，并在那儿完成了小学、中学及大学教育。1931年夏，自北平大学法学院毕业后，蹇先艾留在北平就业，担任松坡图书馆编纂部主任，兼任宏达学院、某女子中学教员。1937年日寇占领北平后，他才被迫离开北平回到故乡贵州。他前后在北平学习工作了19个年头，在此期间，他接受了五四启蒙思想，表现出对文学的浓厚兴趣。1922年在北京师大附中读书期间，就与同学李健吾、朱大楠一起，组织成立了新文学社团"曦社"，曾邀请鲁迅、徐志摩等到校演讲。同年8月，蹇先艾在《益世报》副刊《益世俱乐部》上发表了他的处女作《人力车夫》，他自称这是一篇"比麻雀的鼻子还要短的"800字的小说，那年他16岁，还是北京师范大学附中一名中学生。在后来的文学创作道路上他得到过梁启超、鲁迅、徐志摩、王统照、闻一多、朱自清、郑振铎、叶绍钧、陈西滢等人的指导和帮助。1925 年，经王统照介绍，加入了"为人生而艺术"的文学研究会。"侨寓"北平期间，他一直利用业余时间坚持文学创作，除创作了闻名遐迩的乡土小说外，他还创作了《回顾》《狂喜之后》《诗翁》《一位英雄》《公园里的名剧》《巧》《诗人朗佛罗》《迁居》《仆人之书》《山东七哥》《逃》《小别》《我们的房东》《颜先生和颜太太》《逃难》《笔的故事》《晨》《晚餐》《一个秘密》《看守韩通》《国难期间》《生涯》《父与女》《松喜先生》《酷》《流亡者》《儿子》《幸福》《两个老朋友》《故都儿女》等 30 来篇都市小说。

蹇先艾早年离开家乡遵义，在北平学习工作近 20 年，北平可谓他的第二故乡。蹇先艾的都市小说基本上取材于他在北平的生活（除《看守韩通》《幸福》取材于某省会城市外）。"蹇先艾大学毕业后，主要从事文化教育工作，与文化人接触比较多，所以在蹇先艾的笔下，知识分子形象居多；但是他又想冲破'狭的笼'，扩大自己的生活视野，他处处留心北京平民的生活，故北京中下层人民的生活和精神状态也是他笔下的描写对象"。[6]

经梳理，蹇先艾都市小说描绘的人物形象主要有：

大学生：《狂喜之后》中 K 君，《一位英雄》中的 H 先生，《仆人之书》中安明通，《国难期间》中的晏肇祺，《流亡者》中的莫云璋，《父与女》中的傅蓉芳等。

大学教授：《公园里的名角》中的 H 教授，《小别》中的牧生教授，《父与女》中的傅教授，《幸福》中的伊祥福教授，《两个老朋友》中的月波教授。

落魄知识分子：《迁居》中的小说家尹鹤群，《晚餐》中的作家希之，《看守韩通》中的文化人"我"与韩通。

城市贫民：《山东七哥》中的七哥，《笔的故事》中的制笔匠刘世明，《我们的房东》中靠微薄房租养活全家十几口人的旗人连寿、连福兄弟，《晨》中的采藕人白老三及他叔叔，《松喜先生》中的松喜。

官僚：《诗翁》中附庸风雅的诗翁，《颜先生和颜太太》中只想升官加薪的颜先生，《公园里的名角》中好色无比的瘦子 B 先生，《逃难》中口是心非的前农商部司长项颂莲，《儿子》中因赌破产的银行行员庄以则。

爱国者：《古城儿女》中的爱国青年岑昌、蒙森、黎挹芬、巩明，《流亡者》中的东北籍青年莫云璋，《父与女》中的女大学生傅蓉芳，《两个老朋友》中的月波教授和老英国留学生李寿翁。

小说中还描绘了一些个性十分鲜明的女性形象：《回顾》里婶侄不伦之恋

中的琼，《逃》中背着丈夫主动写信提出与未婚男子约会但中途又主动逃走的"她"，《小别》中一刻也不能离开丈夫的牧生太太荔丝，《酷》中不顾自己病重还关心同情病友死活的晓英，《生涯》中不甘心疲于接客渴望跳出火坑的妓女淑兰。

除此之外，其他如马车夫、护士、士兵、军官、作家、编辑、鸨母、人贩子、小妾、大粮绅、高利贷者、日本侵略者等人物形象也出现在他小说中。可以这样说，20世纪上半叶北平社会的各色人物形象都在蹇先艾的小说中出现过。"人的本质不是单个人所固有的抽象物，在其现实性上，它是一切社会关系的总和。"[7] 小说正是透过这些人物，以及发生在这些人物身上的故事，展示了北平在现代化转型时期形形色色的生活场景与精神实质。蹇先艾作为一名特殊的北平人，是北平人又非北平人，正如赵园在《北京：城与人》中所言："他们居住于城，分享着甚至也陶醉于这城市文化的一份和谐，同时又保有知识者、作家的清明意识，把城以及其他人一并纳入视野。他们是定居者与观察者。后一种身份即决定了他们的有限归属。以城作为审美观照的对象使他们在其中又在其外。"[8]

蹇先艾的小说以丰富的人物形象丰富和充实了都市文学初创期的人物画廊，虽然他未能像茅盾、老舍一样塑造了吴荪甫、祥子那样的经典文学形象，但是他在都市小说中所塑造的某些人物形象，在中国都市文学的开创时期，同样参与了都市形象的建构，具有不可替代的价值。例如，他在以1937年"七七"事变后两三个月的北平为背景创作的长篇小说《古城儿女》中着力塑造的岑昌、蒙森这两个报效国家、奋起抗日、英勇斗争的热血知识青年形象。两者在性格上不太相同，岑昌疾恶如仇、耿直急躁，因报国心切，冲动地采取冒险行动，孤身一人去炸日寇兵营，结果英勇牺牲；而蒙森则不同，他沉着冷静、细密周到，他不赞同岑昌的冒险行为，主张持久抗日的斗争策略，他后来参加了京郊的抗日游击队，并成为游击队长，打击日寇与汉奸走狗。可以说，面对日寇的入侵，岑昌与蒙森采取的是两种截然不同的斗争策略：冒险速战与持久抗战。这代表着当时对待抗日问题上斗争策略抉择的不同倾向，因此，从这个意义上来说，岑昌与蒙森这两个艺术形象就具有了"个别与一般相统一"的特质，从而有了"文学典型"的意味。

二、独特的认识价值

蹇先艾的都市小说，真实描摹了历史转型时期故都北平的时代画卷，深刻揭示了故都北平中下层人们的生存困境与时代灾难，具有独特的认识价值。

（一）真实描摹了历史转型时期故都北平的时代画卷

塞先艾的都市小说，取材于北平，既有对故都传统风俗地方色彩的精致细描，更有对现代化都市喧嚣氛围的肆意泼墨，赋予他的小说独特的、既传统又现代的双重色调。

"一排绿槐之下，黑魆魆地坐了一大群人，多半是街坊，大家都随便谈话，也无暇互询姓名和作无谓的寒暄，最妙的是芭蕉扇在人声嘈杂中哗哗地响着，仿佛一种极单调的音乐，在助长人们闲谈的趣味。门口还有卖酸梅汤的，挑着担子，当当地敲动他手里的铜碟儿，那清脆的碟声正报告着长夏的开始。"[9]（《我们的房东》）

"他们两位都喜欢养鸟，这自然也是旗人们共同的嗜好。他们的鸟笼特别讲究，据说是祖宗留下来的，传了好几代人了。样子顶细致，用修得一般大小的酥黄篾丝编起来，好像象牙，却比象牙的颜色深浓。笼顶镂刻着小小的花纹。轻巧极了，提着一点儿不费劲。……他们服侍鸟儿，总是用出全副的精神来。一到冷天，鸟笼便要罩上布套，怕鸟儿遭了凉；天气热了，又要时常给他们洗澡。……有人说，他们俩兄弟有一回死了一只鸟，眼泪鼻涕都一齐哭出来过。"[9]（《我们的房东》）

这是对故都四合院、胡同、市民生活的白描，老北京味扑面而来：一条胡同的孩子都像一家人似的，四合院的门都敞开着。晚饭后、胡同里、大树下，街坊邻居聚在一块儿消夏，充满了诗情画意。"两位头顶光秃秃成天提着鸟笼逛天桥的老头子"——旗人连寿、连福兄弟早晚鸟笼不离手，对笼中精心饲养的鸟儿宝贝似的稀罕着，连老婆孩子都不让碰。虽然此时清朝已经垮台，北平也不再是首都，旗人们的"铁杆庄稼"早没了，但是故都老少"爷们儿"多年优裕富足生活养成的那种"京城大爷"的心态及生活情趣依然顽强地保存着。又例如在《巧》中，"金二先生的死，是震动全城的大事件，是空前未有的大葬礼，也是阖家第一次致其最深的哭泣之衷。""四太太坐在扶手椅上，用金耳挖剔着牙齿"[9]，可见有钱人排场之人，正如老舍在小说《正红旗下》中"我"所说的那样："二百多年积下的历史尘垢，使一般的旗人既忘了自谴，也忘了自励。我们创造了一种独具风格的生活方式：有钱的真讲究，没钱的穷讲究。生命就这么沉浮在有讲究的一汪死水里。"[10]

"我觉得 A 城至少早晨毕竟是可爱的：街头往来的只有学生，报差，送牛奶的，大粪夫，菜贩子，洋车夫，男女仆役，大师傅和小家庭的主妇……这些人莫不精神奕奕，负有正当的任务。这时听不见烦嚣的汽车的影子。巡警们都很闲在，在街心跨着八字步，还没有到替时髦贵妇人的汽车开路和向洋车夫施展威风的时候。"[9]（《晨》）

"从西长安街西口一直到甘石桥，白天车马不断往来，十分繁忙，常常有许多商店大扎牌楼，在门外摆着'大放盘''大贱卖''买一送一'的牌子，在柜台上放送留声机，或者在屋檐下用扩音器广播着嘹亮的歌声，吸引了不少的闲人在那里停留。咖啡馆、水果店门口的玻璃窗内，堆着各式各样的五彩糖食、饼干、瓜果，本来就已经很美观，再加上人工的妆饰，排列，更觉得炫耀夺目。电车、汽车、洋车、自行车……在广阔的马路上作长距离的赛跑，当当，呜呜的声音混合在一起。乡下人进城，到了这条街上，总是头昏目眩，耳朵都差点要吵聋了。一到晚上，电灯通明以后，更装点成了一座辉煌的世界，霓虹的灯光在各个角落闪耀着……"[9]（《古城儿女》）

"大旅社是一座四层的西式楼房，经理是一个日本浪人。楼上是烟窟，一间一间的小屋毗连着；楼下便是赌场，设在一间打通的屋里。电灯通明地照耀着，牌九，轮盘赌，骰子宝……设备很齐全。"[9]（《儿子》）

在此处，报差、洋车夫、巡警、日本浪人、时髦贵妇人、留声机、扩音器、咖啡馆、电车、自行车、霓虹灯等现代都市社会特有的标志，都一起出现在北平西长安的大街上，共同构成了一幅无与伦比的市井喧嚣与畸形的商业繁华场景，这是北平在现代化都市化进程中的真实场景，也正是小说之所以称为都市小说的特征所在。外国廉价商品在中国大量倾销，导致了中国民族工业和手工业纷纷破产，导致了社会贫富差距日益加大。同时西方社会腐朽没落的东西也随之一并流入中国，如日本浪人经营的烟窟、赌场，夜火通明，而且设备很齐全，这些"烤人炉"像狮子张开的血盆大口，似乎要吞噬掉所有踏进里面的中国人，"蛇吞象"似的要吞下整个中国。

北平作为故都，而且是中国最重要的经济文化中心，所以，在它身上最能集中地反映中国在历史重大变革时期面临的各种社会思潮的交流与碰撞。小说不仅为我们生动展示了北平特有的自然景观、风俗民情及独特生活方式，而且真实地刻画了北平在现代化转型过程中保守与开放、传统与现代对立与并存的一座城的"浮世绘"。

（二）深刻揭示了时代灾难与故都中下层人们的生存困境

北平是被西方帝国主义用枪炮打开大门、被迫走上现代化道路的，但是步履蹒跚，进程极其艰难。继"九一八"事变之后，1933 年日寇的飞机袭扰北平，东北全境沦陷；1935 年，北平学生爆发了震惊中外的"一二·九"反日爱国运动；1937 年"七七事变"后，北平沦陷。北平这座伟大的历史名城，在日军的魔爪下经历了苦难的八年，日军的入侵给这座城和人民带来了深重的灾难。

1933 年 5 月 23 日，蹇先艾在北平某女中监考时，看到日本飞机在头顶上盘旋，只有五六百米高，他怒火中烧，深感"中国领空竟听凭日本飞机自由飞翔，这是多么大的耻辱"[11]。北平沦陷之际，中国面临严峻的亡国灭种的民族危机，蹇先艾为了再现和记录这段沉痛的民族历史，表达自己抗击侵略的信心和决心，以极大的热忱、强烈的褒贬爱憎态度写出了一系列抗击外辱的小说。"正是国难最严重的时期，我目击当时几位大学生纸醉金迷的情形，愤慨极了，在一个失眠的夜间，我含泪完成了这篇作品。"（即《一个大学生的成绩》，后改名《国难期间》，笔者注）[12] 在小说《国难期间》中，北平失守的前夕，那些大学生们"一个一个地像泥鳅那样的敏捷，悄悄地溜走了"，即使留下来的，"大学校的教室里却不容易发现他的踪迹"，要么去跳舞、打麻将，要么就跑去承春馆喝酒看女招待，还自鸣得意地认为，"这才是我在北平留学的真成绩呢"[9]，似乎国家民族的灾难与自己丝毫不相干。与此相反，傅蓉芳、莫云璋、月波教授、李寿翁、岑昌、蒙森等却是作者极力讴歌的对象。《父与女》中的傅蓉芳勇敢冲破父亲阻拦，不惧怕反动军警的镇压，走在抗日救亡示威游行队伍最前列；《流亡者》塑造了一位爱国青年莫云璋。这位东北籍的大学生在"一二·一六"运动中，勇敢地扛着 G 学院的校旗，打前锋，结果被军警打成重伤，住院治疗，后来被送回到了东北老家；《两个老朋友》中月波教授和老英国留学生李寿翁，则是老一辈爱国知识分子的代表，他们虽深陷敌占区，却能洁身自好，决不附敌；而长篇小说《古城儿女》以作者自己逃离北平的亲身经历与见闻为基础，更是以报告文学般的笔触，描写了北平沦陷前后知识分子的生活与斗争，艺术地再现了 1937 年 7 月 28 日至 9 月底两个月内的种种生活场景，成功地塑造了岑昌、蒙森等抗日者形象，是抗战文学中反映沦陷区青年知识分子生活与斗争的难得之作。

就蹇先艾本人而言，他作为一个有民族大义的知识分子，在日本人派宋介接收《北京晨报》之后，于 1937 年 9 月携妻偕子，逃离北平返回贵州。关于日本玩弄"怀柔"政策之事，蹇先艾在1940年曾专门为此写了一篇杂文《苦雨斋之群》。"据说，活动得最卖力的，仍然是'苦雨斋之群'（苦雨斋系周作人的书斋名，笔者注）。每逢星期日，苦雨斋中的盛会，并不减于'七七'事变之前。"[9]蹇先艾认为那些或明或暗变节文人的行为，"不过十足地表现其本人的下流无耻而已""抗战之于文人，又何尝不是一面'照妖镜'，北平'苦雨斋之群'的奇形怪像，如今不是也纤毫无遗者地照出来了吗？"[9]蹇先艾在文学中对日本的"怀柔政策"及汉奸文人的丑态给予了深刻揭露与批判。

时代的灾难势必导致都市中下层人民无法挣脱的生存困境：物价飞涨、失业危机、流离失所、手工业者破产，就连昔日风光无限的旗人也一样被生活逼得走投无路。

《仆人之书》中的商校毕业生安明通，毕业之后，却找不到学以致用的职业，不得不到一个平民学校当"传达"，"还是由于一个最关心我的亲戚用最大的面子介绍才获得的"，而这个小小的位置，"据说已经有十几人在那里争夺了"。[9]《看守韩通》中有文化且为人正直的韩通和"我"先后失业，衰老又失业的"我"不由发出感叹："一个穷人的失业，真像被敲动了可怕的丧钟，饥饿的恐怖时时刻刻梗在眼前，……我大声地向宇宙呵问：社会待人为什么这样冷酷？人心为什么这样鬼蜮？宇宙给我的回答是一片虚无。"[9]《迁居》中的尹鹤群"早半天在一个私立大学教几小时的课，下午便到某文化机关里去做半日的工作，晚上有时便蛰伏在家里写文章，向各杂志报刊投稿"。同时做三份工，却撑不起连妻子、年幼儿子和他在内的三口之家，只因为"那奇昂的房租"，三次搬家之后，都不能租到理想的住房，生存无比艰难。无奈鹤群先生又徘徊在十字街头，"冒着凛冽的寒风，在满街的墙壁上找寻招租的小广告"。[9]《晚餐》中又病又穷的希之先生不得不把狐皮袍子送进当铺，还遭到古董铺老板的挖苦揶揄。《山东七哥》中当"我"听到七哥准备将七嫂接来北平时，劝道："七哥，你争这种意气，有什么价值呢！北平过活也不容易，你一个人在这儿都很费力，又何苦来添累赘！"[9]由此可见，要想在北平生存是何等的艰难！

昔日养尊处优的旗人后裔如今也面临着生存困境，如《我们的房东》中连寿、连福两兄弟，《晨》里的白老二和他的叔叔，《松喜先生》中的松喜，他们都具有勤劳、善良和正直的秉性，但结果都被生活所逼走投无路，落得了凄惨的下场：连寿、连福两兄弟卖掉了自己的房产；白老二的叔叔得伤寒病，无钱医治而死；松喜借了外国人的阎王账，无力偿还，逼得卧轨自杀。

从接受美学角度看小说中旗人后裔命运就是一个隐喻，一是旗人所代表的封建主义制度已经被资本主义大潮所淹没；二是昔日殷实的旗人尚且如此，那么就说明其他没有祖业根基的贫民的生存就更加艰辛无比了。生存困境、死亡威胁，始终是萦绕在北平百姓头上无法松解的紧箍咒。

二十世纪三四十年代的北平，内乱未弥，外患频来，政治黑暗腐败，权贵敲骨吸髓层层盘剥，外来殖民者疯狂掠夺，本土民族资本发展先天不足，社会中下层人们的生命形态大多是痛苦地活着，委屈地死去，为了生存苦苦挣扎。身处其中的蹇先艾感同身受，对生活有真实的体验。在抗战期间的 1938 年，蹇先艾在一篇回顾创作历程的文章里说："我对于写作一向是抱着严肃的态度的。文学乃是一个与恶势力恶社会战斗的武器，并非公子哥儿们的游戏消遣的工具。这一点我认识得十分清楚。"[9] 这是蹇先艾的文学主张，也是他的创作宗旨，与文学研究会"为人生的艺术"的观点一脉相承（1925 年他加入该会）。蹇先艾的这些小说不仅以艺术的形式表达了作者强烈的爱憎，更是弥足珍贵的历史资料，虽然小说仅仅只涉及北平社会生活的某些方面，但是仍然能够为今人了解民国时期北平真实历史提供借鉴。

三、独特的审美价值

蹇先艾的都市小说创作深受鲁迅、契诃夫及莫泊桑的影响，呈现出独特的审美价值。他根据主题表现需要，灵活采用了讽刺、简化情节、白描"画眼睛"等创作技法，特别值得一提的是，在某些篇什中，他还熟练地采用了西方现代主义意识流的手法，展示了他宽阔的创作视野。

（一）深刻而辛辣的讽刺手法

时代在彻底暴露它的腐朽时，生活就会提供太多的笑料。"悲剧将人生的有价值的东西毁灭给人看，喜剧将那无价值的撕破给人看。讥讽又不过是喜剧的变简的一支流。"[13] 受过鲁迅人道主义思想及其创作深刻影响的蹇先艾，顺应了社会与人生的要求，他在同情下层人民的不幸之时，也流露出对社会黑暗及丑恶的不满。而当他来批判现实的时候，就必然会想到讽刺手法。鲁迅说："讽刺的生命是真实；不必是曾有的实事，但必须是会有的实情。"[13] 蹇先艾的讽刺手法就体现了这样的喜剧美学的法则。

在《诗翁》中，一位军阀时代的旧官僚诗翁，一刻也离不了烟枪、麻将和如夫人，生活荒淫的他，偏偏在灯下朗声吟哦他写的诗句："城郭人民本是非，十年回首素心违；高车驷马成虚愿，还向空山乞蕨薇。"[9] 讽刺了他虚伪、附庸风雅、装腔作势的丑态。

《一位英雄》写大学生 H，平时"不大上学校去"，总爱发议论说"人生有三件要事——名誉、金钱、爱情"，与妓女恋爱，登报求女友，打牌"昨儿一宿输了三十几块"，买一件大氅花了四十五块，满嘴的"Yes""All right""密司""Kiss""My dear"等洋文，可是"他家高大的书架上，一连取下的三本洋书竟然都没有裁开篇页"。对这样的大学生，讲他故事的微云称他"真算得一个当代青年英雄的模型哩"，而坐在炉边的主客听到这句话时，"尤其分外地感动了，大家都不约而同地微叹，点头"。[9] 对于 H 这样吃喝嫖赌、不学无术、叶公好龙的大学生，竟然被他身边的人当作"当代青年英雄的模型"，这不能不说是一个莫大的讽刺。作家把这篇小说取名叫《一位英雄》，不仅仅讽刺了所谓的"英雄"H，同时也辛辣地讽刺了小说中的讲者和听者那一大群人。

《公园里的名剧》写 H 教授和 B 官僚在公园里的一场对话，B 官僚家里已经有了两个如夫人，但是还不满足，"假如有一个女学生嫁给他，官都可以不做了情愿告老还乡"；H 教授仁明在讲台上大讲"救国毋忘读书，读书毋忘救国"的口号，但是为了晚上能在方庐家打上八圈麻将，却不惜耽搁第二天学生的课程，"不相干，告一个病假得了"。"堂堂皇皇的为人师表，神圣不可侵犯""如今是敦品励学的人了"，[9] 却背着老婆暗地里与女学生私通，而且还与风尘女子阿四勾搭。小说讽刺了 H 教授心口不一，言行自相矛盾，身为人师，却灵魂卑污。同时也讽刺了大敌当前，国将不国之际，B 官僚和 H 教授之流，依然沉睡在鲁迅所说的"黑屋子"里面，丝毫没有觉醒，人生的追求除了花天酒地的享乐生活再无其他。

《颜先生和颜太太》中那位北京大学法科出身，曾经在天安门参加过若干次国民大会的颜先生，他毕业后，仅仅在司法部得到一个科员的小位置，"他最初很不满意，后来也就心安理得地坐下去了"，但是他"从此生活也不大有规律了：起得很晚，睡得很迟；并且喜欢打牌，听戏，看女人""一向都在为想升官和加薪而烦闷着"，用他妻子的话说就是"如今就会在女人身上用功夫"。[9] 讽刺了一个小官僚当自己升官发财的愿望一时无法满足时，就自甘消沉、不思进取，甚至腐朽堕落的自私自利的心态。

《国难期间》中，国难当头的时候，一群大学生去承春馆看漂亮的女招待，在这里，"这古城真的是在战氛弥漫之中么？在这酒楼里的空气是多么温柔！上楼下楼的年轻人、老年人都很有精神，四处洋溢着欢乐饮酒的声音。"[9] 讽刺了那群不求上进、及时行乐、醉生梦死的青年，这些享受轻歌曼舞的人群与前线浴血抗战的爱国将士相比，是何等的自私！何等的渺小！

《逃难》中，那位前农商部的项司长，"当日本还没有兵临城下的时候""他向来总坚持着'决不离平'的论调，事实上他却悄悄地逃跑了好几次，连他的朋友们都不知道"；而当得知"日本和谈无诚意，我决心在近郊抵抗"的消息后，"他的心里完全动摇了，从他那惨白的脸上透露着的神情便看得出来"。[9] 说的是一套，做的是另一套，叙述者用辛辣的笔尖撕破了披在这位官僚身上口是心非、色厉内荏、一心只为自己及家人私利盘算而置国家民族利益于不顾的可笑画皮。

《父与女》中的父亲与爱国女儿形成了鲜明的对照。父亲傅教授尽管参加过五四运动，"还是运动里的最重要的一个角色""爱国的次数太多了，连天安门的石板都被我踏光了"，但是十几年过去，如今他却堕落成一个整天研究《麻雀秘诀》，甚至经常到中山公园土山上去"打野鸡"的流氓教授。现在的他十分"后悔我那时的浮躁"，认为"从前那种举动叫做出风头，浪费精神！还不如多逛几趟公园，多打几圈麻将来得舒服呢！"[9] 从这篇小说中，我们也可以看到"五四"大潮落幕之后，当年的热血爱国青年们出现分化，有些继续前行，有些却从此止步不前，如傅教授，他日渐消沉，沉醉在平庸的甚至是精神不健康的世俗生活中不能自拔，为了稳住目前的物质生活，不再敢冒任何一点点的风险，今昔的对比，可谓变化大矣。

官僚、学者、教授、大学生，这些所谓体面的社会"上层人物"，在蹇先艾笔下，国难时期的他们却最集中地体现出了都市文明中的虚伪人性，这明显看得出是受到了鲁迅描写类似知识分子题材小说《高老夫子》《肥皂》等的影响。蹇先艾以人道主义的态度，剖析了人性善恶，揭出社会的腐败与罪恶。王瑶先生评价蹇先艾的作品时曾说："他同情他笔下的苦难人物，对有产者不时给予一些轻微的讽刺与嘲笑。"[14] 据蹇先艾后来回忆："1931年以后，……当时北平也有少数学生望风而逃，或者借此大过其花天酒地的糜烂生活；我家临近的两个公寓，成天就进出着这种类型的大学生。目击之下，使我非常痛心，因而写成了《国难期间》（即《一个大学生的成绩》），意在予以口诛笔伐。《逃难》讽刺了一个官僚家庭在紧张时期的混乱。"[15] 叙述者的心中充满了愤怒，对这类人物进行了无情的嘲讽与愚弄，以期像鲁迅那样"描绘黑暗现实，意在揭示病态国民的灵魂，以引起疗救者的注意，把希望寄于未来"[13]。他后来在《话说写作的甘苦》一文中也提到了这一点："我对耳闻目睹的旧社会的怪现象很痛恨，我看不惯那种人吃人、人压迫人的腐朽制度，我觉得我有责任把那些丑恶的东西通通暴露出来，暴露丑恶不也是一种反抗吗？"[9]

（二）轻情节喜白描的创作技法

蹇先艾都市小说都用白话写成，关于他学习创作受到谁的影响的问题，据他1956 年《点滴的回忆》一文的介绍："我是受到了莫泊桑、契诃夫和鲁迅的作品的启发，才学写起小说来的，最早我和它发生接触，而且给了我影响很大的中国新文艺创作，回忆起来，就是鲁迅先生的大家公认为反封建制度战斗宣言的《狂人日记》以及他的第一本短篇小说集——《呐喊》。"[9]可见他的小说创作受鲁迅小说表现手法的影响最深。此外，他又善于吸收一些外国小说家的优长，例如，契诃夫小说的短小、含蓄；莫泊桑小说的引人入胜、故事性强，来丰富自己的创作手法。

蹇先艾认为，在短篇小说里，情节越简单越好。而这简单的情节，他又尽力压缩集中在一个或少数几个场面上。《诗翁》只写了一个情节：丁香社已经两次三番打了电话来催请诗翁出席，但因为那天轮班的主席是诗翁，他便故意拖延，"躺在床上慢条斯理地抽烟，沉醉在稀薄的灰雾之中，没有理会。""今天活该又是我的主席，去晚点又怎样？他们又总会得等，难道主席没有到就散会不成？"[9]通过个性化的动作和语言，生动刻画了一个附庸风雅却还要大摆"臭架子"装腔作势的旧官僚形象。

《公园里的名剧》情节更简单，就是写星期天"我"在 C 公园散步时无意听到 H 教授和 B 官僚之间展开的一场对话。该小说采用第一人称限制性视角进行叙事，因为偷听偷看，所以更能直抵毫无提防的人物的内心隐蔽世界，从而更能表现出两位现代登徒子口是心非虚伪的性格。

《一个大学生的成绩》中重点也是在写大学生晏肇祺跑到承春馆吃饭，其目的是看漂亮的女招待这样的一个故事情节。"晏肇祺用一种迅雷不及掩耳的手段占领了上菜的地方""晏肇祺的兴致比以上的人都浓厚，他是向来一看见女性就要进攻的，今天当然的不外乎和往日一样的心情""晏先生在她的脸上摸了一下，有意赏识她的皮肤"，小说结尾，晏肇祺望着眼前漂亮的女招待，心想"这才是我在北平留学的真成绩呢！"[9]。一位没有国家责任感、脸皮极厚、好色无比的大学生形象跃然纸上。

情节虽然简单，但是蹇先艾却很会使用简练明快的语言勾画事物的主体，通过极富个性化的人物动作和语言，把人物性格刻画得惟妙惟肖。

白描也是蹇先艾小说的常用手法，鲁迅认为："要极省俭的画出一个人的特点，最好是画他的眼睛。我以为这话是极对的，倘若画了全副的头发，即使细得逼真，也毫无意思。"[13]蹇先艾学习了鲁迅"画眼睛"这种"极省俭"的艺术手法。"（陈妈）红着一对桃子似的眼睛"（《迁居》），写难过；"B先生两只眼却死死地钉住大学生身后的女郎""胖教授望着女郎，嘻着嘴，只差眼睛要成一条缝了""B先生的眼睛一直把他们送出视线之外，不由得两腿一阵乱颤"（《公园里的名剧》），这是两对邪恶的色眼；"（如夫人）披散着头发，她的眼睛哭得像一对鲜红的桃子"（《逃难》），写伤心；"虽然他（希之）是戴着眼镜的，也可以看出他的眼皮在那凸出的镜片上跳动"（《晚餐》），写愤怒；"其他客人都和晏先生一样的焦急，眼睛像偷窃食物的老鼠似的向四处东张西望"（《一个大学生的成绩》），写出了人物不怀好意、迫切急躁的心态；"松喜先生把眉毛和眼睛皱在一起，坐在炕前发呆"（《松喜先生》），写出了无尽的忧愁。"画眼睛"这种白描技法的确是一种生动刻画人物心态的重要手段。

作者说过："因为个性的关系，鲜艳夺目的、幽默的、泼辣的，这三种文章我都是十足的外行，——没有法子想，只好在'字句的质朴'上做点儿功夫了。"[16]难怪鲁迅先生早年在评价他的作品时，曾说他的作品"简朴""很少文饰"[4]。李健吾（笔名刘西渭）也评价说："他的文章不弄枪花，笔直戳进你的心窝，因为他晓得把文笔揉进他的性格。"[9]这样的评价是恰如其分的。

（三）西方现代主义意识流手法的运用

蹇先艾在小说中，不乏对西方现代主义手法的借鉴，尤其是在女性题材小说里，更多采用了西方现代主义的意识流手法。内心独白和意识流是现代小说的两个最触目的语言技巧（赵毅衡语），具体来说，就是以人物的意识活动为结构中心，围绕人物表面看来似乎是随机产生，且逻辑松散的意识中心，将人物的观察、回忆、联想的全部场景与人物的感觉、思想、情绪、愿望等，交织叠合在一起加以展示，以"原样"准确地描摹人物的意识流动过程。按照法国叙事学家热奈特《叙事话语》中对"叙述聚焦"的划分，意识流文学多选择"内聚焦"的叙述角度。

如《回顾》中下面这段意识流活动：

"她心里常常荡漾着一对妙龄男女的结婚：男的穿着大礼服，女的披着纱，还有傧相，还有天真美发的一对女孩，替新人牵纱……渐渐他们笑容可掬，脸上堆着幸福荣誉的颜色，挽着携着，慢步摇曳地踏入花车……军乐队锵锵的奏起乐来，那是一种怎样宏伟而带着歌颂的声音！后来，这幸福的后来，伉俪不能言传的亲爱，蜜月旅行，相依相偎的情形，她都细心一一体会。"[9]（《回顾》）

这段意识流真实细腻地刻画了女子琼的"婚纱梦"以及对幸福浪漫爱情的憧憬与幻想，真实地表达了这位年仅21岁的少女琼对委身一个60岁老头的现实婚姻的不满。在当时的中国，不知道有多少像琼这样青春的女孩子，因为经济地位的不平等以及旧礼教的束缚，而把她们的青春葬送。这是时代的荒诞，也是时代的悲剧。但是即便就这样度过悲哀的岁月，她们作为一个个体鲜活的生命，她们同样具有热切渴望有两性间纯真的、正常的爱情婚姻生活的自由与权力。

再如《小别》中意识流活动：

"牧生太太在车上局促不安地坐着盘心机：她不是算钱，教授三百大洋一月，有的是钱用；也不用担忧着生育问题，她一年前生过一位小姐，坏了；第二位还没有信。她放心不下的大概还是牧生先生；他一个人留在家里，实在太寂寞了。"[9]（《小别》）

主要写牧生太太荔丝赴宴途中的内心活动，通过这样的意识流活动，逼真刻画了一个衣食无忧、无聊透顶、只知终日厮守在丈夫身旁甚至连短暂的别离都不能忍受的家庭小妇人形象。

又如《逃》中意识流活动：

"她的心压得很沉重，并且有点凄然的感觉。处在一个苦难的境地之中，尤其是一个女人，比方陷在泥塘中一样，想跳出来是颇为不易的。呼救呢，讪笑因之就会引起来了；不跳出来吧，不跳出来又怎样呢？……想脱然无累地离开他吧，已经来了，是她约他来的，他还居于被动的地位呢。他的态度又是那样恳挚，没有一点阿谀的表情……一个女人竟背着她的丈夫同另外一个青年男子到娱乐场来了，这真难为情！……她认为'逃'或者是避去'后悔'的一种策略，躲闪并非完善的方法，终于不免要被擒的。一个聪明的人为什么要束手待毙呢？"[9]（《逃》）

大段大段的意识流活动描写几乎占据了小说四分之三的篇幅，《逃》可谓一篇较好的意识流小说。写了"她"主动邀请"他"约会却中途退出约会这样一件小事，细腻的意识流活动描写把女主人公"她"渴望"赴约"却又迫于"男女授受不亲"的世俗压力只能选择"逃"的矛盾心理刻画得入木三分。唯有通过意识流活动的描写，才能更加真实、更加生动地刻画这位人妻复杂多变的心思，同时也反映了都市在现代化进程中人们的观念依然受到根深蒂固的封建思想的制约。

在意识流作家看来，现实主义和自然主义仅仅反映了外在的现实和表面的真实，而这个外部世界并不真实，真正的真实只存在于人的内心主观世界。这种说法是有一定道理的。蹇先艾在女性题材小说中大量采用这一手法，能够准确地呈现女主人公心理活动，把女主人公的意识和潜意识连接起来，使女性人物内心深处的秘密和多层次的心理活动得以展示，表现了女性复杂多变的性格，同时也是对"五四"启蒙运动后女性自我意识开始觉醒及要求个性解放的回应。陈平原认为，"西方小说及文学观念的输入，使五四作家越来越关注小说中人物心理……五四作家的心理学知识，影响于中国小说叙事模式的转变，最明显的有两点：一是小说结构的心理化，以人物心理而不是以故事情节为小说的结构中心；一是小说时空的自由化，按照人物的'情绪线'而不是故事的'情节线'来安排叙事时间，可以倒装叙述，也可以交错叙述，而不必固守传统的连贯叙述。"[17]《回顾》使用的正是倒装叙述，按照人物的"情绪线"而不是故事的"情节线"来安排叙事时间；《小别》《逃》也是以人物心理而不是以故事情节为小说的结构中心，意识流活动描写占据了小说大部分的篇幅。真诚的"独白"，独特的"感觉"，各种"潜意识"的发掘，有意无意地突破了以情节为中心的传统叙事模式。

蹇先艾能娴熟地掌握小说各种创作手法，与他的求学和创作经历有关。据他在《自传》中的回忆，他读中学时，"附中的国文教师大都醉心与这个运动中进行的文化革命，提倡新文学，反对旧文学"[18]，北平大学毕业后到北京松坡图书馆工作后，"由于读书方便，我借此读了不少古今中外的名著，一有机会便向文艺界的前辈们请教，还结识了一批同我年龄差不多，但是创作相当勤奋的青年作者，互相学习、勉励，这样就更增长了我写作的兴趣和勇气"[18]。他在《翻译的尝试》一文中也说道："在中学时代，有一个时期，我完全摈弃了国内作者的创作不读，专看翻译出来的世界名著，结果真得了不少的益处，我才知道国人的成绩离外国名作家仍然很远。"[9]事实上，他在读中学四年级时，就翻译并发表了莫泊桑的短篇小说《米崖老丈》，后来还翻译出版了《美国短篇小说集》，足见其西学功底之深，他能左右开弓，翻译、创作都拿得起放得下。就连陈平原也认为："五四这一代作家平均外语水平之高、对当代外国文学了解之深以及与世界文学同步的愿望之强烈，不单'新小说'家望尘莫及，就是三十年代以后的中国作家也都很难匹敌。"[17] 提倡新文学反对旧文学的大环境，谦虚好学勤于耕耘的态度，对世界名著的广泛阅读以及翻译创作实践，使得蹇先艾娴熟地运用现代主义手法进行小说创作，极大地丰富了初创期都市文学的表现力。

结　语

作家是社会的良知。在国难深重的时局面前，感时忧国的蹇先艾用满蘸感情的笔，或赞美、或同情、或讥讽、或批判，创作出了一系列展现北平风俗人貌、时代风云变幻的都市小说，写出了都市中下层人们的生活悲剧，表现了美的毁灭。而同时代写北平"把 20 世纪文学领域的庶民文学推到了高峰"[19] 的老舍，他对生于斯、长于斯的北平情深意切，在他语言"打哈哈"（朱栋霖语）性质的北平叙事中，我们看到的是一个形象鲜明的市民王国。"对北京及其居民如有'恨'，这种'恨'也正是源于老舍对北京无以复加的爱。"[20] 蹇先艾与沈从文相比，似乎有更多相似的地方，都是 20 世纪 20 年代只身赴北平求学谋生的异乡人，文学生涯都起步于北平《晨报副刊》，可谓"湘雨黔云，互仰文华"[11]。但沈从文小说中对都市文明的批判与对湘西世界的礼赞构成了决然对立的两极，沈从文以"乡下人"的视角，试图通过全盘否定都市文明来歌颂理想中的湘西世界，这不能不说带有极强的主观性。有别于老舍对北平的"亲"、沈从文对北平的"憎"，蹇先艾采取的是一种中间的比较温和的态度：他既热切渴望加快都市文明的现代化进程，早日解决日益严峻的民族危机和国家重建的任务；同时又对现实社会中（包括乡村）无处不在的民族劣根性深恶痛绝，以期进行思想启蒙文化改造。他之所以产生这种爱恨交织的理性态度，与他的官宦家庭出生、经受五四洗礼的人生经历以及他与故都北平这座城市之间内在的精神联系都不无关系。

总而言之，长期以来被遮蔽的蹇先艾的都市小说以其独有的观察视角和表现形式赋予了北平另一种文学想象，为后人提供了有关北平的另一种时代记忆，其认识价值与审美价值不容小觑。

参考文献：

[1]李欧梵：《现代性的追求》，上海：三联书店，2000。

[2]甘宇慧：《20世纪30年代都市小说的主题表达》，中南大学学报（社会科学版），2015。

[3]舒欣：《三十年代茅盾都市小说的现代性及影响》，中国文学研究，2004。

[4]鲁迅：《中国新文学大系·小说二集》，上海良友图书印刷公司，1935。

[5]王卫平，刘栋：《现代都市小说中的北京想象》，北方论丛，2007。

[6]杜惠荣，王鸿儒：《蹇先艾评传》，贵阳：贵州人民出版社，1986。

[7]《马克思恩格斯选集：第1卷》，北京：人民出版社，2012。

[8]赵园：《北京：城与人》，北京：北京师范大学出版社，2014。

[9]蹇先艾：《蹇先艾文集（一、二、三册）》，贵阳：贵州人民出版社，2003。

[10]舒雨选编：《老舍小说》，浙江文艺出版社，1999。

[11]蹇人毅：《乡土飘诗魂——蹇先艾纪传》，山西人民出版社，2000。

[12]蹇先艾：《乡间的悲剧》，上海：商务印书馆，1937。

[13]鲁迅：《鲁迅全集（共十八卷）》，北京：人民文学出版社，2005。

[14]王瑶：《中国新文学史稿》，上海：新文艺出版社，1954。

[15]蹇先艾：《倔强的女人》，上海文艺出版社，1959。

[16]蹇先艾：《踌躇集》，上海：良友图书公司，1936。

[17]陈平原：《中国小说叙事模式的转变》，上海人民出版社，1988。

[18]宋贤邦，王华介：《蹇先艾廖公弦研究合集》，贵阳：贵州人民出版社，1985。

[19]朱栋霖，朱晓进，龙泉明：《中国现代文学史1917—2000（上）》，北京大学出版社，2007。

[20]王卫平，刘栋：《现代都市小说中的北京想象》，北方论丛，2007。

（原载于《贵州社会科学》2020年第1期）

国宝宋本《河岳英灵集》之莫友芝批校考论举隅

摘　要： 莫友芝同治五年于上海购藏并鉴定的宋本《河岳英灵集》，今藏于国家图书馆，是迄今为止唯一一本最早最完整的国宝宋本《河岳英灵集》，入选"中华再造善本"影印出版。莫友芝以之对校明代毛晋汲古阁本《河岳英灵集》，专业精炼，考鉴准确，按断审慎，严谨不虚妄，学术价值高，是清代以来整理《河岳英灵集》重要的一家之说。论文首次从校正衍文、校正脱文、校正讹误、校核异文四个方面整理考论举隅，以期学界同仁关注、利用莫友芝关于宋本、明代毛本《河岳英灵集》对校整理的精审批校成果。

关键词： 宋本《河岳英灵集》；莫友芝批校；考论举隅

唐代诗歌是中国诗歌史上的一座高峰，光耀古今。盛唐丹阳进士殷璠独具慧眼，精心选录唐朝开元、天宝时期常建、李白、王维、王昌龄等同时代二十四位诗人诗作二百三十四首，于天宝十一年（753）编成著名的上下两卷《河岳英灵集》，成为中国文学史上一本重要的唐代诗歌诗论选集，也是唐人选唐诗诸种选集中最有代表性的盛唐断代诗歌诗论选集[1]，历来备受关注。殷璠《河岳英灵集》流传到宋代，还是上、下两卷本。北宋宋祁、欧阳修等编撰正史《新唐书·艺文志·总集类》记载殷璠《河岳英灵集》为二卷，南宋陈振孙著名的私家书目《直斋书录解题》、陈骙等撰著著名的官书《中兴馆阁书目》亦均记载殷璠《河岳英灵集》为二卷。但是宋代的《河岳英灵集》，无论《叙》《集论》，还是分卷、收诗数量、品藻语、诗歌语句用字等，都在发生衍脱误异，以至于出现了不同的版本。《文镜秘府论》《文苑英华》《唐诗纪事》等书选录殷璠《河岳英灵集》，已经与明末清初人季振宜所藏宋残本二卷本、晚清同治年间莫友芝藏批之完整二卷二册宋本发生了明显的差别，出现了不少的异文异句。明清主要流传本——毛晋汲古阁刊印《河岳英灵集》则误分为了三卷，其子毛扆用旧抄本对校翻刻亦误为三卷，《四库》承用毛本亦误为三卷；晚清人沈曾植所持明翻宋本亦误为三卷，民国初年《四部丛刊》承用沈本亦误为三卷。清代、民国以至现当代，学术界围绕唐人殷璠《河岳英灵集》展开了一系列版本考证和学术研究。李珍华、傅璇琮《河岳英灵集》（1992年中华书局版）使用的底本是清人季振宜所藏二卷宋残本《河岳英灵集》，没有用莫友芝批校的完整宋本《河岳英灵集》为点校研究底本。也就是说，专门全面整理考论莫友芝批校宋本《河岳英灵集》的论著却未见到，故而本文专此考论举隅，以纪念莫友芝先生诞辰210周年。不当之处，恭请方家赐教指正。

一、莫友芝购藏批校之宋本《河岳英灵集》简考

晚清著名国学大师、目录版本学家莫友芝，字子偲，号邵亭，奉曾国藩、李鸿章之命，从同治四年（1865）至同治十年（1871）九月辞世，一直在江南各地寻访收购镇江、扬州两阁《四库》遗书和官私书院、民间个人收藏及书坊书肆印卖古籍善本图书，收获颇丰。晚清官员、学人遍知此事。莫氏寻访收购所得古籍善本图书，散记于其《邵亭日记》《邵亭行箧书目》《宋元旧本书经眼录》《邵亭知见传本书目》《持静斋藏书纪要》等著述及其与亲友信札之中。今简考莫氏在江南访书过程中购藏批校之国宝文献宋本《河岳英灵集》。

莫氏《邵亭日记》同治五年（1866）五月二十六日记载："廿六日甲申，晴。谒（李鸿章）宫保辞行，并辞诸相识。……廿八日丙戌，同治五年五月将为江南诸郡游，续完采访两阁《全书》公干，兼查核各儒学各书院官书兵后有无存留。……十月二十日己巳，晴。以新收南宋本《河岳英灵集》校毛刻本，补正甚多，毕功凡三日。……"[2]《邵亭日记》同治六年十二月初七日之后空白页，莫氏写有《丙寅六月至沪以来所收（书目）》记载："《河岳英灵集》，二，二角。……右沪买，共一包，九十三元六角。"[3]也即莫氏于上海支付"二角"购买的这本南宋版《河岳英灵集》为"二（册）"，从此成为莫友芝家中一本珍贵的宋本藏书。

世事沧桑，人事难测。莫氏于同治十年九月辞世之后，家道逐渐中落，子孙生活艰难，沦落到出卖祖上藏书以度日的地步。例如，家藏稀世珍本、东汉许

慎《说文解字》存于世最古的《唐写本说文解字残卷》，从其子孙手中流出，流入日本大阪内藤虎次郎杏雨书屋，1935 年被定为日本国宝。[4] 莫家所藏之宋本《河岳英灵集》后来亦流散出来。莫批宋本《河岳英灵集》第二册末有他人题记："庚子年四月首夏犹清和无聊居士察过一遍，自记。"[5] 这一题记说明，莫批宋本《河岳英灵集》至少在清末庚子年（1900）前就已流散出莫家，所以，无聊居士才能在莫批宋本《河岳英灵集》有题记。第二册卷末还有"慈溪李氏藏书"一印，这一经藏者"慈溪李氏"为何人，今已不可考知。后来莫批宋本《河岳英灵集》又怎样从"慈溪李氏"手中流传到北京图书馆（今国家图书馆），今亦不可考知。好在北京图书馆收藏了莫批宋本《河岳英灵集》，才使这一国宝宋本文献得以珍藏存世，不致失传。

笔者从 2008 年起收集、整理《莫友芝全集》，知道莫氏家藏有宋本《河岳英灵集》，但是当时就是找不到这本书的去向，所以，2019 年 11 月在上海古籍出版社出版 470 万字、11 册精装《莫友芝全集》，就没有收集整理莫氏关于宋本《河岳英灵集》的批校。2021 年 1 月，笔者文友告知国家图书馆善本室藏有莫友芝批校宋本《河岳英灵集》。笔者大喜过望，极为感谢！请看国家图书馆善本室收藏的莫氏批校宋本《河岳英灵集》的第一册首页、末页和第二册首页、末页图片。

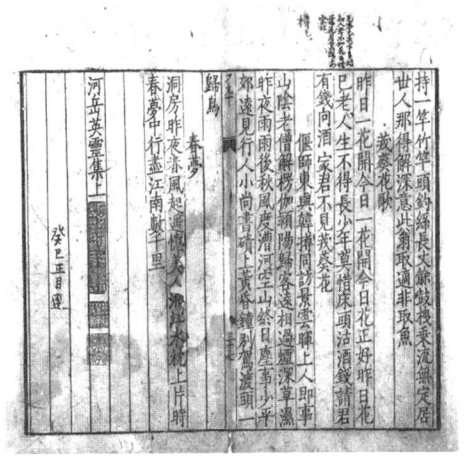

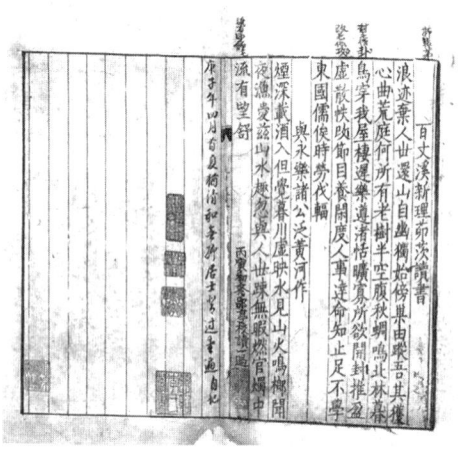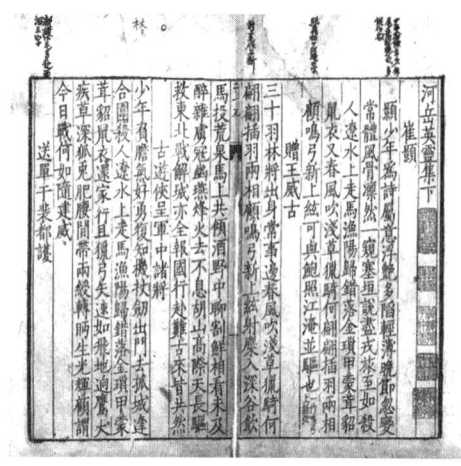

其第一册首页首行书名"河岳英灵集"之下，钤有莫友芝父子三人印："莫友芝图书印"竖长方二行朱文印，其下是长子"莫彝孙印"、次子"莫绳孙印"两方朱文印，再其下是"北京图书馆藏"方形朱文藏书印；右下一方朱文印模糊不清不能辨识。第一册末页书名之下钤"独山莫绳孙字仲武号省葰影山草堂收藏金石图书印"、莫友芝两个孙子印："莫经农字筱农""莫俊农字德保"。第二册首页首行"河岳英灵集下"钤"莫友芝图书印"、长子"莫彝孙印""莫绳孙字仲武""莫经农字筱农""莫俊农字德保"五印。第二册末页正文末行莫氏手跋："丙寅初冬邵亭校读一过"，下钤"莫友芝图书印"竖长方二行朱文印。第二册末页后半页首行有后来经藏者题记："庚子年四月首夏犹清和无聊居士察过一遍，自记。"其下钤莫友芝次子及两个孙子印："独山莫绳孙省葰子读过"竖长方白文印、"莫俊农字德保"白文方印、"莫经农字筱农"朱文方印；下又钤经藏者"慈溪李氏藏书"朱文方印；末页最后一行左下方钤"北京图书馆藏"方形朱文藏书印。莫友芝藏批的这一宋本《河岳英灵集》，书版中缝单色黑鱼尾，第一册版心有"河岳集上"、第二册版心有"河岳集下"字样，半页十行，行十八字。书版框高十六点九厘米，宽十二厘米。第一册四十四页，第二册三十九页。两册均首尾完整，字迹清楚，品相良好。

国家财政部、文化部斥巨资立项，于20世纪末启动建设国家重点文化工程——"中华再造善本"，经过认真评选，将入选的国宝珍稀孤本古籍善本影印复制出版，大力弘扬中华优秀传统文化。北京图书馆（今国家图书馆）出版社2002年10月，将评选进入"中华再造善本"的莫友芝批校宋本《河岳英灵集》

原色影印出版，使这一珍贵的唯一国宝孤本《河岳英灵集》广传于世，成为学人读者据以点校整理研究的可靠宋本文献。

二、莫友芝判定《河岳英灵集》为宋本之批校考论

莫友芝同治五年（1866）十月二十日在上海买到《河岳英灵集》之后，用三天时间，以当时最流行的《钦定四库全书》认定承用之明代毛晋汲古阁刻本《河岳英灵集》与之对校，将对校结果记入其家藏书目录《郘亭行箧书目》第七十号书箱之中："《河岳英灵集》，唐殷璠辑。二卷二册，宋刊。'廊'字，宁宗嫌名，数见皆弥，盖宁宗时刊本。半页十行，行十八字。手批。"[6]莫友芝是古籍图书鉴定的行家里手，深知宋本《河岳英灵集》的重要价值，除了上述几段记述之外，又在今藏于国家图书馆的《郘亭诗文稿书跋》手稿中记载："《河岳英灵集》，唐殷璠选集。篇中宋讳或避或不避，惟'廊'字宁宗嫌名，数见皆阙笔，盖宁宗时刻也。丙寅冬初，郘亭校读一过。"[7]其子莫绳孙将父亲这段手书跋语记入其父著名的《宋元旧本书经眼录·附录卷一书衣笔识》之中[8]，在同治末年光绪初年刊印此书时向读者、向社会公开家藏宋本《河岳英灵集》的信息。莫氏后来又在其著名的目录版本学另一代表作《郘亭知见传本书目·集部八总集类》比较考记说："《河岳英灵集》三卷，唐殷璠编。汲古阁刊本。郘亭有南宋本二卷，阙笔至'廊'字。字句与毛本小有异同。"[9]莫氏此说等于是在宣统元年刊印此书时，再次向社会公开家藏的南宋本《河岳英灵集》比明代毛晋汲古阁本更早更古。莫友芝经眼鉴定过的宋本书太多了，所以，他对家藏的南宋本《河岳英灵集》先总批曰"篇中宋讳或避或不避"。查宋本《河岳英灵集》，莫氏对宋本殷璠书避北宋帝讳之字，有的出校，有的没有出校。例如，在卷上总目录页"崔署六首"之天头，莫氏批曰："署，毛作'曙'。此盖避讳省'日'；至卷中则作'署'，亦阙笔。"卷下第二十四页正文刻崔署诗品藻语，果然作"崔署，署诗……"莫氏又批曰："署，毛作'曙'（未缺末笔避讳），次行'署'同。"崔曙之"曙"刻作"署"，且缺末笔，避北宋英宗赵曙名讳。但是在卷下王湾《闰月七日织女》诗句"耿耿曙河微"中，"曙"字未省'日'旁，未缺末笔避讳，莫氏未出校。又如宋本殷璠《叙》"贞观末"之"贞"字，卷下储光羲《使过弹筝峡作》"苦节不可贞"之"贞"字，均缺末笔避北宋仁宗赵祯名讳；卷上高适《哭单父梁九少府》"一官恒自哂"之"恒"字，缺末笔避北宋钦宗赵恒名讳；又

如崔署《宿大通和尚塔，敬赠如阇黎广心长孙锜二山人》诗题，"敬"字缺末笔避宋太祖之祖父赵敬名讳；而在王湾诗《晚春诣苏州敬赠武员外》诗中，"敬"字未缺末笔避讳。"贞""恒""敬"等避北宋诸帝名讳之字，莫氏没有一一出校；但是莫氏对判定所得宋本书准确刻写年代的避南宋皇帝嫌名讳之"廓"字则一定出校。例如，卷下储光羲《杂诗二章》之二"达士志寥廓"，王昌龄《东京府县诸公与綦毋潜李颀相送至白马寺宿》诗句"南风开长廊"，莫氏批曰："廓（缺末笔)，毛作'廓'。"即毛本"廓"不缺笔避讳。此二处之"廓"字均缺末笔避南宋宁宗赵扩嫌名讳。莫氏批注"惟'廓'字宁宗嫌名，数见皆阙笔，盖宁宗时刻也"。晚清目录版本学顶级专家莫友芝长于利用避讳字判定古籍善本图书刊刻年代，依据"'廓'字宁宗嫌名，数见皆阙笔"，很专业很准确地判定所得《河岳英灵集》为"南宋本"，信而有据，学术界皆予公认。同治五年，莫友芝当时可能也不会想到，他所鉴定批校的这一南宋本《河岳英灵集》后来会被收藏于国家图书馆，而且客观上成了今天所见最早最完整的唐人殷璠《河岳英灵集》唯一珍本善本，所以才能进入"中华再造善本"原色影印公开出版发行传世。

三、宋本《河岳英灵集》莫友芝批校考论举隅

古籍图书，版本越早越古，就越接近古书原本原貌，衍脱误异就越少，其文献价值、学术价值就越高越珍贵。莫友芝同治初年在安徽安庆得到东汉许慎《说文解字》唐写本《木部》残卷，鉴定为中唐穆宗时期写本，在其《唐写本说文解字木部笺异》名著中评价为"尤稀世之珍，千金一字者也"。[10] 今人周祖谟1948 年在其《唐本说文与说文旧音》中评价指出："唐本诚大胜二徐本。不有唐本，终难定二徐之精粗美恶也。"[11] 其后 1957 年在《中国语文》第 5 期《关于唐本说文的真伪问题》讨论中又评价说："图书经传写，难免有误。古本之可贵，就在于今本都错而古本不错处。"清代以来影响最大的《钦定四库全书》依据毛氏汲古阁三卷本刊刻《河岳英灵集》，在提要中附会推测殷璠书"仿钟嵘《诗品》之体，姓氏下各著品题。虽不显言次第，然篇数无多，而分上中下卷，其人又不甚叙时代，毋亦隐钟嵘'三品'之意乎？《通考》作二卷，盖误也。"[12]《四库》依据汲古阁有误的三卷本刻书，反而批评宋元之际马端临《文献通考》"作二卷"为误，可谓错上加错。对此，清人黄丕烈据毛扆手校二卷旧抄本《河岳英灵集》批评说："近人撰集书目，仅据俗本分卷之三而为之说曰，推测其意，似以三卷

分上中下三品，实膏痴人说梦。古书可贵，即此可见。"[13] 国家图书馆所藏二卷二册首尾完整宋本《河岳英灵集》（以下简称"《宋本》"或"莫批《宋本》"），最珍贵最有价值，莫友芝将其与当时最流行的毛晋汲古阁本做对校，所作有文字的批校共有 383 条，可以用来矫正毛本和今传于世《河岳英灵集》一些版本的衍脱误异。兹分四类举隅考论如下。

（一）校正衍文

《宋本》第一册首页首行刻书名"河岳英灵集"，莫氏在其天头批曰："毛子晋刊本'集'下增'序'字。"从第三行至第十七行刻《叙》文："叙曰：夫文有神来、气来、情来……"《叙》正文一共 297 字。莫氏在第三行天头批曰："毛本无'叙曰'二字"；在第十五行"粤若王维、昌龄、储光羲"天头批曰："毛'昌'上多'王'字"；在第十七行"分为上下卷"天头批曰："'上下'，毛作上中下。"[14] 毛晋汲古阁本之衍文脱文，《四库》本全部承袭；问题最大最严重的是毛本衍"中"字作"分为上中下卷"，才导致后世传本多误刻为三卷，才导致《四库》本附会殷璠书"仿钟嵘《诗品》之体，……毋亦隐钟嵘'三品'之意乎？"，《四部丛刊》依凭之沈曾植明翻宋本殷璠《叙》文同《宋本》，写作"分为上下卷"，是正确的；然而前后矛盾的是，此下目录和书正文均误刻为"卷之上、卷之中、卷之下"，全书亦误刻为三卷[15]。这可能是受毛本"分为上中下卷"衍误所造成的结果，可见毛本衍刻为"上中下三卷"的错误影响何等深广。莫氏批校"上下，毛作'上中下'"，据《宋本》还原肯定殷书二卷二册原貌，校出毛本重大衍文、脱文，极有价值。

《宋本》卷上常建诗《古意张公子》，莫氏在此诗题天头批曰："毛本仅二字，下注云：'集作张公子行'。"《宋本》此诗题无注语，季振宜所藏二卷宋残本（以下简称"季氏宋残本"[16]）和《四部丛刊》本与此相同，莫批毛本此诗题"仅（《古意》）二字"，下脱"张公子"三字，又衍"集作张公子行"六字注，有据。《四库》本衍脱同毛本。

《宋本》卷上李白《将进酒》："岑夫子，丹丘生。"莫氏在此上天头批曰："'生'，毛多'将进酒，君莫停'六字"；又在"请君为我听"天头批曰："'我'下，毛多'倾耳'二字。"今按：李白《将进酒》在敦煌石室《唐人写本唐人选唐诗》中名为《惜樽空》，其中这几句诗作："岑夫子，丹丘生，与君歌一曲，请君为我倾。"没有"将进酒，君莫停"六字，也没有"倾耳"二字。只是"听"

字作异文"倾"。可见《唐人写本唐人选唐诗》和殷璠《河岳英灵集》相同，在唐代都没有"将进酒，君莫停"六字，也没有"倾耳"二字。《宋本》和季氏宋残本均保存李白诗唐本原貌。莫批明确按断"毛多'将进酒，君莫停'六字；毛多'倾耳'二字"，是也。《四库》本衍句同毛本。《四部丛刊》本无毛本"将进酒，君莫停"和"倾耳"两处衍文，但是"请君为我听"作"请君为我倾一作听"，《宋本》、季氏宋残本均无注，《四部丛刊》本此"一作听"三字校注可视为别有所据之异文注。

《宋本》卷上李白《咏怀》"庄周梦蝴蝶"诗，莫氏在此诗题天头批曰："毛题下校注云：'集作古风'。"《宋本》此诗题无注语，季氏宋残本和《四部丛刊》本与此相同，莫批毛本此诗题下"集作古风"当为衍注。《四库》本衍注同毛本。

《宋本》卷上岑参诗《蜀葵花歌》："今日花正好，昨日花已老。"莫氏在此诗题天头批曰："毛本'已老'下多'始知人老不如花，可惜落花君莫扫'十四字，非。"季氏宋残本与此《宋本》相同，无此二句十四字，莫氏批校明确按断"毛本……非"，是也。《四库》本、《四部丛刊》本衍句同毛本。

《宋本》卷下薛据《题丹阳陶司马厅》诗题天头，莫氏批曰："'厅'下，毛多'壁'字。"季氏宋残本与此《宋本》相同，莫批毛本衍多"壁"字，有据。

《宋本》卷下储光羲《田家事》天头，莫氏批曰："'家'下，毛多'即'字。"季氏宋残本与此《宋本》相同，莫批毛本衍多"即"字，是也。

（二）校正脱文

《宋本》卷上第二页为殷璠书《叙》，之后是《集论》，十四行，共计230字："论曰：昔伶伦造律，盖为文章之本也。是以气因律而生，节假律而明，才得律而清焉。宁预于词场，不可不知音律焉。孔圣删《诗》，非代议所及。自汉魏至于晋宋，高唱者十有余人，然观其乐府，犹有小失。齐梁陈隋，下品实繁，专事拘忌，弥损厥道。夫能文者匪谓四声尽要流美，八病咸须避之，纵不拈缀，未为深缺。即'罗衣何飘飘，长裾随风还'，雅调仍在，况其他句乎？故词有刚柔，调有高下，但令词与调合，首末相称，中间不败，便是知音。而沈生虽怪，曹王曾无先觉，隐侯言之更远。璠今所集，颇异诸家，既闲新声，复晓古体，文质半取，风骚两挟，言气骨则建安为传，论宫商则太康不逮。将来秀士，无致深憾。"

莫氏很冷静很慎重地在首行"论曰"天头按断批曰："'集论'二百余字，毛刻本遗之。"《叙》和《集论》是《河岳英灵集》的灵魂和主旨所在，万万不可遗缺。殷璠在体现全书灵魂和主旨所在的《叙》和《集论》中，直言介绍《河岳英灵集》的选编缘由，表述自己选编盛唐诗人诗作的评价标准，阐发自己的诗歌理论思想；既对齐梁陈隋以来诗歌"尤增矫饰""下品实繁""理则不足，言常有余，都无兴象，但贵清绮"的形式主义诗风进行直接的批评，又高屋建瓴地准确评价唐朝开元十五年以后诗歌"声律风骨始备""既多兴象，复备风骨""既闲新声，复晓古体"。同时大力提倡诗歌创作要用形象思维，要有"神来、气来、情来"的三来神情气质，还要发扬光大"言气骨则建安为传，论宫商则太康不逮"的尚古崇今之诗风，力图通过所选编的《河岳英灵集》，从诗歌创作实践与理论指导紧密结合两方面引领唐代诗歌发展方向。莫氏批校批评毛本遗脱"'集论'二百余字"，殷璠这么重要的诗歌理论思想就不能完整地得以表现，其灵魂和主旨遗缺，毛本《河岳英灵集》就不是殷璠书原貌了！本文之所以称藏于国家图书馆的季振宜所藏宋本为宋残本，就是因为其缺《叙》和《集论》。[17] 由此可见，莫批《宋本》从《叙》《集论》《目录》，到盛唐二十四位诗人二百三十一首诗、上下二卷二册书首尾俱全，能够完整地保存到今天，是何等地珍贵！做再高的评价都不过分！

《宋本·目录》卷下记"孟浩然九首"，莫氏在此天头批曰："九，毛作'六'，亦少录三首"；《目录》记"崔国辅十一首"，莫氏又批曰："十一，毛作'十三'。"今查毛本、《四库》本、《四部丛刊》本，孟浩然诗均编在卷中，均误云："孟浩然六首。"查毛本、《四库》本、《四部丛刊》本，均脱孟浩然《永嘉上浦馆逢张子容》《夜渡湘江》《渡湘江问舟人》三首诗。在《全唐诗》中，这三首诗均为孟浩然所作[18]，与《宋本》、季氏宋残本相同，所以毛本、《四库》本、《四部丛刊》本由"九首"变为了"六首"。这是严重的脱落！

在《宋本》卷下孟浩然《夜渡湘江》《渡湘江问舟人》诗题天头，莫氏批曰："毛无此二首，乃编在崔国辅诸诗末。"在《宋本》卷下崔国辅最后一首《秦中感兴寄远上人》诗题天头，莫氏又批曰："毛此诗题下校云：'一刻下三首孟浩然作，崔集亦不载'；而以前录浩然末二首编此后。"今查毛本、《四库》本、《四部丛刊》本崔国辅诗末果然衍刻《夜渡湘江》《渡湘江问舟人》二诗，毛本、《四库》本均如莫校云："一刻下三首孟浩然作，崔集亦不载"；《四部丛刊》本有此二诗但无校注。毛本、《四库》本既出校知道《夜渡湘江》《渡湘江问舟人》为孟浩然所作，"崔集亦不载"，不知为何又要在殷书崔国辅诗下衍刻这二首诗？莫氏批曰："'崔国辅十一首'；十一，毛作'十三'。"毛本、《四库》本、《四部丛刊》本因为在崔国辅诗末衍刻孟浩然《夜渡湘江》《渡湘江问舟人》二诗，才由

"十一首"衍增为"十三首"。

另外，在《宋本》卷下孟浩然《渡湘江问舟人》诗题天头，莫氏批曰："湘，毛作'浙'。"莫批有据，唐人芮挺章《国秀集》孟浩然诗正作《渡浙江》，诗题无"问舟人"三字。

《宋本》卷下孟浩然品藻语后半云："至如'众山遥对酒，孤屿共题诗'，无论兴象，兼复故实。又'气蒸云梦泽，波动岳阳城'，亦为高唱。《建德江宿》云：'移舟泊烟渚，日暮客愁新。野旷天低树，江清月近人。'"莫氏于此天头批曰："'月近人'下，当有一语评之。毛本无'建德'下廿五字。"今按，毛本、《四库》本、《四部丛刊》本孟浩然品藻语之末均脱落"'建德'下廿五字"，确实是一个重大的损失！莫氏此批，意在表达：殷璠书孟浩然品藻语都是先引诗，而后用一句话评论；按照殷氏这一表述格式，品藻语末既引"《建德江宿》"一诗，其"'月近人'下，当有一语评之。"就《宋本》来看，莫氏此批有一定的道理。然而《唐诗纪事》卷二十三引殷璠书孟浩然品藻语，在全引《建德江宿》四句五言绝句诗后结束，亦无评论语[19]。清初何焯据所见旧本校补："《建德江宿》云：'移舟泊烟渚，日暮客愁新。野旷天低树，江清月近人'"，暗合《宋本》，亦无评论语。于是我们可以换一个角度思考：殷璠书在宋代刊刻可能发生了一些讹变，孟浩然品藻语之末"《建德江宿》云：'移舟泊烟渚，日暮客愁新。野旷天低树，江清月近人'"之后无评论语，不应该是脱落，而是后世传本错刻。这里应该是殷璠书孟浩然品藻语之下所录的第一首五言绝句诗，唐至宋传本误将孟浩然这第一首五言绝句诗刻入品藻语之中。如此看待评判殷璠书孟浩然品藻语和错刻一诗，盖当还原殷璠书原貌。《宋本·叙》云："此集以'河岳英灵'为号，诗二百三十四首。"《宋本》今存诗只有二百三十首，学界普遍认为在流传中脱落了四首诗；如果加上《宋本》、季氏宋残本、《唐诗纪事》孟浩然品藻语之下的"《建德江宿》：'移舟泊烟渚，日暮客愁新。野旷天低树，江清月近人'"一诗（《全唐诗》卷一五九亦载此诗），则为二百三十一首诗，少脱落一首诗。另外，《宋本》、季氏宋残本卷上张谓品藻语均记载："谓《代北州老翁答》及《湖中对酒行》"二诗，而其下收录张谓诗只有《湖中对酒行》，没有《代北州老翁答》一诗。学界普遍认为殷璠书在后世流传中遗脱了《代北州老翁答》一诗。

《宋本》卷上常建品藻语首句为："高才而无贵仕。"莫氏于天头批曰："毛本无'而'字。"莫批是也，《唐诗纪事》卷三十一引殷璠书常建品藻语有此"而"字，清初何焯据所见旧本校补一"而"字，暗合《宋本》。毛本、《四库》本、

《四部丛刊》本均脱此"而"字。

《宋本》卷下卢象《追凉历下古城西北隅此地有清泉乔木历下舜林》诗题天头,莫氏批曰:"毛少'历下舜林'四字。"季氏宋残本与《宋本》此诗题相同,清初何焯据所见旧本校补毛本增"历下舜林"四字,暗合《宋本》。可见莫批"毛少'历下舜林'四字"是也。

《宋本》卷下储光羲品藻语:"……挟风雅之道,得浩然之气。"莫氏于天头批曰:"'道',毛作'迹',下遗'得'字。"又,"璠尝睹□公《正论》十五卷",莫氏于天头批曰:"'睹'下,毛本接'公'字,此之空格也,殆'储'字也。"莫批有据。殷璠"挟风雅之道,得浩然之气"二句,都是一个动词后带四字偏正词组的五字句,今查《唐诗纪事》卷二十二引殷书储光羲品藻语,正作"挟风雅之道,得浩然之气"和"璠尝睹储公《正论》十五卷",与莫批完全相同。《四库》本、《四部丛刊》本脱文同毛本。

(三) 校正讹误

《宋本》卷下崔颢品藻语:"颢少年为诗,属意浮艳,多陷轻薄,晚节忽变常体,风骨凛然。"莫氏于天头批曰:"'少年',毛作'年少',无'属意浮艳'一句。'多',误作'名'。"莫批是也。毛本、《四库》本、《四部丛刊》本之衍、脱、误三者均有,作"颢年少为诗,名陷轻薄,晚节忽变常体,风骨凛然"。今查《唐诗纪事》卷二十二引殷书崔颢品藻语,除"晚节"为"晚岁"之外,其余与莫批《宋本》完全相同;清初何焯校补毛本亦暗合莫批《宋本》。

《宋本》卷下綦毋潜《春泛若耶》诗:"晚风吹行舟,花路入溪口。……潭烟飞溶溶,林月低向后。"莫氏于天头批曰:"'路',毛误'落'。"莫批有据,《又玄集》卷上和《唐诗纪事》卷二〇此诗与《宋本》相同。又,除毛本误"路"为"落"之外,《四部丛刊》本又将"林月"误为"林风"。

《宋本》卷下储光羲品藻语:"又《游茅山》诗云:'山门入松柏,天路涵虚空。'"莫氏于天头批曰:"'山门',毛误'小门'。"《唐诗纪事》卷二十二亦作"山门入松柏"。毛本、《四库》本、《四部丛刊》本均把"山门"误为"小门",莫批不误。

《宋本》卷下祖咏《游苏氏别业》诗:"南山当户牖,澧水映园林。"莫氏于天头批曰:"'澧',毛误'澧'。"《国秀集》卷下载祖咏此诗题作《蓟门别业》,诗句亦同莫批《宋本》,"澧"字亦同。《极玄集》卷上亦作"澧水映园林"。澧水,在陕西省，源出终南山。祖咏这首诗是五言律诗，此颔联诗是"澧水"对"南山（终南山）"。莫批毛本误作"澧水"，是也。澧水在湖南省，与"终南山"不搭界。

《宋本》卷下王昌龄《望临洮》，莫氏在此诗题上批曰："毛本此首题《塞下曲》，校注云：《国秀集》作《望临洮》。"查核《国秀集》卷下王昌龄诗，诗题果然作《望临洮》；清初何焯据所见旧本校改毛本为"望临洮"，亦暗合莫批《宋本》，不知毛本何以误为《塞下曲》？《四部丛刊》本误同毛本。《四库》本承毛本题作《塞下曲》，诗题下有注云："《国秀集》作《望临洮小兴》。""小兴"二字误衍。

《宋本》卷下崔颢《结定襄狱效陶体》，莫氏在此诗题天头批曰："毛'襄'下多'郡'字，无'效陶体'三字。"今查核《国秀集》卷中崔颢诗，此诗题与《宋本》完全相同，证明毛本讹误，莫批"毛'襄'下多'郡'字，无'效陶体'三字"，是也。

（四）校核异文

古籍图书在流传中会产生不同的版本。同时代或不同时代的多种流传版本，会产生一些异文词句。校核异文，这是古籍整理专家、版本学家在古籍整理研究中需要认真做好的一项重要工作。唐人殷璠《河岳英灵集》在天宝年间历经 11 载编成后流传，历代读者依据所持版本口诵手抄，书坊书肆依据所持版本校刊重印，异文就会产生。例如，与殷璠书在天宝年间差不多前后成书的芮挺章《国秀集》，记载崔颢的《结定襄狱效陶体》一诗，就出现了异文。殷书"使往定襄"，芮书作"使至定襄"；殷书"诸小儿"，芮书作"黜小儿"；殷书"肆中翁"，芮书作"市井翁"；殷书"五一作师听"，芮书无"一作师"小注字；殷书"农桑起"，芮书作"农耕起"。一首诗异文多达五处。殷璠书流传到宋代，到明清，出现的异文就更多，这就需要校核比对。莫友芝同治五年十月在上海购得《宋本》之后，用当时最有影响力的明代毛晋汲古阁本进行对校，老到内行，所作 383 条批校，多为校核异文。下面考论举隅。

《宋本》卷上李白《乌栖曲》："金壶丁丁漏水多。"莫批曰："'金壶丁丁'，毛作'银箭金壶'。"查敦煌石室《唐人写本唐人选唐诗》，李白《乌栖曲》此句作"银箭金壶漏水多"，《唐诗纪事》卷十八李白《乌栖曲》此句亦作"银箭金壶漏水多"。可见从唐代到宋代，李白诗"金壶丁丁"就已经有异文"银箭金壶"流传。毛本异文"银箭金壶漏水多"当另有所本。

《宋本》卷下綦毋潜品藻语："潜诗屹萃峭蒨足佳句，善写方外之情。至如

'松覆山殿冷'，不可多得。又'塔影挂清汉，钟声和白云'，历代未有。荆南分野，数百年来，独秀斯人。"莫氏于此下仅批出毛本异文，未做他批："毛本此序作：拾遗诗举体清秀，萧萧跨俗，桑门之役，于己独能。至如'松覆山殿冷'，不可多得。又'钟声和白云'，历代未有。借使若人加气质，减雕饰，则高视三百年外也。"毛本与《宋本》差异之大，当有所本。查《唐诗纪事》卷二十引殷璠品藻语，除了"桑门之役"作"桑门之说"，"三百年外"作"三百年之外"，毛本其余皆同《唐诗纪事》。可见毛本綦毋潜品藻语异文或引自《唐诗纪事》，仅改"说"为"役"，改"之外"为"外"。

《宋本》卷下王昌龄《咏史》诗："荷畚至洛阳，胡马屯北门。天下裂其七，豺狼满中原。明夷方济世，敛翼黄埃昏。披云见龙颜，始蒙国士恩。位重谋以深，所举无遗奔。长策寄临终，末南不可吞。贤智苟有时，贫贱何所论。唯然嵩山老，而后知我言。"《宋本》此《咏史》诗与王昌龄本集诗相同，异文有二，莫氏于《宋本》此诗天头批校曰："'七'，集作'土'"；"'末'，集作'东'。"毛本此诗与《宋本》和王昌龄本集诗不同。莫氏在《宋本》之《咏史》诗末批钞出毛本异文诗："毛本《咏史》云：荷畚至洛阳，策杖游北门。天下尽甲兵，豺狼满中原。明夷方遘患，顾我徒崩奔。自惭菲薄才，误蒙国士恩。位重任亦重，时危志弥敦。西北未及终，东南不可吞。进则耻保躬，退乃为触藩。叹息嵩山老，而后知其尊。"

《宋本》卷下王昌龄《观江淮名山图》诗："刻意吟云山，尤知隐沧妙。公远何为者，再诣临海峤。而我高其风，披图得遗照。援毫无逃境，遂展千里眺。淡扫荆门壁，明摽赤城烧。青葱林间岭，隐见淮海徼。但指香炉顶，无闻白猿啸。沙门既云灭，独往岂殊调。感对怀拂衣，胡宁事渔钓。安期始遗舄，千古谢荣耀。投迹庶可齐，沧浪有孤棹。"《宋本》此《观江淮名山图》诗与王昌龄本集诗相同，异文有四，莫氏于诗天头一一批校曰：诗题"'山'，集作'胜'"；"'公远'，集作'远公'"；"'壁'，集作'烟'"；"'摽'，集作'標'。"莫氏又在《宋本》之《观江淮名山图》诗末，批钞出毛本异文诗："毛本云：刻意吟云山，尤爱丹青妙。稜层列林峦，微茫出海峤。而我高其人，挥毫发幽眇。持此尺寸图，益展千里眺。淡扫霏素烟，浓抹映残照。方溯江汉流，忽见淮海徼。湘累谩兴哀，英皇复谁吊。遐踪既云灭，独往岂殊调。感对怀拂衣，胡宁事渔钓。安期始遗舄，千古谢荣耀。投迹庶可齐，沧浪有孤棹。"

以上可见，《宋本》之王昌龄《咏史》《观江淮名山图》二诗，均与王昌龄本集诗相同，此当为殷璠书原貌，可见《宋本》之可贵。毛本所录王昌龄之异文诗，明前已有流传。莫氏对毛本异文诗所做批校，冷静审慎客观。

《宋本》卷上李白《古意》："呼儿烹鸡酌白酒"，莫批曰："'儿'，毛作'童'。""著鞭跨马涉长道。"莫氏又批曰："'长'，毛作'远'。"今按：唐人韦庄《又玄集》卷上载李白《古意》诗，"呼儿"作"呼童"；"长道"作"远道"。毛本异文或引自韦庄《又玄集》。

《宋本》卷下王昌龄《长信秋》诗题，莫氏于天头批曰："'秋'，毛作'宫'。"毛本此异文，《又玄集》卷上作"长信宫秋词"。《宋本·长信秋》"奉帚平明秋殿开，暂一作且将团扇共徘徊。"莫批曰："'秋'，毛作'金'。暂，作'蹔'，无校注。"毛本、《四库》本均作"蹔"，均无校注。暂与蹔为异体字，无碍。《又玄集》"秋殿"作"金殿"；"暂"与"将"之间无校注，《宋本》与此相同，不知毛本何以脱"一作且"之注语。

《宋本》卷上高适《燕歌行并序》："开元二十六年，客有从元戎出塞而还者，作《燕歌行》以示适，感征戍之事，因而和之。"毛本高适此序异文多，莫友芝批校有三：A. 莫氏于序文天头批曰："毛少'二'字。'元戎'，毛作'御史张公'。"今按：毛本、《四库》本、《四部丛刊》本均为："开元十六年，客有从御史张公出塞而还者。"莫氏认为"毛少'二'字"，当为"二十六年"。《全唐诗》卷二一一与此《宋本》"二十六年"相同，是也。《宋本》"元戎"，毛本、《四库》本、《四部丛刊》本均为"御史张公"，只能视为不同版本之异文，因为唐人《又玄集》此序文又作"客有御史张公出塞而还"，句末无"者"字；唐人《才调集》卷第三此句作"客有御史大夫张公出塞而还者"。高序所说之事，可见《资治通鉴》卷二一四和《唐书·张守珪传》，此事发生在开元二十六年。此前开元二十三年，张守珪担任辅国大将军、右羽林大将军，兼任御史大夫。《河岳英灵集》称之为"元戎"，《又玄集》称之为"御史张公"，《才调集》称之为"御史大夫张公"，可见异文在唐代就已经产生。B. "天子非常赐颜色"，莫批："'赐'，毛作'借'。"毛本、《四库》本、《四部丛刊》本均为异文"借"；而《又玄集》《才调集》均同《宋本》，均为"赐"。笔者认为"赐"字为优。C. "边庭飘飘那可度"，莫批："'庭'，毛作'风'。"《才调集》同《宋本》，作"边庭飘飘"；而《又玄集》作"边风飘飘"；《四部丛刊》本此诗正文作"边庭飘飘"，其诗末有注："一作边风"；故而莫批"'庭'，毛作'风'"，只能视为异文批校。

晚清之时就已有"一页宋版书，十两黄金"之说。莫友芝《宋元旧本书经眼录》手稿有言："夫世宝宋本，虽残编犹同拱璧。"[20]流传至今，首尾完整，入选"中华再造善本"唯一一本宋本《河岳英灵集》，更是价值连城。以上校正衍文、校正脱文、校正讹误、校核异文，都仅仅是举例，略做整理考论，还不是对《宋本》莫氏383条批校的全面整理，即已可见国宝《宋本》版本珍贵；凭借《宋本》，今天的读者才能看到最接近唐人殷璠《河岳英灵集》原貌最早的完整文献。莫氏以之对校毛本，专业精炼，考鉴准确，按断审慎，严谨不虚妄，学术价值高，是清代以来整理《河岳英灵集》重要的一家之说；惜哉晚清、民国以至现当代无人整理继承引用。鉴于莫批宋本《河岳英灵集》从同治五年发现至今，一百五十多年来一直无人无书无专文整理研究，完成这篇拙稿之后，笔者已经着手全面整理点校注评莫批《河岳英灵集》。相信通过全面整理点校考论，学界对唐人殷璠《河岳英灵集》这一珍贵遗产的研究会有新的发现，会进一步校正世传各种版本的衍脱误异，进而产生新的研究成果，会助推学界关于唐人殷璠《河岳英灵集》、关于盛唐诗人诗歌及其诗论的研究跃上一个新的台阶。

参考文献：

[1][13]（唐）元结、殷璠等选：《唐人选唐诗十种》，中华书局上海编辑所，1958。

[2][3][4][6][7][8][10][20]莫友芝著，梁光华编：《莫友芝全集》，上海古籍出版社，2019。

[5][14]殷璠编：《河岳英灵集》，浙江人民出版社，2015。

[9]梁光华：《郘亭知见传本书目莫绳孙稿抄本（点校本）》，贵州大学出版社，2017。

[11]周祖谟：《问学集（下册）》，北京：中华书局，1966。

[12]永瑢、纪昀：《钦定四库全书》，上海古籍出版社，1978。

[15]元结、殷璠等选：《唐人选唐诗十种》(全二册)，上海古籍出版社，1978。

[16][17]李珍华、傅璇琮：《河岳英灵集研究·版本考》，北京：中华书局，1992。

[18]《全唐诗》，北京：中华书局，1979。

[19]计有功：《唐诗纪事》，上海古籍出版社，1987。

（原载于《古籍整理研究学刊》2021年第6期）

梁光华教授对"莫学"研究的贡献

摘　要： 梁光华教授是当代最钟情于莫友芝研究，并且在"莫学"研究的道路上取得了很大成就的学者。他自幼深受家乡先贤莫友芝的影响，把莫友芝学说作为自己的终生研究方向；积极奔走，为家乡影山草堂复建做出贡献；梁光华教授在黔南民族师范学院"莫学"研究基地追寻黔学之光的踪迹，无私培育扶持"莫学"研究后辈，用自己卓有建树的教学科研进一步丰富和拓展了"莫学"研究的新内涵。

关键词： 梁光华；"莫学"情结；治学成就

莫友芝（1811—1871），字子偲，号郘亭，又号紫泉、眲叟，贵州独山人，《清史稿·文苑传》将之誉为"西南大儒"。经梁光华教授 30 多年系统研究认为，莫友芝先生是清代著名的教育家、史学家、地方文献学家、清代宋诗派的代表诗人、书法家和篆刻艺术家、目录版本学家、语言文字学家、说文学家、农桑学家，是迄今为止学术界研究水书水字的第一位专家。[1] "莫学"即"影山文化"，则是以莫友芝先生居所之名，并以他为首的一个文化群体所出现的一种文化现象。这里，既有其文化人，又有其文化精神，更有其文化成果。[2]

诗学书三绝的莫友芝对贵州文化的贡献使他名垂青史，"莫学"也被誉为"黔学之光"，受到学界广泛关注。"梁光华教授同为贵州独山人，素来仰慕被冷落多年的同乡名士莫友芝，于是'莫学'在梁光华教授笔下复兴：继《〈唐写本说文解字木部笺异〉注评》产生全国影响之后，又以莫氏文字、音韵、训诂、家世、师友、人品等为题进行全面研究，并领衔编辑《莫友芝全集》，应算得上当代对莫氏研究最专精渗透的学者。"[3]

一、深受莫氏影响，自幼酷爱"小学"并以之为终生研究方向

梁光华教授是贵州独山人。独山文化底蕴丰厚，自古就有浓郁的文化氛围，历史上曾涌现过独山籍东汉传播中原文化的著名学者尹珍，清嘉庆时期朴学大师、"影山文化"创始人莫与俦和明清"西南巨儒"莫友芝。梁光华早年钦慕桑梓前贤先辈，常去莫友芝故里、翁奇奎文阁凭吊文坛宿学，曾许下愿望希望能成为他们那样博古通今的通才大儒。他发愤苦读，博览群书，尤喜莫友芝著述中的"小学"部分。

在读大学期间，梁先生如书虫一般，废寝忘食，悉心钻研莫友芝的《唐写本说文解字木部笺异》《韵学源流》等语言文字学专著。"回想起来，我与光华曾是班上最迷恋'小学'的人，传授语言文字学的郦亭山教授曾给予光华该课及论文的最高分。"（见顾久《问学论稿·序》）大四那年，在郦亭山教授的指导下，他写下了《试论西汉以前汉语中的系词"是"》一文并发表，挑战语言学权威王力教授；发表了《也谈介词"于"在文言被动句中的作用》一文，公然与语言学权威吕叔湘教授论学。这两篇高质量论文的发表奠定了他的治学基本功和研究方向。

大学毕业后，他曾先后任黔南教育学院教师、教导处处长、副院长，黔南民族师范高等专科学校校长，黔南民族师范学院首任院长、党委书记。他一边教书育人，一边问学撰著，先后发表了近70篇论文，出版了《〈唐写本说文解字木部笺异〉注评》（32万字，耗费10年时间）、《汉语汉字论稿》（30万字）等7本专著，共计200多万字的学术研究成果。

二、难舍"莫学"情结，为家乡影山草堂复建立下汗马功劳

影山草堂原址位于独山城北十八公里的兔场上街。莫宅之后的草屋是少年时代莫友芝读书研文的地方。他春日临窗，诵诗读史，透过竹林远方山态隐约可见，他触景生情，不禁吟起谢朓"竹外山犹影"的佳句，之后兴冲冲找到父亲莫与俦求父以"影山"一词做草屋名。父亲闻之大喜，欣然同意，并亲自手书了"影山草堂"为额，挂于书屋门楣。从此以后，"影山草堂"便成为莫氏居所的称谓，不管友芝先生到哪里，甚或南京等地，其居所均称此名。不幸的是，咸丰四年（1854），独山影山草堂原址为兵燹所毁。

中华人民共和国成立以后尤其是改革开放以来，独山社会各界人士就有复建影山草堂的愿望，但一直未果。梁光华教授早在 1986 年就开始以一位独山"后学"的身份多次奔走呼吁，上书独山县政府、贵州省文化厅，建议复建独山影山草堂。在梁光华的不懈争取下，1988 年 3 月独山正式成立"贵州省独山县筹建莫友芝纪念馆办公室"，1990 年 2 月，在莫氏故里独山县召开了"黔南州莫友芝研究会"成立大会暨第一次学术讨论会，梁光华任秘书长。大会期间，梁光华再次向前来参加大会的省文化厅文物处吴正光处长反映，要求在我省每年拨出的文物使用经费中拿出部分资金作为恢复"莫友芝影山草堂"的经费。在吴正光处长大力支持下，最后得到省文化厅潘廷映副厅长的同意，省文化厅拨出专款人民币 30 万元，加上州县拨款及企业赞助等一共筹措资金人民币 60 万元。莫友芝纪念馆经过三年多的建设，终于在 1996 年 6 月 28 日正式落成。[4]

这座雄伟、庄严、古朴、典雅的纪念馆，包括"影山草堂"、陈列馆、馆藏室、接待室以及文管所办公室，类似成都"杜甫草堂"。莫友芝纪念馆的馆楼正厅柱上镌刻梁光华教授的对联"影山蕴玉，草堂墨润古今中外；刚水卧龙，毋斁书香南北西东"。横批"黔学之光"。草堂现有莫友芝手书、著作、海内外著名书画家赠送的墨宝等馆藏文物 189 件（其中就有梁光华教授捐赠的珍贵的《〈唐写本说文解字木部笺异〉注评》手稿）。这些年来，梁光华教授还多次无偿为家乡莫友芝纪念馆捐赠"莫学"研究典籍共计 100 多册，并积极协助独山县政府做好莫友芝古籍文物的鉴定收购馆藏工作。莫友芝纪念馆的建立对于珍藏莫氏著作、藏书及莫氏一家在教学和学术研究活动方面的资料，宣传莫友芝先生开化黔疆的功绩，承载独山乃至贵州浓厚久远的历史文化宣传，具有重大的历史意义和现实意义。

三、身体力行，以黔南师院作为"莫学"研究基地追寻黔学之光的踪迹

黔南作为莫友芝研究的前沿阵地，早在 1986 年，在梁光华的发起下，黔南教育学院就建立了"莫友芝研究小组"，并在《黔南教育学院学报》辟有"莫友芝研究"专栏，不断发表研究莫氏的学术论文。这些学术论文的发表，引起了学术界的高度重视。现在，黔南民族师范学院相继出版了《莫友芝研究文集》，成立"莫友芝研究中心"，建立了全国第一个"莫友芝研究所"，并建有"莫友芝研究网站"。学院教师先后在《中国语文》《古籍整理研究学刊》《文献》《中国文字

研究》《山东文学》等刊物发表"莫学"研究论文。

梁光华教授几十年如一日地坚持扎根民族地区，带头从事教学科研工作。即使在担任院长和院党委书记工作繁忙的情况下，仍然笔耕不辍地研究莫友芝；即使在有电脑、有助手的情况下，他几十年来也一直坚持用手抄稿子亲自撰写莫友芝研究成果。为了查看和搜集有关莫友芝的资料，他遍访全国各地图书馆、档案室和有关人员；为了查找关于莫友芝的一点信息，即使在上海走访亲戚的三天中，他也花了一天半的时间到上海图书馆查找资料；为了佐证一句话、一个句读，他有时也会花费几天的时间在成堆的资料中寻找答案；在 2011 年春节期间，别人大都放下工作和学习尽享节日快乐的时候，他却撰写、点校了 10 多万字的莫友芝文献资料。[5]

梁光华教授 1991 年发表的论文《莫友芝研究综述》总结了学界"莫学"研究的状况。1998 年，专著《〈唐写本说文解字木部笺异〉注评》（32 万字）被列入"贵州古籍集萃丛书"出版，他在书中对莫友芝考鉴的古佚书《唐写本说文解字木部》残卷进行逐字逐句的疏通证明。王锳教授评价说："有的结论可补正前代辞书和现代大型语文辞书注音释义的缺失。"论文《试论莫友芝在〈说文〉研究的贡献》《试论莫友芝的〈韵学源流〉》以及《莫友芝研究三题》等，对莫友芝朴学成就做了详尽介绍、研究。进入 21 世纪以来，他发表论文《〈唐写本说文木部残卷〉的考鉴、刊刻、流传与研究概观》《也论唐写本残帙的真伪问题》《莫友芝长子考》《莫友芝生平人品与主要成就评介》《国家珍贵古籍莫友芝〈邵亭诗钞〉稿本考述》，与权威杂志《文学遗产》主编陶文鹏、副主编张剑联合校点出版《莫友芝诗文集》（人民文学出版社），与饶文谊合作发表论文《莫友芝〈韵学源流〉重校举要》等。

2010 年，梁教授应邀参加在许慎故里河南漯河举办的"第二届许慎文化国际研讨会"，在大会上做主题报告《〈唐写本说文木部〉残卷古今论略》，研究独到，特色鲜明，与会专家予以高度评价。最近，梁光华教授担任主编的《莫友芝全集》作为全国高校古籍整理研究工作委员会的重点规划项目，已将其中完成的一百多万字点校书稿，提交上海古籍出版社排印。

此外，学院的石尚彬教授、周健自教授、郑江义教授、李朝阳博士、李华斌博士、余刚副教授、文迪义副教授、苟大霞副教授、李彤教授、张霁副教授、欧阳大霖副教授等都著文发表，不一而足。一支老、中、青的"莫学"研究团队已然形成。深受教师的熏陶和影响，曾经在学院求学的各届毕业生中也有较多的人活跃在各自的工作岗位，成为"莫学"的传播者、宣传者和研究者。2011年6月，由黔南民族师范学院等三家单位主办的纪念晚清"西南巨儒"莫友芝诞辰200周年学术研讨会在独山举办，大会共收到47篇专题研究论文，有力地推动莫友芝学术研究的深入开展。此外，由黔南师院部分教授担任主讲的对话莫友芝的"剑江论坛"也多次在都匀、独山等地隆重开讲。毋庸置疑，现如今的黔南民族师范学院已经成了国内"莫学"研究名副其实的"桥头堡"和重要基地。

四、春风化雨，无私培育扶持"莫学"研究后辈

梁光华教授担任黔南师院首任院长伊始，就提出该校校训"崇德、博学、敬业、创新"，他用他"莫学"研究30多年的历程向全校师生昭示做人治学应有的精神。他在学院教师中大力推行"老带新"工程。在指导欧阳大霖、田穗等青年教师的教学科研中经常以莫友芝的精神激励他们学习做人和治学。他从来不吝惜将自己的学问、方法及资料与大家分享，经常在校内举办莫友芝研究、格律诗词创作等讲座。为使学院莫友芝研究获得较快进展，他拿出了自己珍藏的《邵亭诗抄》《韵学源流》《唐写本说文解字木部笺异》《黔诗纪略》《莫友芝评传》《莫友芝研究文集》《莫友芝年谱》《莫友芝诗文集》等资料，供莫友芝研究团队成员学习；并捐献了一些《邵亭遗文》散页，人手一册分发给莫友芝研究中心成员学习，提高了团队成员的研究积极性和科研协作公关精神。[6]

在梁教授近40年的教育生涯中，他正如那丝丝细雨，润物无声，默默奉献，躬耕不辍，用自己的实际行动激励后辈学人和年轻的一代传承和发扬"莫学"等优秀的中华传统文化。

五、继往开来，进一步丰富和拓展"莫学"研究的新内涵

莫友芝是晚清闻名全国的学者、诗人，被誉为"西南大儒"，是古代贵州文化的主要代表学者之一。莫氏著述浩繁，文字艰深，研究的难度极大。因此，要研究莫友芝，研究者没有广博而精深的学问是根本无法进行的。但梁光华教授的"莫学"研究却取得了巨大成就，其研究内容涉及莫友芝在音韵学、文字学、目录学、版本学、诗词创作、书法艺术、治学方法、祖籍身世、家庭背景、交往情况及其著述的真伪考辨等多方面。

　　诚如陈锐锋教授所言，梁先生不仅是建树卓著的学者，而且也是热情洋溢的诗人。他曾出版过《诗词格律理论与创作实践》专著，因此，他能熟练驾驭古典诗词格律。《剑水行吟集》就是他用传统诗词格律写就的。诗集出版后，被认为是"贵州诗坛上不可多得的一部严格意义上的古典诗词集"。[7] 梁先生不仅是著名学者，也是政绩卓著的领导干部。1999 年以来他先后任黔南民族师范学院院长、党委书记。在他的带领下，一所崭新的、有民族特色的民族师范学院在都匀地区建立起来，成为黔南地区一颗闪亮的高校明珠。"依我之见，梁光华由于知识广博，功力深厚，勤奋笔耕，凭着他的学术实力，潜力很大，而且精力旺盛，正值学术研究的盛年期，我深信他会有更多更优秀的成果问世。"[8]

　　梁光华教授虽年近花甲，但他仍然壮心不灭地坚守在"莫学"研究的第一线，不遗余力地在他自己钟爱的问学从教生涯中继续勉力前行。毫无疑问，梁光华教授已经成了国内外在汉语言文字学研究、莫友芝研究、水书研究等方面有较大影响力的知名权威。他承前启后，开拓创新，用自己卓有建树的教学科研进一步丰富和拓展了"莫学"研究的新内涵。梁光华的治学成就已经融入了新时期"莫学"研究的重要领域。

参考文献：

[1]梁光华：《书诗学三绝的文化巨匠——莫友芝生平人品与主要学术成就评介》，黔南民族师范学院学报，2005。

[2]王梧：《令人神往的"影山文化"》，《走遍夜郎故土散文书系——走进独山》，汕头大学出版社，2002。

[3]顾久：《问学论稿序》，梁光华：《问学论稿》，贵阳：贵州民族出版社，2012。

[4]莫健：《莫友芝研究会的建立和纪念馆的落成始末》，《贵州省布依学会·布依学研究（之五）》，贵阳：贵州民族出版社，1997。

[5][6]罗树琳，黄胜：《略论高校教师的治学精神——以梁光华教授的莫友芝研究为例》，兴义民族师范学院学报，2011。

[7][8]陈锐锋：《读梁光华教授〈问学论稿〉》，遵义师范学院学报，2013。

（原载于《安顺学院学报》2015 年第 4 期）

聚焦叙述、圆形人物与"无用的细节"

——侯乃铭小说《最后的梦园》艺术手法赏析

摘　要：侯乃铭长篇小说《最后的梦园》不仅思想主题深刻，而且创作手法上刻意求新求变。通过文本分析可以看出，首先，小说采用多视角下的聚焦叙述模式。以第三人称的限制性视角与全知全能的非限制性视角通过聚焦江岫"所见、所闻、所感"展开叙事，以主人公江岫一人的行动带动全部外在情节的发展。其次，在聚焦叙述模式中聚焦的江岫是作者极力塑造的圆形人物形象。作者通过刻画人物心理活动、写"美人陋处"等手段把江岫成功塑造为圆形人物形象，准确把握住了江岫在金钱与道义、兽性与人性两难之间进行选择时人物内心真实的心理活动与人物性格的复杂性，造就了小说更加宽阔的审美感觉空间。最后，小说中大量关于动物学、兵器、宗教知识的说明性文字的引入，凸显了阅读中的饱满感觉，这些所谓"无用的细节"是结构大于情节现象的体现，不仅让读者从中获取了知识，提高了阅读趣味，同时也增添了小说文化底蕴的厚重感。

关键词：侯乃铭；最后的梦园；聚焦叙述；圆形人物；无用的细节

　　文章憎命达，魑魅喜人过。面对不幸，弱者只会哭泣，而强者却能掐住命运的咽喉从而成就自己的一番事业，无疑，侯乃铭属于后者。近年来，通过不懈的努力，侯乃铭在小说创作上取得了长足的进步，继长篇小说《樱花飘零》、中篇小说《可怜的我》《镜中之影》之后，他又推出了长篇小说，也是他创作的第一部魔幻现实主义题材的文学作品《最后的梦园》。向笔群教授在以《未来社会：人性与兽性搏击——序侯乃铭的长篇小说〈最后的梦园〉》为题的序言中，认为小说反映了"未来社会的人性与兽性搏击……触目惊心的故事背后，凸显出作者对人类未来的生存思考"[1]，这个评价和把握是非常准确到位的。在我看来，《最后的梦园》的成功之处，除了思想主题的深刻之外，还在创作手法上刻意求新求变。下面就对小说进行文本分析，以便进一步挖掘侯乃铭这部小说中蕴藏不尽的宝藏。

一、多视角下的聚焦叙述

在结构主义叙事学中，叙述焦点（focus of narrative）是个重要概念。这个概念与叙述视点是有所区别的。叙述视点（point of view）又叫叙述视角。叙述视点是指视点、视角，强调的是观照者的立足点、看的角度和看的观点。而叙述焦点，是指看什么，看谁，说谁，关注什么。简而言之，视角讲的是谁在看，聚焦讲的是什么被看，它们的出发点和投射方向是互异的。叙述焦点相当于天平的支点，它用来衡量两边是否平衡；或者相当于圆周的中心点，无论圆周中扇形怎样移动始终围绕圆心在运行。《最后的梦园》的叙述焦点正是故事主人公江岫，开头写江岫来到故事发生地江城接受谋杀任务，中间写江岫摧毁了"梦园"并脱出险地，结尾写刑满释放的江岫走出监狱。小说以江岫为圆心，以他雄壮地出场与悲壮式退场为弧线画出了一个规整的圆。

分析聚焦于何处，当然也离不开分析叙述视点，即叙述视角。叙述视角是一部作品，或一个文本，看世界的特殊眼光和角度。杨义认为"叙事角度是一个综合的指数，一个叙事谋略的枢纽，它错综复杂地联结着谁在看，看到何人何事何物，看者和被看者的态度如何，要给读者何种'召唤视野'"[2]。小说主要采用了限制性视角与非限制性视角来达到聚焦叙事的目的。小说开头通过杀手江岫的视角牵出小说人物，这是第三人称的限制性视角。例如：

门打开了，江岫走了进去，里面很宽敞，是一间大型豪华办公室的布局，门对面是一张宽大的办公桌，后面的靠椅上坐着一个女人，女人的身边还站了一个秘书模样的女人。这两个人江岫都不陌生，坐着的那位是他的老板的夫人名叫唐慧婷，而站着的那位是她的私人女助理蒋夏。（见《最后的梦园》第2页，以下引用均省略书名）

第三人称的限制性视角在金圣叹评《水浒》时称之为"影灯漏月"①（《中国小说理论史》），陈平原在《中国小说叙事模式的转变》中认为"第三人称限制叙事甚至取第一人称叙事而代之，成为中国现代小说最主要的叙事角度"[3]。杨义认为："限知视角的出现，反映人们审美地感知世界的层面变得深邃和丰富了。"[4]毋庸置疑，侯乃铭的这部小说第一章采用江岫的视角是成功的。江岫接受梵天集团总裁夫人唐慧婷的雇佣，参与谋杀亲夫温世杰及其情妇们的计划。至于她为何要谋杀亲夫，小说采用的是江岫这个第三人称限制视角，江岫刚开始一无所知，自然，读者刚开始也是一无所知。只是后来慢慢听了唐慧婷的口述，读者才和江岫一样得知原来是丈夫温世杰背叛了她，而且温世杰还要修改遗嘱分割本属于她和三个子女的财产，她故而痛下杀手。谋杀动机抽丝剥茧般慢慢显露，令人惊心动魄，这样一种限制性视角的采用极大地调动了读者的阅读想象与"期待视野"②。

但是小说除了第一章之外，其他章节更多地采用的是非限制性视角。所谓非限制性视角，有人把它比喻成全知全能的"上帝的眼睛"，观察者犹如一位先知，处在居高临下的位置，一切尽收眼底，对故事的发生与结局、人物的命运了如指掌。例如：

"温世杰有一家自己的野生动物保护区叫梦园，江岫早就知道，这在当年可是轰动一时的事情，本来这片数千亩的原始森林相关部门是想砍伐掉一部分来做一项工程的，可是温世杰最终还是捷足先登以高价买下了这片森林，然后又从相关部门那里搞来了新建野生动物保护区的许可文件，很快这里就成了温世杰个人的野生动物保护区。"（见第14页）

"这位女郎不是别人，这是后来成为温世杰妻子的唐慧婷。唐慧婷与温世杰不同，她出身豪门，她的父亲是当时中国西南地区名头最响的军政要员之一，常年在成都任职，母亲是某国有银行广州分行的副行长，她在家中又是独生女，父母都对她十分溺爱，自小就过着公主般的生活。"（见第18页）

"梦园"的创办经历，温世杰的发家史，情妇徐捷、庄小莹庄小蝶姐妹、郎

---

① 金圣叹原文"一片都是听出来的，有影灯漏月之妙"。陈洪的阐释"因为伸向楼下的目光（叙事人及读者）被隔断，故谓之'影（遮住）灯'，而听觉描写突出了，此即所谓'漏月（月光）'"。

② "期待视野"（或译为"期待水准"）是姚斯文学史理论中的一个重要概念。"期待视野"是阅读一部作品时读者的文学阅读经验构成的思维定向或先在结构。

蓓蓓、杜无声、梁露露等人的身世以及她们如何被温世杰收编以及各类人物隐秘的意识活动，叙述者都能眼观六路、耳听八方，"思接千载、视通万里"，上天入地、无所不能，所有的一切都逃不出这双"上帝的眼睛"。正如陈平原所认为的："中国古代白话小说的叙述大都是借用一个全知全能的说书人的口吻。"[5]这其实也是中国古代小说与西方传奇小说共同的特点。《最后的梦园》也因此彰显了它的传奇色彩。

不管小说是采用第三人称的限制性视角，还是采用全知全能的非限制性视角，我们都能发现故事始终聚焦江岫"所见、所闻、所感"的线索而展开，并且依据时间的顺序行进。特别值得一说的是，小说在故事时间与叙述时间操作方面把控得当，比如，人物的身世介绍都是通过"闪回"①（《叙事学》）的方式来完成的。

无论是"梦园"谋杀案的策划，还是人物与动物的生存博弈，叙述始终都是聚焦在杀手江岫身上。隐含作者②（《小说修辞学》）手中高举明亮的聚光灯，他照耀着江岫一路前行，即使偶尔打照到其他人事身上，但一俟该人事完成其造型，聚焦的灯光依然在江岫头顶高悬，以主人公江岫一人的行动带动全部外在情节的发展。

与焦点处于另一极端的，是盲点。它属于非聚焦的领域，是聚焦的光线照射不到的地方。世界上没有无阴影的光线，光线集中处是焦点，光线照不到的地方是阴影，是盲点。例如江岫女儿江娇娇在美国医院动手术的具体治疗情况是盲点，又如江岫在江城市第五监狱三年有期徒刑的服刑情况也是盲点。值得一提的是，这种聚焦式的叙述模式，在戏剧叙事中更多地被采用，好处是它更利于情节的突出与集中，加强了小说的叙事张力、思想深度与审美浓度。

二、圆形人物形象的塑造

人物是小说重要的一面，而小说家本人也是人，他跟他的主题之间也就具有

---

① "闪回"又称"倒叙"，即回头叙述先前发生的事情。它包括各种追叙和回忆。
② "隐含的作者"即小说世界中一个作者潜在的"替身"，一个"第二自我"。换言之，任何小说中都有作者的存在，较之于传统小说作者直接出头露面的简单形式，现代小说的作者介入更为复杂、隐蔽和精巧，介入的方式变了，作者并未在小说的大千世界中销声匿迹，这就是"隐含的作者"。

了一种亲和力，而相比较其他众多艺术形式，小说中这种亲和力更付之阙如，人物形象往往是作家思想艺术的结晶。

西方小说理论家福斯特在《小说面面观》一书中把小说中的人物分为扁平人物和圆形人物两种。他认为"扁平人物也就是十七世纪所谓的'气质类型'，有时也称为类型人物，有时也叫漫画人物。其最纯粹的形式是基于某种单一的观念或品质塑造而成的；当其中包含的要素超过一种时，我们得到的就是一条趋向圆形的弧线了"[6]；"检验一个人物是否圆形的标准，是看它能否以令人信服的方式让我们感到意外。如果它从不让我们感到意外，它就是扁的。假如它让我们感到了意外却并不令人信服，它就是扁的想冒充圆的。圆形人物的生活宽广无限，变化多端——自然是限定在书页中的生活"[7]。圆形人物形象给人新奇感，又具有说服力，同时具有人性的深度及多重性格侧面，能够随着小说情节的发展而发展。

既然隐含作者手中的聚光灯始终高悬在主人公江岫头上，那江岫必然就是隐含作者极力塑造的人物形象。作者在江岫这个人物身上给予了更多的审美理想。聚焦叙述模式下的江岫是一位在中东最动荡的地区执行维和任务部队退伍的特种兵，武功高强，他为了救治瘫痪女儿才不得已接受谋杀任务，他的内心是复杂的。对于温世杰，当他得知温世杰修建"梦园"是为穷奢极欲生活的丑行之后，江岫对他是鄙视憎恶的，所以，他在 2048 年中秋节这个时间刻度上毫不犹豫地亲手摁下了摧毁了"梦园"这个温世杰"帝王梦想"象征的机关。但是当他见到温世杰被棕熊米莎杀害之后，温世杰众多无辜情妇们遭受的种种惨状，他又奋不顾身加入了抢救死伤的队伍行列，完成了从一个冷酷无情杀手到救死扶伤英雄形象的华丽转身。一直以来纠缠在他心中的金钱与道义、兽性与人性两难的选择，在关键时刻他终于给出了自己的选项。

一是通过细致入微的心理活动描写来塑造人物形象。江岫是小说文本中的一个看点，江岫的言行也正是隐含作者认真思考过并赋予他的，在聚焦他外在言行的同时，还深入他隐秘的心理活动，例如：

"他（指江岫，笔者按）在心里对自己说：'庄小蝶是无辜的，她并不是温世杰的女人，她现在这样都是我造成的！不管怎么样，我一定要让她平安出去……'（见第 63 页）

"江岫自以为自己在战场上见惯了生死，生离死别对他而言早已麻木，可此时此刻他却是无论如何都无法抑制住自己夺眶而出的泪水和喉咙里越来越大的哽

咽声。（见第 105 页）

"唯有江屾独自一人坐在洞外的山坡上，望着西方殷红的晚霞出神，此时此刻江屾的心绪很乱，这些天他目睹了许多人因为自己的一己之私而死，与他纠葛颇深的郎蓓蓓临死前的那一幕一直在他的脑海里挥之不去，女儿娇娇的手术是否成功这也是让他感到焦虑的，万千的思绪与苦恼如潮水般一股脑儿涌上心头，让他苦恼不已。"（见第 115 页）

现代心理学家们发现，人的心理活动并不总是合乎逻辑的演绎，意识与下意识、意志与冲动与激情与欲望与任性等，像一条幽暗的河流，从生到死，长流不歇。《最后的梦园》通过这些细致入微隐秘的心理活动描写，使读者能够更清晰、更深刻洞察人物的思想，而人物形象也借此一步步完成塑造。

二是采用写"美人陋处"的手段。脂砚斋曾提出要从"陋处"写美人的看法，可以说，写"美人陋处"是《石头记》人物描写的原则之一，如黛玉之尖刻、宝钗之板正、探春之薄情、妙玉之孤僻等。这与福斯特"复杂的性格是圆形的，难以把握的"的观点有相似的地方。但是"《石头记》作者着意对'美人陋处'加以点染，整个形象便不再是规则的圆形，而是有了某一个突出的侧面。复杂而又突出某一特征，这是《石头记》在写实的基础上改造传统的个性描写手法的结果。'美人陋处'则是脂砚斋对此的认识、总结"[8]。《最后的梦园》中主人公江屾就是这样的圆形人物，而且还带有"陋处"，是一个带有"陋处"的圆形人物。例如：

"说唐慧婷想请江屾帮她对付一个人，如果江屾答应，他女儿一切的医疗费用都将由唐慧婷承担，如果江屾不答应或者把事情泄露出去，那他将有可能丢掉工作甚至更糟。于是万般无奈的江屾只好应允。"（见第 4 页）

"自从妻子阮萍去世之后江屾就再没近过女色，今晚如郎蓓蓓这般如花貌美的尤物主动送上门来无论是生理上还是心理上他自然都是无法抗拒的。"（见第 78 页）

因为隐含作者知道，人是欲望的动物，纯粹的精神贵族是不存在的，所以，江屾也会受到金钱的诱惑（尽管对金钱的需要是现实生活所迫），他也会受到美色的诱惑（尽管是美丽放荡的郎蓓蓓主动勾引）。小说结尾是"次日江屾带着录音笔去警察局自首时，原本十分棘手的案件很快就被专案组破获了，不出江屾所料，阮萍母女所遭遇的那次事故果然和唐慧婷与蒋夏有关……最后法院判决唐慧婷和蒋夏无期徒刑，并没收其所有个人财产，而江屾由于其协助调查有功且主动认罪，所以只被判了三年有期徒刑"。上述那些对于江屾受到金钱美色诱惑的描写，相比他在大是大非面前坚定的正义立场，只能说是瑕不掩瑜，江屾这个带有"陋处"的准英雄人物形象并不因此而变得黯然无光，相反，更加让人觉得真实可信。

圆形人物形象的成功塑造，也造就了小说更加宽阔的审美感觉空间。

三、说明性文字即"无用的细节"的大量引入

《最后的梦园》艺术魅力形成机制的另一个很重要的方面，也是这个文本突出的特点之一，就是叙述过程中夹杂了不少的说明性文字，这是小说结构大于情节现象的体现，同时也满足了读者们的"阅读期待"。

例如对"梦园"中豢养的棕熊米莎、黑豹、狮子拿破仑、网纹蟒蛇、蒙古草原独眼狼、美洲灰狼、老虎、鬣狗、食人鳄、豺狗、安第斯神鹫等种种野生动物的介绍，以及对杀死过一代艳后克利奥帕特拉的黑曼巴蛇、吃人的科莫多龙毒性的渲染及其相关奇闻逸事等介绍。

"蒙古草原狼是公认的世界上最凶残和狡猾的狼，而美洲灰狼虽然个头身体强壮，但是无论是胆量还是凶猛程度，甚至是捕猎技巧都不如蒙古草原狼。（见第88页）

"它的学名叫湾鳄，主要分布在泰国、缅甸一带，是世界上体型最大同时也是最喜欢袭击人类的鳄鱼，当然它还有一个让人们更加耳熟能详的名字食人鳄。第二次世界大战中的兰里岛战役曾经让这种鳄鱼名声大噪……最后岛上的数万只湾鳄都被引了过来，所以一夜之间日军就全军覆没了。兰里岛战役让湾鳄声名远播，之后它们就被人们称为'食人鳄'了。（共计约900字，见第101—102页）

"黑曼巴蛇无疑是这个星球上最危险的动物之一，它常年都盘踞在非洲各地的树木之上，在性格上它跟相对保守的眼镜王蛇不同，历来以性情凶暴而著称，不管是什么动物只要闯入了它们的领地，它们就会立刻发动突然袭击，梁露露就是误入了黑曼巴蛇的领地而招致了灭顶之灾。其次它的毒液号称'世界第一剧毒'，即便是进入了二十一世纪，被黑曼巴蛇袭击过的人类依旧保持着百分之百的死亡率。……后世的人们从毒性以及埃及艳后的性格上推测，她和她的侍女们用来自杀的那条蛇很有可能就是一条还未成年的黑曼巴蛇。（共计约770字，见第139—140页）

"而且最可怕的是科莫多龙的那张嘴……因为这种动物长期以腐肉、同伴甚至是自己的幼崽为食,所以它的口腔中聚集了大量的高致命性病菌,一旦被它咬上一口,就算当时没死,那也会患上严重的败血症,最终导致死亡……"(见第170页)

叙述者对这些动物的来源以及它们的生活习性熟稔于心。还有对于温世杰高价拍买来的西伯利亚古董猎枪、瑞士锰钢军刀的津津乐道。

"里面装着的是一把比较复古的猎枪,这本是多年前他与郎蓓蓓到圣彼得堡旅行时从一场拍卖会上买下的,这是一把当年西伯利亚老猎人使用过的古董,里面还装配了五十发猎户携带过的子弹。(见第68页)

"这把军刀是温世杰当年在一场拍卖会上花重金拿下的,一般的瑞士军刀用碳钢为材质制作的,但是这把军刀的材质可谓是与众不同,那是比碳钢要坚韧数十倍的锰钢,说它无坚不摧也不为过。据拍卖师介绍无论是铸造成本还是加工难度锰钢刀都要远远高于碳钢刀,还说当年的大唐帝国最鼎盛时期的唐军所装备的唐刀就是用锰钢为原料铸造的,而后来蒙古帝国横扫欧亚,所掠夺来的财富很大一部分也都是被拿来打造以锰钢为原料的兵刃。"(见第82页)

以及对相关佛教知识的介绍等都是说明性的文字。

"我希望鹰能把我叼去,如来前世割肉喂鹰,鹰后来成了佛祖的使者,鹰如果能将我叼去,我死后就能到极乐世界,在佛祖的脚下去当面向他忏悔了。(见第154页)

"天雨虽大难润无根之草,佛法无边不渡无缘之人!"(见第159页)

这样的例子书中比比皆是,举不胜举。这些说明介绍性的文字,和故事以及故事中人物没有直接联系,并不是虚构艺术世界的一个组成部分,但却是文本的重要组成部分。罗兰·巴尔特在《现实效果》(1968年发表于《交流》杂志)中称之为"无用的细节"。他认为,一方面这种描写是合法的,因为它符合文学法则,另一方面它在结构上又完全缺乏相关性,所以,是"无用的细节"。

乔纳森·卡勒则从读者的阅读心理和阅读效果来考察"无用的细节"的作用,他的《结构主义诗学》认为这些部分将帮助读者产生叙述契合(narrative contracts)。用他的话说,就是"如果说主宰小说的基本程式是读者的期待,他们通过与文本的接触,将窥见一个小说所产生或指喻的世界,那么,就应该有这样一种可能,文本中至少可以找到一些成分,它们的功能在于满足读者的这种期待,肯定虚构的再现或模仿的倾向。在最基本的层次上,这一功能是由一些权且可称之为描述性沉积物的成分实现的：这些语言单元在文本中的作用首先就是指示某具体的现实……在小说情节中不起任何作用的语言单元，却能产生一种巴尔特所谓的'真实效果'。""这些成分确认了模仿契合，并使读者能够放心地像阐释现实世界那样阐释文本。"[9] 即这些"无用的细节"在读者的阅读中起到了叙述契合的作用，帮助读者更好地进入虚构的词语世界，进入人物和他们的故事。因为叙述者总是将读者定位在对此文本所虚构的艺术世界不甚了解的基础上。就此而言，《最后的梦园》作者唯恐读者不甚了解，为我们补上了一堂很好的动物学、兵器、佛学知识课。

《最后的梦园》中的说明性文字，由于脱离了故事情节和人物，所以，不在叙述顺序中，但是又穿插在文本中，客观上使故事叙述速度变得缓慢了，阅读中更增添饱满的感觉，不仅让读者从中获取了知识，提高了阅读趣味，同时也增添了小说文化底蕴的厚重感。

"无用的细节"现象涉及现代小说创作中结构与情节的概念，是结构大于情节现象的一种体现。情节具体表现为故事，它曾经是小说结构的传统方式，也无疑是一种非常有效的艺术手段，特别是对古典小说来说，情节几乎是唯一的方式。小说发展到了近代，小说家把环境描写和性格塑造看得比情节安排更为重要，特别是到了十九世纪批评现实主义小说家们笔下，情节只作为他们的小说结构中的一个框架，更为精细的结构则是那些描写人物性格、社会生活场景和人物心理活动的篇章。因为随着现代人的认识能力的发展进步，人们对艺术手段的认识也越来越为丰富。人们认识到生活中除了情节之外，还有许多非情节的因素存在，例如，社会生活的风俗画面、人内在的精神世界（包括心理活动、意识与下意识、思考与情绪）等。例如，托尔斯泰把他的道德说教和对历史的思考整章节地写进他的《战争与和平》中去。小说发展到了现代，非情节方面走得更远，情节不得不让位于更有表现力的种种新的结构方式，现代甚至出现了一些所谓的非情节小说。《最后的梦园》无疑借鉴了现代小说创作中的这一技法，并以这种巧妙手段，来拉拢读者，迷惑读者，取悦读者，使读者爱不释手。

总而言之，本论文主要从小说《最后的梦园》的艺术手法方面入手进行赏析，具体是从多视角下的聚焦叙述模式、圆形人物形象的成功塑造、恰到好处地引入了大量相关的说明性文字，即所谓"无用的细节"三个方面入手，并紧密结合文本分析的方法，探讨了小说《最后的梦园》独特的审美机制、独特的艺术魅力是如何形成的。小说《最后的梦园》的艺术手法多样，可圈可点之处颇多，例如，序言中提到的"大故事中套小故事，场景的转换与意识的流动共同构成小说的叙事场域""摒弃作者以前一贯写实的创作手法，力图将虚实相间，着眼于未来，关注人类生存，使作品的立意具有文化的高度，对人性与兽性博弈的融合探索，就使作品包孕着生命的厚度"[10]等，其实也是该小说艺术手法上的出彩之处，这里不再赘述。

参考文献：

[1] 向笔群：《最后的梦园》，贵州人民出版社，2016。

[2] 杨义：《中国叙事学》，中国社会科学出版社，2007。

[3] 陈平原：《中国小说叙事模式的转变》，上海人民出版社。

[4] 杨义：《中国叙事学》，中国社会科学出版社，2007。

[5] 陈平原：《中国小说叙事模式的转变》，上海人民出版社。

[6][7][英]E.M.福斯特、冯涛译：《小说面面观》，人民文学出版社，2009。

[8] 陈洪：《中国小说理论史》，安徽文艺出版社，1992。

[9][美]乔纳森·卡勒：《结构主义诗学》，中国社会科学出版社，1991。

[10] 向笔群：《最后的梦园》，贵州人民出版社，2016。

（原载于《铜仁学院学报》2019 年第 2 期）

除了故事，还有知识

——评侯乃铭长篇历史小说《黔中魂》

　　贵州省实力派小说家侯乃铭长篇历史演义小说《黔中魂》（原名《黔中砥柱·华夷和同》）已杀青，付梓出版指日可待。今天，来自贵州省中国现当代文学学会的评论家，来自铜仁市文联、铜仁市作协、铜仁学院、铜仁职院的领导、专家在铜仁市文联会议室欢聚一堂，研讨该小说的最后定稿以及该小说后续几部姊妹篇的创作事宜，可喜可贺，自己能有幸参与其中，倍感荣幸与欣慰。

　　侯乃铭长篇历史小说《黔中魂》结构宏大，共分十七章（不含序章与终章，以及两个附录），堂堂皇皇 44 万多字，可谓鸿篇巨制。在经过认真拜读之后，下面本人将从以下四个方面来谈谈自己一些不成熟的看法。

一、一段波澜壮阔的历史

　　小说浓墨重彩地讲述了发生在公元 1235—1279 年的宋蒙战争中古代黔中地区"思州田氏"与"播州杨氏"协助南宋对抗蒙古族入侵南宋的故事。毫无疑问，这是黔中地区历史上的大事件，也是黔中地区过去岁月最耀眼最灿烂的一段历史。黔中地区，在中华民族危难时刻，承担起大任，正如明代思州田秋留在铜仁市德江县境内的石刻上书的"黔中砥柱"四字一样，不愧为南宋抗蒙的中流砥柱，小说的书名就来源于此。但我想说的是，就今天而言，铜仁（古思州）位于黔东，遵义（古播州）位于黔北，但是在古代，思州、播州位于"黔中四郡"的范畴。所以，如果小说在开卷能够加上"黔中四郡"这样的一个注释是最好不过的了，不至于引起歧义。

小说本着"大事不虚，小事不拘"的原则，生动再现了北宋—南宋—元—明初那段风起云涌的历史。例如，蒙古族的远征史、宋朝的外交史，南诏国、大理国的兴衰史；著名战役，例如，野狐岭战役、海都之乱、钓鱼城之战、上帝折鞭之战、崖山海战……

克罗奇曾说过："一切历史都是当代史。"用自己的笔用自己的理解诠释了这些波澜壮阔的大事件，这些为后人津津乐道的历史。

二、一曲荡气回肠的英雄赞歌

人物，尤其是英雄人物，历来都是历史演义小说中的主角，该小说也不例外。小说为我们的读者生动刻画了白桦、元好问、丘处机、铁木真、忽必烈、王坚、文天祥、陆秀夫、朱重八（朱元璋）、李志常、八思巴等一系列历史上有典籍可查的或贵为帝王将相、或才高八斗、或忠义可鉴日月的民族英雄人物，大量史料的查论并引用，增加了小说的历史厚重感，又例如白桦、八思巴等曾被历史遗忘的人物在小说中重获新生、大放异彩，无疑显示出作者心中的英雄情结。主人公白砚是虚构人物，但是因为有了这样一种艺术加工的虚构人物的存在，以及小说以他的第三人称叙述视角来带动故事情节发展，更加彰显了小说的传奇性与可读性，也显示出了历史之所以为历史，小说之所以是小说的分界。但主人公白砚性格、形象比较模糊，辨认度不是特别大。正如作者所说，小说中的白砚是一位神格化了的人物，如同古代历史演义小说中的姜子牙、诸葛亮形象一样，神格化了的人物与现实生活中的人物形象的确存在较大差距。

三、一幅色彩斑斓的民俗画卷

贵州地处西南一隅，自有其独特的民情民俗，而小说也并没有让渴望了解贵州这个边地民俗的读者们失望。小说中不厌其烦地描述到的民俗如巫蛊文化、黑苗、白苗、乌蛮人的水葬、信鬼不信神的罗氏鬼国，小说中精雕细刻描述到的名胜古迹，如，思邛山（梵净山）神奇金顶、雷公山上神秘"天书"、镇远石屏山古长城、遵义极富传奇色彩的海龙屯、三尊现世所在地（在今天的铜仁市的三江汇流处）以及当地地方特产朱砂、美酒枸酱（今天的茅台酒）等，不一而足。

鲁迅曾说："越是民族的，越是世界的。"贵州大地上的民俗文化、名胜古迹、地方特产，必将会随着《黔中魂》一书的出版发售，越来越为广大读者所熟知。

四、一串颇具创见的思想火花

钟嵘在《诗品》中说"诗品即人品"，人品决定诗品，作者思想的深度决定作品思想的深度。作者在小说中处处显现出自己不落窠臼的思想火花乃至洞见，例如，作者认为蒙古族部落兴起的动力在于不停地获得征伐胜利；例如，李志常与八思巴"是否同根同源"的论争中的观点，其实都是作者的思想在碰撞中闪现出自己关于佛、道、儒理解的火花。可以看得出来，作者对于佛家、儒家思想精髓研究已久，理解颇深，至于道家，作者在后记中说到自己的理解不深，其实道家本身遗留下来的典籍就少，除了五千言的《道德经》外，其他乏善可陈。此外，作家对于《易经》的研究也颇有心得。因为本人长期关注《易经》，所以，特别看重小说中涉及的《易经》方面的知识，比如，小说中提到"艮石"，艮是《易经》八卦之一，艮为东北、少男、为子女宫，跟生产有关，小说中关于艮石跟生育有关的描写并非空穴来风。再例如，利用《奇门遁甲》中的法门求南风和大雾、火烧牛骨占卜，以及元朝国号"大元"来自《易经·象传》中"大哉乾元"等的描写，都是准确无误的。《易经》文化研究在中国长期被国人忽视了，而韩国、日本在这方面的研究却走在了我们前面，例如，韩国就拍了《易经》电影三部曲：《观相》《合婚》与《风水》。

小说中提到了钓鱼城地理位置的重要性，杨义在《文学地理学的三条研究思路》一文中曾指出：太湖与巴蜀是中国这张太极大图的两个"太极鱼眼"。他原话是这样的："金人想从长江天堑采石矶过江，屯兵 40 万，大有'投鞭渡江之志'，来势汹汹。却给时为中书舍人、到前线劳军的书生虞允文，收罗了零散的士兵和船只一万八千人，在长江上把金人打败了。完颜亮撤退时被部下刺杀，因而保存了南宋的半壁江山。元朝灭金之后才灭南宋，也是先拿下成都和大理国，甚至蒙哥汗战死在重庆附近的山城钓鱼城，这叫作'上帝折鞭'的战役，改变了世界的历史进程。所以巴蜀是两条江河'太极'的枢纽，与太湖流域一文一武，形成江之头、江之尾的两个'太极眼'。"我希望杨义的这段话对作者修改小说时有所用处。

　　庄子曾说过："忘记了脚是因为鞋舒服，忘记了腰是因为腰带舒服，忘记了是非是因为心里舒服。"所以，最后我恳请作者不必过多纠结颇受争议的小说叙述视角的文体，因为您的小说已经让人很舒服了！

时空跳跃变幻之美

——论莫言小说《红高粱》的叙述时间

摘　要：莫言的小说《红高粱》是新时期文学发展史上具有转型意义的现代主义作品，叙事上表现出多方面独特而精湛的技巧，就叙述时间而言，它突破了传统叙事的时空界限，叙事时间与故事时间相互交错，建构了一种过去与现在、现实与历史的对话，为我们展示了一种时空跳跃变幻之美。论文主要采用叙事学的研究方法，通过文本细读，从时序、时限、叙述频率三方面对小说的叙述时间问题进行初步探讨。

关键词：莫言；红高粱；小说叙事；叙述时间

小说属于时间艺术。热奈特在《叙事话语、新叙事话语》一书中认为：叙事是一组有两个时间的序列，被讲述的事情的时间和叙事的时间（"所指时间"和"能指时间"）[1]。赵毅衡在《当说者被说的时候》一书中把故事时间和叙述时间称之为"底本时间"和"述本时间"[2]。叙事文的这种双重时间性质赋予了叙事文根据一种时间去变化乃至创造另一种时间的功能。故事时间与叙述时间的种种关系引起了一系列的理论问题。譬如，叙事文是怎样重新排列故事顺序的？如何处理叙述的长短与故事发生的时间长度的关系？故事能否重复描述？等。莫言小说《红高粱》[3]的叙事技巧"彻底颠覆了以往传统小说写作的规范，他不仅汲取了马尔克斯和福克纳的叙述特色，还结合了中国传统野史的写作特点"[4]。《红高粱》的叙述时间有值得称道之处，它为我们展示了一种时空跳跃变幻之美。下面主要从时序、时限、叙述频率三方面进行论述。

一、逆时序为主的叙事使小说呈现一种魔幻意境

莫言的《红高粱》在某种意义上是一个有关当代人生存境遇的寓言。它借助赞美祖先野性不羁的生存状态，以期让平庸、弱化、压抑的当代人找到发泄郁闷、叛逆现实的途径，以期达到理想的精神之境。文本叙述人主要是全知视角的第一人称"我"，但有时候又加入限知视角的"我父亲"（如先辈们在墨水河畔的抗日故事、罗汉大爷被活剥等具体细节就是以"我父亲"亲历者的眼光来叙述的），形成第一人称与第三人称混合的视角，"我"的叙述声音是当代的，而"我父亲"的叙述眼光是历史的。正因为有了第一人称的全知视角，叙述便具有了一种性格化的意义，使得叙述人更鲜明地体现出一种个性的张扬。"'我'一方面讲着惊心动魄的故事，细数人物的情感历程；另一方面纵身而出评说事件的当代意义。"[5]

《红高粱》小说的地点主要是已经进入世界文学地图的山东高密东北乡那片神秘的高粱地，正如福克纳的约克纳帕塔法县一样。而时间幅度较长，故事时间应该是从 1925 年到 1976 年共 50 年时间，文中并未出现开端时间 1925 年字样，但根据美国伊瑟尔接受美学"文本的召唤结构"原理，我们可以推测出来，1939 年中秋节前后发生那场抗日伏击战时"我父亲"14 岁，那么"我爷爷"与"我奶奶"在高粱地里野合的时间当是 14 年之前的 1925 年，而那时作为新娘子的"我奶奶"刚好 16 岁，"我奶奶"香消玉殒时不过 30 岁。从小说第 78 页中"一九七六年，我爷爷死的时候，父亲用他的缺了两个指头的左手，把爷爷圆睁的双眼合上"的描述可知，小说的结尾时间应当是 1976 年。

关于故事的时间发展线索，众说纷纭。郑铃于认为，主要有三条线索：一条是"我"在讲述这场抗日战争所处的时空，也即现在，可记为 A；一条是"我父亲"跟随"我爷爷"在胶平公路上埋伏，准备伏击日本人的汽车队的时空，也即文本发展的中轴时空线，可记为 B；一条是"我父亲"在高粱的行进中时常回忆起来的时空，也即发生在这场战争之前，以罗汉大爷为主体展开，可记为 C。传统线性时间的叙事应当为 C → B → A，然而《红高粱》却是 A → B → C 结构，抽出 B 作为叙事时间结构的主线，A、C 被分开，同时在 B 线的发展过程中不定期向 A 和 C 转换[6]。本人认为这个观点很有见地，围绕故事时间，三条叙事时间线索在不断交错中展开。

很明显这是一种典型非线性的逆时序叙事。胡亚敏《叙事学》认为"逆时序主要研究三种时间运动轨迹：闪回、闪前、交错"[7]。顺时序是中国传统小说技法，反时序已成现代小说时尚，但前提是这些时间概念必须先确定事件在故事时序中的原位置。

闪回，又称"倒叙"，是指回头叙述先前发生的事情。它包括各种追叙和回忆。西文 flashback，原为电影术语，但这手法却是西方文学与生俱来的，《伊利亚特》的开头就是倒叙。在中国现代小说中，这也是一种常规手法，例如，《祝福》先说祥林嫂之死，然后再用主叙述讲祥林嫂的一生。同样，《红高粱》文本叙述者巧妙地采用逆时序的技巧来对故事进行安排，他有意从故事中间讲起，即"我父亲"跟随"我爷爷"在胶平公路上准备伏击日本人的汽车队的时空，并把它当作中轴时空线。尽管奶奶出嫁、爷爷与奶奶传奇般的爱情、罗汉大叔的故事都发生在此时空之前，但小说都安排在闪回中来叙述。这种追叙不仅扩展了故事的时空，而且省掉了一些不必要的叙述，使"我父亲"跟随"我爷爷"在胶平公路上准备伏击日本人这个中轴时空线的文本结构更加紧凑。

闪前，又称"预叙"，是指叙述者提前叙述以后要发生的事件。它不同于暗示，它一般有明确的提示。一般来说，预叙往往是叙述者的声音、叙述者的意识强加于人物意识之上，因为人物还来不及体验。如任副官之死，"只可惜任副官英雄命短，他在昂首阔步，走出了大英雄八面威风之后三个月，竟在擦洗那支勃朗宁手枪时，自己走火把自己打死。"任副官自己是不会知道三个月之后的悲剧的。又如罗汉大爷之死，"本来，罗汉大爷就可以逃回村子，藏起来，躲起来，养好伤，继续生活。可是……罗汉大爷为了骡子重新返回，酿出了一出壮烈的悲剧。"这是对罗汉大爷结局的预言，罗汉大爷本人是不会清楚的，要是他预先知道了会有这样子的结局，他无论如何也不会重新返回魔窟的，但是全知全能视角的"我"知道。适当的闪前，使得读者对故事有一个大致的了解，然后在之后的阅读中获得求证的快感，它能增大阅读的动力。就像远方的大门微微地打开了，会使读者产生贪婪地想看个究竟的愿望。"预叙的出现起到了一种镉的效果。镉的那一头是未来，镉的这一头是现在，不同时态的时间之互相镶嵌，使作品在结构上显得格外紧凑和结实。"[8]

交错，即闪回闪前的混合运用。在《红高粱》中，叙述时间的轨迹有时并不是清晰可见的，过去、现在、未来常常错综复杂地交织在一起。

"七天之后，八月十五，中秋节。一轮明月冉冉升起，遍地高粱肃然默立，高粱穗子浸在月光里，像蘸过水银，汩汩生辉。我父亲在剪破的月影下，闻到了比现在强烈无数倍的腥甜气息。""七天之后"，这是现时叙述的未来，而这个未来中又提到叙述者所处的"现在"（写作小说的时间），则是未来中的未来，闪前中的闪前。

还有个例子就是奶奶临死之前对自己与爷爷的传奇爱情的回忆，"奶奶想起那一年，在倾盆大雨中，像坐船一样乘着轿，进了单廷秀家住的村庄。"奶奶牺牲的时间与做新娘子的时间交错在一起。"爷爷跪在奶奶身旁，用那只没受伤的手，把奶奶的眼皮合上了。1976年，我爷爷死的时候，父亲用他的缺了两个指头的左手，把爷爷圆睁的双眼合上。"时间一下子从1939年跨越到了1976年。

"我父亲那时还小，想不到这些花言巧语，这是我想的。""父亲后来知道了铁帽子名叫钢盔——一九五八年大炼钢铁时，我们家的铁锅被征收走了，我哥哥从钢铁堆里偷回一个钢盔，吊在炭火上烧水做饭。""我父亲那时还小"的"那时"与"现在"的"这是我想的"，以及与"父亲后来知道了铁帽子名叫钢盔"等交错，就把三种时间（父亲年少时、父亲中年时、成年我写作的时刻）杂糅在了一起。

文本中这些情节通过叙述者精心安排，时序上一会儿是现在，一会儿是过去，一会儿是未来，甚至是过去的过去、过去的未来、未来的过去或未来的未来，令人目不暇接。共时叙述代替了历时叙述，特别是意识流手法的大量运用，使得小说出现一种共时立体叙述的方式，不同时间里发生的事件以及各种奇思异想借助某一契机在瞬间同时呈现出来。

逆时序的成功运用，时间方向的多变，不仅可以避免情节的平铺直叙，而且通过对故事时间分解和重新组合，可形成一种复杂的、更具凝聚力的叙述结构，从前的单线时间，变成了多层重叠的复线时间，从而产生了"厚度"与"深度"的心理效果，给人一种魔幻般的意境。

二、多种时限巧妙安排使得叙述节奏摇曳多姿

时限，曹文轩在《小说门》中把之称为速度。他认为"对于小说而言，均匀的时间速度，却是一种不可取的速度"[9]。时限研究故事发生的时间长度与叙述长度的关系。我们将叙述时间与故事时间相等或基本相等的叙述称为等述，以此为基点，向两端延伸。叙述时间短于故事时间为概述，叙述时间长于故事时间为

扩述，叙述时间为零，故事时间无穷大的是省略，叙述时间无穷大，故事时间为零则是静述。

等叙的叙述时间与故事时间基本吻合，等述具有时间的连续性和画面的逼真性等特征，它主要用于表现人物在一定时间、空间里的活动，构成一种戏剧性场面。如，小说中余司令与王文义之间的对话，罗汉大爷与日伪军之间的对话，父亲与余司令之间的对话。等叙在表现人物意识活动时有明显的优势，它能够生动地记录人物的随意联想，使叙述显得混杂而又逼真，如，小说中奶奶在出嫁途中大段大段的心理描写。

关于概述，它主要是对故事的某些部分作整体的简要的述说，多运用于对故事背景、事件全貌的介绍，或对人物身世、生平的交代。路伯克曾说，概述"在不需要清晰的能见度却更需要长的跨度的场合便找到了大显身手的机会"[10]。如，对任副官之死，我爷爷从日本回来以及爷爷之死的描述就是概述，小说中对这些情节扩述，叙述者缓缓地描述事件发展的过程和人物的动作、心理，犹如电影中的慢镜头。特别在表现故事中的一些十分重要的时刻如任务的生离死别、恩恩怨怨的情景时，叙述者往往采用扩述的方式加以渲染，抒发情怀。如：奶奶临死前的那长达 13 页（第 66—78 页）的抒情文字可视为扩述的典范。

省略即叙述暂停，故事时间无声地流失。例如，关于"我爷爷"在日本的经历，小说中仅仅是这样交代的："爷爷一九五八年从日本北海道的荒山野岭中回来时，已经不太会说话，每个字都像沉重的石块一样从他口里往外吐。"至于爷爷怎样去的日本？在日本怎样生存？从日本怎样回来？难道"我爷爷"也会像《丰乳肥臀》中的女婿鸟儿韩一样在北海道荒山野岭里当"野人"？小说中只字未提，全部省略。还有"我爷爷"的死，他究竟是怎么死的？病死？抑或迫害致死？小说中都没有交代。墨水河畔对日伏击战中国军冷支队长为何没有履行与余司令的约定姗姗来迟，鹬蚌相争之后才来坐收渔翁之利？小说也没有交代，出现省略，以留白的形式，赋予读者更多的想象空间，出现如波兰现象学美学家英伽登所说的"文学作品的未定点和不确定性"。从某种意义上说，没有省略就没有艺术，省略造成的叙述中断和空白将给读者提供思索和创造的机会。

静述指由叙述者介绍社会风貌、地理状况等，而故事中任何人物都不参与观察。如，小说对战场环境的描写，"太阳一竿子高了，雪白的核心外还镶着一圈浅浅的红""河南河北寂静无声，宽阔的公路死气沉沉地躺在高粱丛中"，对轿夫"踩街""颠轿"风俗的描写，关于"哭丧"习俗的描写，对土匪劫持"我奶奶"

发生地"蛤蟆坑"的环境描写等。这种静态的描写忽视了故事时间的存在。又如小说对高密东北乡高粱地的介绍：

"生存在这块土地上的我的父老乡亲们，喜食高粱，每年都大量种植。八月深秋，无边无际的高粱红成汪洋的血海。高粱高密辉煌，高粱凄婉可人，高粱爱情激荡。秋风苍凉，阳光很旺，瓦蓝的天上游荡着一朵朵丰满的白云，高粱上滑动着一朵朵丰满白云的紫红色影子。一对对暗红色的人在高粱棵子里穿梭拉网，几十年如一日。他们杀人越货，精忠报国，他们演出过一幕幕英勇悲壮的舞剧，使我们这些活着的不肖子孙相形见绌，在进步的同时，我真切感到种的退化。"

这一段前半部分是静态景物描写，后半部分则是叙述者的干预性叙述，叙述者丢下故事进程不管，自己站出来发表议论，"他们杀人越货，精忠报国，他们演出过一幕幕英勇悲壮的舞剧，使我们这些活着的不肖子孙相形见绌，在进步的同时，我真切感到种的退化。"同样也是忽视故事时间的存在。

小说能否赢得读者，叙述节奏的处理也是关键之一，多种时限的巧妙穿插运用，使得叙述详略错落有致，节奏摇曳多姿。"好的小说，都是那种在节奏的掌握上很有算计亦很娴熟的小说。从某种意义上讲，一位小说家是否已是修炼到家的小说家，仅从他在节奏的掌握一项上看便可认定。"[11] 无疑，莫言是一位修炼到家的小说家。

三、匠心独运的叙述频率凸显了传奇与悲壮氛围

叙述频率研究事件发生的次数与叙述次数的关系。胡亚敏《叙事学》根据故事中事件与叙述的重复关系，把叙述频率分为四种类型：1. 叙述一次发生一次的事件；2. 叙述几次发生几次的事件；3. 多次叙述发生一次的事件；4. 叙述一次发生多次的事件。[12]

而第2、3种类型是现代西方优秀叙事作品中常见的技法，莫言的《红高粱》无疑借鉴了此种技法。

叙述几次发生几次的事件。如对游击队员王文义那对大耳朵的描写，以及对奶奶那瓮鲜血染红的"血酒"也是一再地大做文章。

"父亲听着他咳嗽就想起他那两扇一激动就充血的大耳朵。透明单薄布满细密血管的大耳朵是王文义头上引人注目的器官""王文义伸手摸耳朵，摸到一手血……""王文义用白布捂住血耳朵，满脸哭相"。

"（头上中枪的）奶奶用烧酒洗了脸，把一瓮酒都洗红了。""父亲想起了奶奶洗过血脸的那瓮酒。""父亲揭开瓮盖，闻到了罗汉大爷的血腥气。他想起了罗汉大爷的血头和娘的血脸。罗汉大爷的血头和娘的血脸在瓮里层出不穷。父亲把坛子按到瓮里，装满血酒，双手捧着，回到家中。""奶奶说：'这酒里有罗汉大叔的血，是男子就喝了……'""奶奶端起酒，咕咚咕咚喝了。余司令端起酒，一仰脖灌了。冷支队长端起酒，喝了半碗，放下碗，他说：'余司令，兄弟不胜酒力，告辞啦！'""奶奶在酒瓮里洗净了满脸的血。……奶奶伫立在瓮边，凝视着瓮里的酒。酒里映着奶奶的脸。……""父亲的心怦怦跳着，又伸出手，从瓮里掬上一捧酒，酒从指缝里下落，打破了青天白云大脸小脸。父亲又喝了一口酒，一股血腥味死死粘在舌上。血丝都沉到瓮底，在凸起的瓮底中间集合成一个拳头大小的浑浊的团体。"

"大耳朵""血酒"反复出现，能使文本获得结构上的呼应和统一，仿佛音乐中的基本动机在主旋律上不断重现一样。

多次叙述发生一次的事件。这种复述是一种叙述的特殊安排，是试图从不同角度说明同一事件，典型的如日本黑泽明导演的电影《罗生门》。《红高粱》中这样的例子也有不少。

如对我奶奶牺牲的描述，"父亲眼见着我奶奶胸膛上的衣服啪啪裂开两个洞。奶奶欢快地叫了一声，就一头栽倒，扁担落地，压在她的背上"；而侧面描写早就借我们村里一个92岁的老太太（陶罐头老太太）之口就有了简要介绍，"东北乡，人万千，阵势列在墨河边""女中魁首戴凤莲，花容月貌巧机关，调来铁耙摆连环，挡住鬼子不能前"。

同样，罗汉大爷被俘房活剐的事迹既有正面详尽的叙述，"本来，罗汉大爷就可以逃回村子，藏起来，躲起来，养好伤，继续生活""两个黑衣中国人把罗汉大爷剥得一丝不挂，拴在木桩上"，而且"陶罐头老太太"也提及过，"罗汉去铲骡子腿""被抓住零刀子剐啦"，"我"还通过"县志"做出了所谓的核实，"我查阅过县志，县志载：农民刘罗汉，趁夜潜入，用铁铲铲伤骡蹄马腿无数，被捉获。翌日，日军在拴马桩上将刘罗汉剥皮零割示众。刘面无惧色，骂不绝口，至死方休。"

重复叙述不仅使得事件变得扑朔迷离，而且由于叙述者各异，叙述语言有别，从而使得一部作品能够形成不同的文体风格，甚至风格迥异。如上面引用的叙述语言特点："我父亲"懵懂、"陶罐头老太太"调侃、"我"崇敬。从不同角度叙述同一事件从而造成风格迥异的文体是福克纳小说的一贯特色，而莫言运用起来也是得心应手。

通过一件事（刘罗汉被剥皮）或者一件物（奶奶的血酒）把杂乱无章的故事情节进行并置，刻意反复叙述，不仅体现出了叙事逻辑和故事时间的完整性，更加重要的是隐含作者想要使小说传奇与悲壮的氛围得到层层递进和深化。

总之，莫言"把西方重表现的现代艺术与我国重再现的传统写实艺术结合起来，用最现代的叙述手法表现最中国化最民族化的生活。"[13] 我们可以看到《红高粱》独特而新颖的叙事手法，叙述时间中时序、时限、频率的巧妙安排，叙述方向的不断变换，叙述语言呈现多声部，使故事结构具有极大的灵活性，凸显了文本的陌生化效果，扩大了文本的艺术张力，使其在中国当代文学史上具有永久的艺术魅力。

参考文献：

[1][法]热拉尔·热奈特：《叙事话语·新叙事话语》，中国社科出版社，1990。

[2]赵毅衡：《当说者被说的时候——比较叙述学导论》，四川文艺出版社，2013。

[3]莫言：《红高粱》，《莫言精选集》，北京燕山出版社，2011。

[4]高志、赵静：《莫言〈红高粱家族〉叙事艺术研究》，《电影评介》2010。

[5]夏环举：《有意味的形式——重读莫言〈红高粱〉》，《当代文学》2009。

[6]郑铃于：《叙事批评视角下的〈红高粱〉》，《文学教育》2015。

[7][12]胡亚敏：《叙事学》，华中师范大学出版社，2004。

[8][9][11]曹文轩：《小说门》，人民文学出版社，2009。

[10]路伯克：《小说的技巧》，伦敦考克斯与怀门有限公司，1966。

[13]金汉总主编：《中国当代文学发展史》，上海文艺出版社，2001。

（原载于《青春的火焰：贵州现当代文学及文化研究论文集》，贵州人民出版社，2019 年 5 月）

传统与现代的对话

——小说集《千年沧桑》《饕餮》《粉底人》评析

　　黔南作家近年来在贵州乃至全国文坛上都表现得比较活跃，优秀的诗歌、散文、小说作品不断涌现，就小说而言，三都县中年作家潘国会的长篇小说《千年沧桑》、福泉市年轻作家李灿的小说汇编集《饕餮》、龙里县年轻作家夏立楠的小说集《粉底人》都表现不俗，是作者厚积薄发的创作成果。这些小说就题材而言，既有以历史事件为题材的，也有关注现实日常生活的；写作手法上，既有秉承传统小说创作技法的，也有试图在现代小说形式上再进一步创新求变的，体现了一种传统与现代的对话。总而言之，这些小说文本无论是思想性方面，还是艺术性方面都达到了一定的高度，称得上是比较成熟的作品。

一

　　黑格尔曾说过：史诗是一个民族的族徽。中国作协会员、鲁迅文学院第十二届少数民族作家高研班学员潘国会老师的《千年沧桑》可谓水族文学史上的一部史诗，它以悲情的笔调讲述了宋仁宗时期，广西龙江流域（今环江地区一带）水族先民不堪地方统治者残酷盘剥与黑暗统治，在蒙赶、区希范等人的领导下，揭竿起义，后遭朝廷重兵残酷镇压，水族百姓被迫开始水族历史上的第三次大迁徙——从广西北部迁徙到贵州黔南三都、荔波一带的悲壮史实。正如贵州省水家学会副会长潘朝霖先生所言："（此书）把水族迁徙史三部曲最后一站豪放、奋斗、悲壮、凄美的历程，淋漓尽致地演绎出来，使人在哽塞中领略到一丝欣慰。"[1]

韦勒克说："文学无论如何都脱离不了下面三方面的问题：作家的社会学，作品的社会内容以及文学对社会的影响等。"[2] 社会历史批评文学观认为：文学本质上是社会生活的反映，是一定社会历史条件下的产物。而作品的真实性、倾向性、社会效果则是社会历史批评重点要关注的内容。

（一）真实性。所谓真实性，即要求作品的历史背景是真实的，情节发展符合逻辑性，人物性格细节刻画也大致具有真实性。唐宋年间，广西属于西南边远地区，朝廷鞭长莫及，地方官僚冯伸已抱"大汉主义"偏见，歧视睢民（水族）和其他少数民族，对他们施行暴政。而睢民是一个强悍、崇尚自由的民族，面对压迫必然会起来反抗，但由于双方实力悬殊，起义最终失败，区希范等55位将军被开肠破肚，区希范的尸体被剁为肉酱制成包子。1490多位义军人头，一部分掩埋在宜州城外，一部分送达桂林请功，后合葬称为"大冢"。今天，有关这段历史的石刻等史料以及实物仍然完好地保存在桂林市七星公园"桂海碑林"博物馆里。因而小说内容整体的真实性是不容置疑的。当然，毕竟小说不同于历史，小说允许细节的想象与虚构，小说《千年沧桑》中，这样的想象与虚构还真不少。如，起义头领杨里略开黑狼酒店，就类似《水浒传》中孙二娘、张青夫妇开黑店。圣母山、六仙女、月亮洞等传说就具有浓厚的浪漫主义气息。

（二）倾向性。所谓作品的"倾向性"，是作家通过作品中艺术形象所流露出来的对生活的理解和评价，它是作家社会立场和思想观点的体现。《千年沧桑》的叙事虽然是采用第三人称全知全能视角，相对来说，这种叙述视角在小说书写时夹带的主观情感也少，但是小说隐含作者的思想倾向性却是显而易见的。隐含作者认为蒙赶领导的起义具有正义性质，所以，小说的字里行间流露出的是对睢民的无限同情与悲悯，对残暴统治者的无情嘲弄与鄙视。例如，镇压起义的刽子手杜杞三个多月之后痛苦死在茅厕之中的书写，就带有叙述者明显的爱憎情感成分。整部小说笼罩着一种悲情与激愤的氛围。

（三）社会效果。《千年沧桑》具有独特的认识价值和教育作用。小说对水族特有民俗风情的介绍，既是小说中的一大亮点，也具有较高的民俗学、学术史价值。过端、卯节、祭奠霞神、玩花（打老表）、鬼师过阴巫婆、丧葬风水地理、生向吉方、《泐睢》（水书）的神奇功用等民风民俗知识的细致描写、全面介绍，读后让人受益匪浅，能够更好地了解水族的历史与文化。

用"黔方言"写作，本来无可厚非，例如，中华人民共和国成立之后贵州作家石果也是用黔北方言创作小说的。但是我们写作时，一定要分清楚小说中的对白语言与叙述语言，人物对白可以说地道方言，但是叙述语言还是应该采用普通话写作，就能避免出现一些不必要的错字别字现象。另外，文章历来讲究气，小说创作也是如此，《千年沧桑》写的是宋朝那些事儿，似乎作家就应该回到文学现场，想象宋朝人应该怎样说话、怎样办事，尽量少地在人物对话中采用现代性的词语，也许小说的历史感就会更加强烈些。

二

李灿小说汇编《饕餮》里面收有短篇小说七篇：《初恋》《8 号》《厨子魏招弟》《植物人》《猫妈拉兹》，以及网络连载《催魂人》系列之《净狱》《饕餮》等。

《初恋》反思"文革"对知识分子的迫害，无疑带有当代新时期文学"伤痕文学"的影子。《8 号》写小时候的"我"与实验室的一只小豚鼠 8 号交往的故事，这只小豚鼠不仅会与人交谈，还会唱出动听的歌曲。如果是蜻蜓点水式阅读的读者，似乎会觉得荒唐滑稽，但是如果是细细品味的有心人，就会觉得小说似乎是一个大的隐喻，就如小说结尾说的那样："可在我心里最深最深最软最软的那个地方，好似长出了一道缠绕着荆棘的伤痕，它永远都好不了，它永远都在流着血，它偶然能结出一层浅浅的痂，可这层痂经不起任何人，包括我自己最细微的触碰。"其实，我们又何尝不是如此呢？因为大家的心情都是一样的。

《植物人》写母爱的伟大，写一个女植物人对待生育、对待孩子的态度。《猫妈拉兹》也是写母爱，讲述了一只猫妈妈找寻三个孩子的故事，读这篇童话小说的感觉就像在观看一部电影一样，小说描写的很多场景，就类似于电影的特写，画面感、"镜头感"很强烈。如，动物之间的对话："来者何人？""所求何事？""晚上你可以用这个，这个地方的冬天可不好过。""好兄弟，我欠你的。""干得漂亮，美人儿！"等，有一种欧化的西方语言风格。

《厨子魏招弟》称得上是一篇文化小说，小说讲述了刘昌桂、魏招弟两代农村"黔菜"厨子的命运故事。《催魂人》系列小说之《净狱》写一个妓女患上艾滋病去世后鬼魂复仇的故事；《饕餮》写一个对食物有着特殊嗜好的偏执狂吃猴子的脑浆、享受处女作为盛器的女体盛宴会，乃至最后生生吃掉一个大活人的故事。

弗洛伊德在《作家与白日梦》中认为作家的创作与白日梦具有相似性，欲望推动作家的创作，作家通过创作，压抑性欲望得到宣泄，作者通过想象得到了替代性满足。弗洛伊德认为文学作品是作家幻想的产物，是作家的白日梦。

因为我们对李灿的私人生活，尤其是她的童年、家庭生活等相关资料知之甚少，所以，我们在探寻作家创作心态这方面存在某些不足，只能退而求其次，对她的作品做"症候式"解读。"用 D.H. 劳伦斯的话来说，'作家在作品中掩藏了他的病态'，批评家于是成了分析家，以作品为症状，通过分析这种症状，发现作家的无意识趋向和受到的压抑。这类发现反过来可以增进对作品本身的理解，甚至作出某种解释[3]（司各特）。"李灿的小说关注儿童、母亲，这也是女性文化心理在文学上的表现。至于美食、惊悚恐怖的小说主题，她自己在集子前面的自我简介中提到过："热爱恐怖电影，热爱美食。"弗洛伊德精神分析批评认为，作品不能单从表面来理解，我们应该从显的故事中寻找作家潜在的欲望。反过来，作家李灿"热爱恐怖电影，热爱美食"的趣味爱好也能从她的小说中找到依据和论证，作品之中隐藏了作家潜在的无意识的欲望。难怪一位女生会在网络连载《催魂人》系列这样令人读后毛骨悚然的恐怖小说，也难怪《厨子魏招弟》中会散发出一种对美食文化偏执的热爱。特别值得一提的是，《厨子魏招弟》这篇小说可称道的地方较多：一是对"黔菜"文化的介绍，比如，食材、刀工、炊具、菜品的搭配、盛菜的器皿，饭桌的选择，都很有讲究，其中可以体现出中国传统文化中阴阳养生、天圆地方等意趣来；二是小说分两部分，在第一部分过渡到第二部分时，结构安排非常巧妙自然，通过一张精准扶贫调查表，就把人物身份进行了时光的切换，魏招弟从一个愣头青的学徒转换到了一个 48 岁的成家立业的贫困户户主；三是小说用徒弟小时候讲了不知道多少遍的一句话"出息了，养师傅的老"作结，看似简单，实则机巧，这句话可以看作贯穿小说的线索，也暗含今天仍然不忘倡导中国传统文化中"孝道"文化的深刻含义，使得小说余味悠长，言有尽而意却无穷也。

现在是市场经济时代，迎合文学消费者的口味成为作家的必然选择。除了网络写手能够挣钱养活自己之外，其他的严肃文学写手恐怕很难依靠稿费生活，但是尽管如此，我们还是希望李灿不要放弃文学理想、放弃对严肃文学的追求，继续创作出像《厨子魏招弟》《猫妈拉兹》这样可圈可点的小说来，让小说起到亚里士多德所说的"净化"[4]作用，提高读者的审美趣味与思想境界。

三

夏立楠的小说集《粉底人》内收小说 12 篇，2018 年 4 月由成都时代出版社正式出版。

关于小说集《粉底人》，黔南州文联副主席孟学祥已在该书序言《向年轻人致敬》一文中表达了自己的看法。孟主席说夏立楠擅长小说的故事架构，小说故事血肉饱满，构思取材弥漫着浓郁的生活气息，文字叙述张弛着生活的质感和精神厚度，情节跌宕中凸显出年轻活力的思考者的思想深度和广度等。孟主席出于对黔南年轻作家的关心与鼓励，对夏立楠的小说做出了热情洋溢的评价，而这些评价实际上也是比较客观的。

叙事批评具体包括对叙事作品的叙述方式和结构模式的研究。叙事批评的研究对象分视角、叙述者、叙事时间及叙事结构。[5]

夏立楠的小说视角大多采用第一人称或者第三人称内聚焦视角，陈平原在《中国小说叙事模式的转变》中认为"第三人称限制叙事甚至取第一人称叙事而代之，成为中国现代小说最主要的叙事角度"[6]。杨义认为："限知视角的出现，反映人们审美地感知世界的层面变得深邃和丰富了。"[7]

叙述者指叙事文本中的"陈述行为主体"，即文本内的故事讲述者，它分为客观的叙述者与干预的叙述者。夏立楠的小说叙述者多采用客观的叙述者。

《春河》叙述新疆卡布斯朗河岸一位汉族少年与家人们的一些生活故事，我们都知道小说的叙述者不等于真实作者，但由于小说采用第一人称"内聚焦"视角，读后让人感觉真实可信。

《南方》写诗人陈某因为祖上坟地风水被诅咒，几代男丁都英年早逝，陈某也逃不出诅咒。大红爱诗人陈某，小红爱画家本溪，而陈某、本溪双双自杀。面对死亡悲剧，叙述者不动声色，冷静客观叙述，采用非干预"零度叙事"，不显露自己的情感态度与价值判断。但感觉小说题目《南方》似乎值得商榷，能不能换成《诗人之死》或者《风水》呢？

《猫眼》是恐怖小说，写人鬼之恋，通过猫眼能够穿越到过去，叙事时间上极具张力。《刺》中牧云笛与李建文之间一些无厘头的对话，甚至有一种梦中呓语的成分，例如，把六楼说成八楼，具有先锋小说的倾向。

《暖雪》写乡村爱情。很显然，王石磊与继红之间的爱情毫无疑问是真挚的，可是贫贱夫妻百事哀，在窘迫的现实生活面前，他们之间对的爱情比别人少了一份甜蜜，多了一份苦涩，甚至屈辱。继红为了要回本该属于自己的欠款，最后却不得不拿自己的身体与村主任赵三爷做交易。颓败的乡村，诗意也正在溃散。这是作者难得一见的现实主义作品。

《云从》是一篇探索小说形式创新的作品，叙述者在小说文本中引经据典，多方面探求了龙里县境内地名"洗马""落章"以及人名"云从"的来源，叙述者分别给出了三个可能性答案，或者说是三个选项。叙述者对每一个答案都采取不偏不倚的态度，这就要求读者自己去探索去判断，从而选择出每个人自己心中的答案。

《暗杀》写"我"因为一段极易引起误会的视频录像而导致的险些成功的对情敌的暗杀，表现人类认识上的主观偏狭性和人生的或然性。《许愿灯走失在下雨的河》写"我"（阿非）与阿冲、阿美之间的感情生活，探讨了何为真爱的这一永恒话题。这两个"我"，一个结婚了，一个正在谈恋爱，印证了叙事学上所谓的"一个作家可以创造出多个叙述者"的理论。

《来糖果屋的陌生女人》叙述一个陌生女人天天来到糖果屋购买大量的低价糖果这一反常举动，引起了警察的注意，结果破获了一起非法拐卖儿童的刑事案件。

《粉底人》称得上是一幕都市情感剧，写一个男子与三个女子的情感纠葛。男子薛宜志与有夫之妇李佳的出轨情节的描写，生动地再现了现代都市年轻人面对诱惑时内心所起的情感波澜，特别把内心空虚男女的那种渴望放纵却又受到理性束缚，想要彻底放弃却又欲罢不能、心有不甘的微妙复杂心理写活了。而当两人跟着感觉走，终于满足了生理上的欲求，可正是这唯一的出轨行为却导致了两人同时幡然悔悟，达成了相互的默契，那就是各自都想要回到自己的旧爱身边，今后他们就会形同陌路。小说对现代都市人物的情感中试图挣脱理性约束而要率性而为、为所欲为的感性成分的分寸感拿捏得很准。

《绿蝴蝶》属于"迷宫叙事"，不读两三遍以上，就会有看不懂的威胁。小说讲述了一系列的梦，女主人公静美按照梦中丈夫的要求去找一只绿色的发卡，而一个男人按照梦中一个男孩的要求去帮助静美，面对静美男人却起了歹心，欲非礼静美，这时候，静美被少年所救，原来少年是通过做梦被一位老太太告知今天会发生这样的事情。少年告诉静美事实的真相是，五年前的今天，少年遇见过丈夫，不小心推他掉进了河里，幸好没死，被送去了长宏医院抢救。可是当静美赶到医院查问时，得知当年丈夫被救活了。来到当年丈夫住院的 401 号病房时，令她意想不到的是，她看到病床上躺着的竟然是非礼静美而被少年打伤了的男人，而且得知正是这个男人当年救了自己的丈夫。原来男人是古董店老板，丈夫来古董店买一只手镯（这是静美母亲身前当掉的传家宝），少年是卖花的，曾摸过丈夫的包，致使丈夫落河，手镯落水，丈夫从医院出来后直接就来到这条河边，想要捞回这只落水的手镯。结果呢？小说不了了之，没有给读者一个答案。这样的"迷宫叙事"不再关注小说故事内容，"写什么"似乎不重要了，更多的是关注"怎么写"了，即写作本身，怎样设置"叙述圈套"成为小说的重心。

没有时间就没有叙事文。叙事文又是一个具有双重时间序列的转换系统，分为编年时间和叙述时间。

《带梅花的油画》的叙述时间，时序上闪前闪回互相交错，小说最先写的是结局，提前就告诉了故事的结尾，即发生了一起凶杀案，五人死亡，接下来才展开正常小说叙事，这是闪前；叙事中回顾了过去发生的画家之死、叔叔车祸致死，以及白玫瑰与前夫的往事，这是闪回。时限上看，多种时限交织，画家死亡、黑玫瑰与大个子、小伙子的故事是扩述，白玫瑰与前夫的故事是概述，白玫瑰与文质男的交往则是扩述，至于画家的身世，结局中提到的五人死亡中的另外三人的死亡则是省略。

我们重点来探讨一下凶杀案五人的死亡问题。我们通过叙述知道死亡的五人中其中两人是被蒙面大汉（不用说是白玫瑰前夫）打死，而住在隔壁的黑玫瑰、小伙子是怎么死的？小说省略了，没有交代，这是小说的"空白点"，但是读者通过想象可以认为也是蒙面大汉所杀，因为杀人灭口。这两个人的死不交代，也情有可原，算作"不写之写"吧。但是蒙面大汉自己又是怎么死在血泊之中的？难道是杀人之后累死的？难道是当时不在现场的第三人，例如，与黑玫瑰吵架的情人大个子后来返回来道歉时面对此情此景一时起了杀机，把蒙面大汉杀害了？这些成了小说的悬疑，而且大个子与黑玫瑰只是肉欲关系，从情理上来说是不可能的，所以，杀人者被杀，成为小说的矛盾之处。我们不禁要问，这样的矛盾是否会构成对文本意义的破坏与威胁呢？

从叙事结构米看，这篇小说采用一种二元对立的结构：希望／幻灭。画家与画、黑玫瑰与大个子、白玫瑰与前夫、白玫瑰与文质男之间，都体现一种希望与幻灭二元对立的结构原则。

另外，值得一提的是小说标题叫《带梅花的油画》，这样的油画有三幅，分别挂在三个房间之中，油画都给了房间主人主观上、潜意识上的不适之感，但是主人却又没有取下油画的冲动。油画不仅成为小说发展的线索贯穿全篇，而且带来吊诡的宿命般的不祥氛围充斥小说全篇，油画意象成为小说悲剧结尾的一个征兆。

从以上这么多篇夏立楠的小说来看，总体觉得他并不缺少叙事技巧，叙事语言的运用也能得心应手，如果他能更多地从世界短篇小说巨匠等人身上学习、汲取营养，特别是学习到"欧·亨利"式的结尾等。那么小说的结构就不会总显得那样平铺直叙，结尾缺少变化与新意，因为一个好的出人意料的结尾，会让小说更加精彩好看。

总而言之，关于小说的阅读感受与批评，历来都是一个见仁见智的话题。当年傅雷以讯雨的笔名写了评论文章《论张爱玲的小说》之后，张爱玲不是也马上发表《自己的文章》表示相左的看法吗？张爱玲反驳说："我以为文学理论是出在文学作品之后的，过去如此，现在如此，将来恐怕还是如此，倘要提高作者的自觉，则从作品中汲取理论，而以之为作品的再生产的衡量，自然是有益处的。但在这样衡量之际，须得记住在文学的发展过程中作品与理论乃如马之两骖，或前或后，互相推进。理论并非高高坐在上面，手执鞭子的御者。"[8]

所以，别人的评论只是参考，甚至可以置若罔闻。小说家要像张爱玲那样，要抱有"文章还是自己的好"的自信，我始终认为，只有小说家自己通过自身不断成功创作累积起来形成的正确的文学观、行之有效的创作观才是第一位的，也是最重要的。一部作品能否成为不朽之作，才疏学浅如我者说了不算，是千百万的读者说了算，历史说了算，唯有历史才是伟大小说的评判者，只有经得起历史检验的作品才能长久地流传。

参考文献：

[1][美]雷·韦勒克、奥·沃伦著，刘象愚等译：《文学理论》，北京：三联书店，1984。

[2]潘朝霖：《〈千年沧桑〉·〈千年沧桑〉哀族殇》，北京：九州出版社，2017。

[3][美]魏伯·司各特编著，蓝仁哲译：《西方文艺批评的五种模式》，重庆出版社，1983。

[4][古希腊]亚里士多德著、陈中梅译注：《诗学》，北京：商务印书馆，

2016。

[5]胡亚敏:《叙事学·题记》,上海:华中师范大学出版社,2004。

[6]陈平原:《中国小说叙事模式的转变》,上海人民出版社。

[7]杨义:《中国叙事学》,北京:中国社会科学出版社,2007。

[8]张爱玲:《流言·自己的文章》,上海中国科学出版公司,1944。

（原载于《贵州文艺评论》，北京燕山出版社，2019 年 10 月）

用《易经》文化揭示社会的人生百态

——程小程网络小说《周易大师》评析

摘　要：论文主要从小说的体例、叙事策略、去神秘化等方面评析程小程网络小说《周易大师》，解读了《周易大师》这部网络小说如何将《易经》这部文化经典较好地与都市流行小说融会在了一起，成为一部深刻反映社会现实生活人生百态的现实主义作品。

关键词：网络小说；程小程；周易大师；易经

21 世纪以来，市场经济快速发展，使得文学的市场化倾向日趋明显，小说创作，尤其是网络小说也更加贴近现实生活，更加注重文学的文化性和娱乐性。小说家程小程，原名程咏泉，生于 1972 年。自幼研习《周易》，遍读古今易学著作，立志弘扬易学文化。《周易大师》就是他用《易经》文化写成的长篇小说，另著有官场小说《做局》等。《周易大师》2009 年首先在网络上发表，即获得了超高人气。实体书 2010 年 5 月由江苏文艺出版社出版发行，分三部共 86 万字。小说通过讲一个卦师利用《易经》具有的占卜功能，为官场、商界人士占卜预测时亲历的一系列传奇故事，用《易经》文化的方式，深刻揭示了社会的人生百态。论文主要从小说的体例、叙事策略、去神秘化等方面评析程小程网络小说《周易大师》。

一、小说体例分析

《周易大师》共分三部，计 86 万多字，称得上一部鸿篇巨制，如何来谋篇布局安排小说章节，成为小说家首先要考虑的事情，程小程是通过仿效《易经》的体例做到的。

《易经》是一本最古老的书，被称为"群经之首""文化之源"。《易经》本身的材料很少，只有六十四个卦图，这代表六十四卦。每一卦有一句卦辞，说明此卦的占验（如元亨利贞、利涉大川等）；并且，每一爻有一句爻辞，说明此爻的处境与后果（如潜龙勿用、亢龙有悔等）。因此，原始的《易经》包括：六十四卦，六十四句卦辞，以及三百八十四句爻辞[1]。

《周易大师》三部是按照《乾卦》《坤卦》《天地否卦》来组织小说体例的。

第一部除引子外，其他六章均按照《乾卦》初九至上九的六爻名排序，第一章潜龙勿用，第二章见龙在田，第三章终日乾乾，第四章或跃在渊，第五章飞龙在天，第六章亢龙有悔。

第二部六章均按照《坤卦》初六至上六的六爻名排序，第一章履霜坚冰，第二章不习不利，第三章含章可贞，第四章括囊无咎，第五章黄裳元吉，第六章龙战于野。

第三部按照《天地否卦》六爻从下到上的爻意依次排序，第一章志在君也，第二章不乱群也，第三章位不当也，第四章有命无咎，第五章位正当也，第六章先否后喜。

小说章下分节，第一部六章 37 节，第二部六章 33 节，第三部也是六章 33 节。而每节的第一段往往以周易 64 卦中的一个卦的爻辞、象辞开头，作为引子，从而导出本节的故事内容。

据统计，小说作为引子段落的卦例依次有《泽水困》《天水讼》《火雷噬嗑》《山水蒙》《泽山咸》《水天需》《水风井》《雷地豫》《水地比》《雷风恒》《天水讼》《地泽临》《天地否》《天雷无妄》《坎为水》《火山旅》《泽天夬》《雷风恒》《天火同人》《火泽睽》《天山遁》等多达 62 个；加上《系辞》《象辞》的引用，正暗合易经 64 卦数，也占该小说 103 节的 62% 多。

小说每章开头都对卦象进行解读，每节开头对于卦爻的解读，正是《易经》一贯采用的文章体例，从而也使得《周易大师》更像一部《易经》文化小说。

二、叙事策略分析

叙事学理论家胡亚敏曾经说过："从一部叙事作品中了解一个故事的时代应该结束了。"[2] 意思是说现代小说"写什么"似乎不重要了，更多的是关注"怎么写"了。

《周易大师》这部作品有四分之一的内容直接介绍《易经》，间接介绍《易经》的内容几乎达到了小说全部文字的一半以上。小说毕竟不是历史，小说也不是文化读本，如何正确处理周易文化与小说的关系，成了作家必须关注的重点。

小说找到了比较巧妙的叙事策略，从而使得它仍完全符合小说的基本特征："深入细致的人物刻画、完整复杂的情节叙述、具体充分的环境描写。"[3]

首先看视角的选择。所谓视角是指叙述者或者人物从什么角度观察故事，分为三种类型：非聚焦型、内聚焦型、外聚焦型。《周易大师》的视角大多采用第一人称或者第三人称内聚焦视角（人物只能凭借感觉去看去听），而非传统的全知全能的非聚焦视角（即上帝的眼睛）。陈平原在《中国小说叙事模式的转变》中认为"第三人称限制叙事甚至取第一人称叙事而代之，成为中国现代小说最主要的叙事角度"[4]。杨义也认为："限知视角的出现，反映人们审美地感知世界的层面变得深邃和丰富了。"[5] 小说采用"第一人称"内聚焦视角，讲述为大都市、峨眉山市、冰城市三个城市官场、商界人士预测的故事，带有一定的传奇色彩。小说的叙述者不等于真实作者，但由于小说采用第一人称"内聚焦"视角，读后让人感觉真实可信。

叙述者指叙事文本中的"陈述行为主体"，即文本内的故事讲述者，它分为客观的叙述者与干预的叙述者。《周易大师》的小说叙述者经常采用非干预"零度叙事"，不显露自己的情感态度与价值判断，而且文本中还留有较多的"空白点""未定点"，调动读者的思考与想象，让读者成为小说文本主动的参与者与建构者。

小说叙事采用双线结构，明线写小说主人公周天一苦心研究易经，峨眉山拜师学艺，终于得到了易经的不传之秘《梅花易数》，开了天目，成为一代周易大师；暗线写侯仕贵、侯华父女千方百计以周天一为突破口，企图夺取易学最高秘籍《梅花易数》据为己有。围绕《梅花易数》秘籍，两条线索一明一暗交织进行。

小说主要采用"横云断岭"与"横桥锁溪"之法把官场、商界故事贯穿小说之中。毛宗岗《读三国志法》说:

"《三国》一书,有横云断岭,横桥锁雾之妙。文有宜于连者,有宜于断者。如五关斩将,三顾草庐,七擒孟获,此文之妙于连者也。如三气周瑜,六出祁山,九伐中原,此文之妙于断者也。盖文之短者,不连叙则不贯串。文之长者,连叙则惧其累坠,故必叙别事以间之,而后文势乃错综尽变。后世稗官家鲜能及此。"[6]

小说中《梅花易数》争夺战采用的是"横云断岭"的间断法,因为此事"文之长者";而周天一为官员、商人一桩桩预测案例则采用"横桥锁雾"的连接法,因为"盖文之短者"。

三、去神秘化

《易经》是中国传统文化中的经典,是博大精深、深奥难懂的国学。把《易经》去神秘化融入小说里,也是该小说的一大特点和亮点。

小说中详细记载了周天一为他人占卜的卦例,有《兑为泽》《火水未济》《震为雷》《地泽临》《艮为山》《天火同人》《水地比》《泽水困》《乾为天》《坎为水》等十多个实例。作者在断卦时,详细地分析了卦理,比如说金钱卦中世爻、应爻,用神、元神、忌神、喜神、仇神的用法,玄武、青龙、朱雀、勾陈、腾蛇、白虎六兽的用法,伏吟反吟,以及金水木火土五行的生克制化等学问,以及断吉凶、定应期的一系列方法。他断的这些卦基本上都是符合卦理原则的,是实实在在地按照断卦原则来解卦的,所有这些对于对金钱卦感兴趣的初学者都有一定的指导意义。

在中国,易、儒、佛、道是一家,小说先后介绍了《华严经》《首楞严经》《佛祖语录》《鬼谷子·决篇》《了凡四训》《黄帝内经》《三要灵应篇》《道教义枢》《三世因果经》《清净经》《物理篇》《万物赋》等经典著作,以及周易象数的种种预测方法,例如,金钱卦、奇门遁甲、梅花易数、铁板神数、四柱预测、紫微斗数、道家法术符咒、堪舆风水等。此外,还介绍了梅花易数创始人、一代周易宗师邵康节利用梅花易数进行预测的多个精彩案例,如,花瓶寿尽、少女折足、老者鱼刺卡颈等。

毛泽东曾经说过,"不读《红楼梦》就无法认识封建社会"[7],《周易大师》

的认识价值也不容小觑。小说对中国易、儒、佛、道传统文化的介绍，既是小说中的一大亮点，又具有较高的文化学、学术史价值，同时这些中国传统文化颇具神秘性，也满足了读者的"期待视野"。这些非常专业非常高深的学问，被作者"去神秘化"巧妙地融入小说当中，读者读起来一点也不感到枯燥乏味，反而感到意趣盎然，读者在阅读过程中不知不觉提高了对《易经》文化的兴趣，加深了对中国传统文化的热爱。

《周易大师》共分三部，虽然后两部比第一部无论思想性、艺术性都要逊色很多，但是，它整体上仍然不失为一部具有强烈现实批判精神的现实主义的作品。韦勒克认为："文学无论如何都脱离不了下面三方面的问题：作家的社会学，作品的社会内容以及文学对社会的影响等。"[8] 主人公周天一用《易经》为大都市公安局副局长周正虎、东北某省会城市冰城市长赵向前、副省长梁在道和省长卢思源占卜，目睹了官场上正义与邪恶的较量，揭露了官场上的一些黑暗面。例如，副省长梁在道的女婿肖北说："我在高官家里待了五年，每天见的都是跑官要官，阿谀奉承，视百姓疾苦如草木之辈，没见过几个正直无私的官"[9]，抨击了社会不正之风。尽管有周正虎、梁在道这样的争权夺利心术不正的官场小人，但是在小说中，赵向前市长、卢思源省长在大是大非面前，依然心系国家、人民，是隐含作者眼中的好领导，而且小说最后也是正义最终战胜了邪恶，表达了作家思想的倾向性。《周易大师》中的故事，虽然有局部的"变形"，但仍然真实地反映了当今社会的人生百态，既有娱乐性，又有文化性。而故事通过神秘的《易经》文化来讲述，更容易达到一种"陌生化"效果，这也正是它一经在网络上发表，就获得超高人气的主要原因之一。

参考文献：

[1] 傅佩荣：《易经入门》，长沙：湖南文艺出版社，2011。

[2] 胡亚敏：《叙事学·题记》，上海：华中师范大学出版社，2004。

[3] 童庆炳主编：《文学理论教程》，北京：高等教育出版社，2008。

[4] 陈平原：《中国小说叙事模式的转变》，上海人民出版社。

[5] 杨义：《中国叙事学》，北京：中国社会科学出版社，2007。

[6] 转引自杨义：《中国叙事学》，北京：中国社会科学出版社，2007。

[7] 转引自《中华传奇·毛泽东没有唱成的"将相和"》，2010。

[8][美]雷·韦勒克、奥·沃伦著，刘象愚等译：《文学理论》，北京：三联

书店，1984。

[9] 程小程:《周易大师》，南京：江苏文艺出版社，2010。

（原载于《今日文坛》，光明日报出版社，2018 年 6 月）

以德报怨的真情流露

——何士光散文《日子是一种了却》的情感世界

摘　要：何士光散文《日子是一种了却》，在对自己下放 20 年的黔北乡村自然生态、与岳母一起生活的往事的回忆记录与思考中，写出了山乡农民的生存困境与精神状态，也展现了蕴含在农民生活与人性中的真实本色的一面，表现了作者对生活过的故土的依恋及对岳母真挚的情感。作者以德报怨的真情具有鲜明的宗教情怀，无处不在的真情流露与宗教情怀使作品表现出质朴含蓄、哲思深邃、文化意味浓厚的审美特点。

关键词：何士光散文；《日子是一种了却》；情感世界；真情

何士光散文《日子是一种了却》发表于《人民文学》2015 年第 10 期，后收入论著《今生——吾谁与归》（2016 年 1 月贵州人民出版社出版）。

何士光的文学创作可以分为三个阶段，一是 20 世纪 80 年代初以他的短篇小说集《故乡事》《梨花屯客店一夜》为代表，主要反映党的十一届三中全会以后农村经济体制改革给农民经济生活、精神面貌带来的新气象和深刻变化；二是 20 世纪 80 年代末以他的中篇小说集《相爱在明天》为代表，主要反思中国农村农民性格的民族劣根性问题；三是 20 世纪 90 年代乃至 21 世纪以来以他的文化随笔《如是我闻——走火入魔启示录》《今生——经受与寻找》《今生——吾谁与归》为代表，主要谈论他自 20 世纪 90 年代转身向佛之后的一些心得感悟和对佛学的热情推介。

何士光的《日子是一种了却》是他第三个写作阶段难得一见的优秀文学作

品，这是他在继散文《我和女儿》《日子》（写祖母）、《续日子》（写母亲）之后，又在写他的另一位重要亲人——岳母一生的纪实性作品。作家以第二人称"你"作为叙事主体，为我们讲述了他与岳母之间那段岁月真实的故事。这个故事有些酸、有些涩，读来如同咀嚼苦丁茶，略带涩味但回味绵长，将读者引入一个醇厚的情感世界之中，这个情感世界中最动人的部分就是作品中作家对待岳母的那一份发自内心的以德报怨的真情流露。

《日子是一种了却》里的真情，有其独特的缘起、品质与价值所在。

一

这份真情的缘起，我们还得从作家自身说起。何士光本是贵阳市区人，高中时代就酷爱文学和音乐。高一曾在《贵州日报》副刊发表文学作品，1964 年贵州大学中文系毕业后待分配，因为"我的思想和许多同志思想大概不对劲——不可能对劲，因为我不相信一辆汽车装不下一个红苕，就必然和那些相信的人不对劲，于是就分配到好地方，分到了贵州省靠近四川的一个偏僻地方凤岗县农村里去了"[1]。国家不幸诗家幸，正如钱理群所说："动乱的、扭曲的时代玉成了作家，也限制了作家，这是真正深刻的当代中国作家的历史悲喜剧。"[2] 男大当婚，作家成家了，爱人是一个当地的农村姑娘，父亲是一九五九年饿死的，孤儿寡母，作家刚好是走投无路，就到她家上门，同她搭伙过日子了。[3] 虽然作家自己对入赘一点也不在意，但尤其是在乡村里，这却是人们都不愿意去做的，人在屋檐下不得不低头，作家事实上也过得很不顺心。第一次见到岳母的情景，作家是这样描写的：

"第一次见到岳母的时候，在从窗棂上透过来的有些暗淡的光线之中，岳母用来看你的那种眼光。不能不照直说的话，岳母的眼光就不仅是锐利和坚定的，并且是在那眼光的深处，便还是凶冷的和严厉的。那一半是出于她的倔强的个性，一半则是出于她的艰难的经历。[4]"

明明女婿有教师工资，是家庭经济收入的支柱，但老人家看重的却是"哪样是真的？要谷黄米熟才是真的"。[5] 而到了晚上，何士光还要待在阁楼上，在昏暗的油灯下把写作继续下去，以实现自己幼时的作家梦。但是写作这一举动却招致了岳母异常的反感和厌恶。听听她的个性化的语言："懒啊，懒啊，一得空就躲到那楼上去，懒得烧蛇吃。"[6] 什么才是勤快的呢？作家"不止一次两次地听见岳母赞美过别人家的女婿，那就是要刚一放下这件活路，便又拿起那件活路。勤快的定义，就是指体力劳动，而不包含体力劳动之外的一切劳动"。[7] 女婿绝不能有半点怨言或者表现出不满的神情，"悄悄地走过去，只能佯装得没有听见岳母在骂你，并且还要佯装得没有一点痕迹，你只要有一点辩解，就会把岳母心里的怨尤和委屈点燃得更厉害。如果那样的话，岳母就不仅会以别人家的女婿为榜样，把你说到无地自容，并且还会把碗筷摔得很响。扭过头去不屑看你一眼，一连几天也停息不下来。"[8] 有时候她会和邻居说："这家里的一根柴、一颗米，哪一样不是靠我一手一脚地搬进家来的？"[9] 言下之意，家中的一饮一啄都是她搬回家来的，这一家人全是靠她养活。邻居怕作家已经听见了，声音轻敛下去了，但是岳母却放开了声音说了一句掷地有声的话"怕哪样？我跟你们讲，自古有老话说，官横没奈何，父母横没奈何"[10]。很显然，岳母是要和你一直"横"下去了，而你却真的是没奈何了。岳母一旦有了怨气却找不到倾诉的对象，就会"在夜深的时候坐在门槛上说，她要饿死了"。[11]

但是，有理想有才情的作家"不能这样耗费自己，已经感到了时间的紧迫"，[12] 所以，"只能躲到楼上的房间里去，不准自己陷落进去"。[13]

在极端恶劣的条件下，身处困境的作家从 1973 年开始文学创作，写下的第一个短篇小说叫《梨花屯客店的一夜》。笔耕不辍，特别是 1980 年小说《乡场上》发表后，令何士光一举成名，他成了当时贵州文坛上一颗耀眼的新星，1985 年正式调到省作家协会工作。因了这个作家女婿，一家人要搬到省会城市居住，但岳母却仍然难以习惯，吵着闹着，要回乡下，"说你们要是再不送她回去，她就要去跳南明河"。[14] 早已相安顺从的女婿，不得已再把岳母送回了乡下，回归故里，颐养天年。

女婿与岳母之间的这些个恩恩怨怨，是是非非，这样的题材本是一些不太值得一提的东零西碎的陈年往事。关于创作题材的问题，何士光在创作谈论中有一段精彩的论述："在日常生活中每时每刻地大量发生着的，不过是些东零西碎的事情，但就是在这些既不是叱咤风云的、又不是缠绵悱恻的日常生活中，正浸透着大多数人们的真实痛苦和欢乐，其严峻揪心的程度，都绝不在英雄血和美人泪之下。"[15]

这样的一个故事，据作家自己的说法，本来是要当成一部长篇小说来写的，题目都拟好了，叫《一家一户》，只是后来因为作者接触到了佛法，便有好些经典要去阅读，有好些法门要去体验，便把那部长篇小说搁置了。后来有的时候，也不免是牵挂着的，就把其中的线索写下来，也算是了却自己当初留下来的这一点点心念。在那种黑白颠倒的时代，面对这样的岳母，好脾气的作家，只能是忍气吞声，尽心侍奉，尽量避免大的冲突，以求相安无事，到作家出人头地后，更是尽量迁就满足岳母的心愿。作家委曲求全尽力侍奉岳母的行为举动源自他对这份亲情的珍视和发自内心的真情，何士光曾说过："我爱人是本地人，我原来在县里教书，后来请调到她那儿，我要感谢她们，是她们把我收留在那儿，使我感到了许多人世间的温暖。"[16]

可以说，真情给了作家战胜困厄的勇气以及加深了作家对整个时代和个人命运的反思，并使其作品具有一种独特的审美品质。

二

《日子是一种了却》里无论是对琊川乡场美好的自然人文风光的描绘，还是对岳母的真情都具有独特的含蓄而朴素的美学品质，它哀而不伤，以德报怨。

王维有诗云："君自故乡来，应知故乡事。"黔北琊川这片偏远贫瘠但山川秀丽的神奇土地给了何士光文学创作的灵感与激情，他克服了物质上的贫乏，凭惊人的毅力以琊川山乡为背景原型精心创作的"梨花屯乡场"系列经典乡土小说，给读者留下了深刻的印象，且给作家带来了巨大的声誉，他从心底是衷心热爱和感谢这片土地的。这一点从他文章中的风景描写就可以看得出来：

"春天秧苗长起来的时候，田畴就变得平坦了。夏天太阳西斜的时候，碧绿的田野上就会映出长长的日影。深秋了，晴朗的早晨，鸭子一半留在田埂上，一半浮在水田里，便有一些冷清。而冬天的树林和田土，在卸去了春之粉黛和夏之铅华以后，只有白颈鸦还在褐色的泥块间跳蹦着，则呈现出来一种质朴和肃静。"[17]

正如艾青诗所说"为什么我的眼里常含泪水？因为我对这土地爱得深沉"。

同样，这篇写岳母的文章，岳母这个重要的艺术形象也是相当出彩的。

关于岳母的身世，"你留在楼上的房间里，在油灯下阅读或是写作，便也能听见大家的谈话。……从大家零零星星的话语之中，也从岳母自己的断断续续的言说之中，你也就渐渐地得知了岳母的一些身世。"

"岳母曾经养育过好几个子女，都没有能够长大成人，后来就只剩下了一个女儿。岳父是在一九五九年饿死的。岳母勉力地安葬了丈夫之后，就独自地抚养着女儿，从饥饿和死亡之中走过来。她后来接替丈夫苦苦地支撑着这个家，还对族间的晚辈多有照料，也得到了乡亲们的认同和同情。"[18]

这样一种侧面描写介绍岳母身世的好处是符合上门女婿的身份，女婿是不便直接打听或者议论岳母的往事的，借人之口言说是最恰当不过的了。通过别人的介绍，我们也可以得知岳母是一个尽到了自己本分的勤劳、坚韧、有着艰难历程、值得深深同情的农村老年妇女。

岳母这个艺术形象之所以塑造得栩栩如生，除了描写她的个性化的语言外，还有作家下功夫挖掘了较多展示她内心世界的动作细节描写。例如：

"岳母住在楼下的房间里，夜深人静的时候，又还是会去到自家的门槛那儿无声地坐着，那时候她点燃的叶子烟，便会在夜里长久地闪烁着明明灭灭的火星。岳母平时在饭桌上不喝酒，当为了让自己能够入睡，在夜里也会独自地喝一杯。从岳母瘦小而悄然的身影里，也就让人能够窥见她的孤寂而艰难的心境。

"但你要是在外地赶不回来，或者是回来晚了，岳母便又会冷着脸，瞅着眼睛，蔑视地把头扭到一边去，一连好几天也不看你一眼，并在夜深的时候坐在门槛上说，她要饿死了。"[19]

应该说，岳母是历史地、被迫地成了一个当家人，她就不得不模仿着男人，来让自己称为一个当家人。既然是当家人，那么家中的一切，便都是当家人来计划、决策和执行的。春天来了带领全家去山坡上种苞谷，家中要养一头年猪，清明前后要请客办一顿丰盛的"栽秧酒"，这都是当家人必须要考虑和落实的。"田家少闲月，五月人倍忙"，用庄稼人自己的话来形容，人们就会忙碌到在路上遇到亲家也不说话。乡村里的核心的事情，就是土地的事情。也就难怪岳母会讥讽女婿的写作行为了。

作家对岳母的态度和情感也是复杂的。儒雅的他面对岳母的好胜倔强、死要面子活受罪的个性，是有想法的，但是他知道违背是不明智的，怨恨是不应该的，于是他选择了顺从和配合。因为在"文革"中，知识分子就被描绘为一群四肢不勤、五谷不分的人，所以，教育要和生产劳动相结合，知识分子要学工和学农，岳母自然也不能免俗，"自从你去了岳母家里以后，也已经体会到事情的源头和来历在哪儿了"。[20]倔强好胜的岳母骨子里的"当家人"思想是根深蒂固的。让乡亲们能够看见她把这个家管得住，统率得好，子女都孝顺，这就不仅是她的社会理想，也是她的审美理想。难怪作家发出感叹："你常常都会觉得，岳母是那样偏执的内心，内心又竟然是这样的苦难深重，她瘦小的身躯里又竟然承载着这样的专横和巨大欲望，又还是让你要又一次地感到吃惊，并且在惊愕过后生出来一种深深的悲悯。"[18] 从"深深的悲悯"这一词里，可以看出作家在心底是体谅自己岳母的。他认为人是一种文化的符号，乃至都不是自己的主人，而是自己心意的奴隶，包括岳母包括自己，都是这样，概莫能外。作家爱人后来也当上了教师，但岳母仍然死活不肯放弃家中田土里得不偿失的活路，其目的不过是要借机请左邻右舍来吃一顿丰盛的"栽秧酒"：

"大清早才从小街上买回来的刚宰杀的猪肉，火大油多锅辣，炒成乡亲们所说的'灯笼窝'，酒是你从外面带回来的瓶装酒，烟也是好烟，茶也是小苦微甘的好茶。主人家的接待自然要丰盛、热情、细致，并且礼数如仪。"[21]

而这时候，作为一家之主，作为一个当家人，这也便是岳母最体面和最风光的时候。尽管到了秋天，岳母收获的一背篓油菜籽仅仅卖了 18 元钱，其实还抵不上用来款待乡亲们的一瓶酒。出于无奈，或者说是作家的另有所图，女婿是愿意支持岳母打造这样的形象过程，就像出资方和承办方似的。因为这正是作家能够体会到这乡情和人情的好机会，为作家"梨花屯乡场"系列小说的创作积累第一手的素材，《将进酒》就是一个极好的例子。

作家后来进了省城之后，尤其是学习佛法之后，总感到心里有一种牵挂，有一种因果还没有了却，唯恐"树欲静而风不止，子欲养而亲不待"，于是趁日子还来得及，隆重地把岳母接过来了。随着岁月的推移，岳母已经不再责难女婿了，反而把自己的怨尤移到了女儿身上，因为女儿有个装单位票据的箱子始终是锁着的，而女儿却没有把钥匙交给当家人的她。再后来，岳母也知道自己老了，既惦记着自己的棺木，也实在不习惯城市里的生活，在经过了最后一次的博弈之后，一颗心最终才又有些冷下来了，决定要回琊川去过自己最后的日子了。这是作家与岳母之间的最后一面了，除了往后还会去为她整理一次坟墓而外，他们之间是不会再见面了。一切都了却了，日子把一切都归于了了却。

在岳母面前，女婿以德报怨，想到的是孝顺和报答，"在琊川的那些日子里，你自然想到了要和岳母好好地相处""你家里的活路，自然是由岳母来做主的。早春你要做的第一件事情，就是和妻子一起，后来还要带上女儿，跟随岳母到自留地里去挖土，然后种上苞谷"。[22] 为了安稳岳母有些失落的内心，也为了向岳母传递心意，在收到了一本集子的稿酬以后，女婿还为岳母准备了一个用杉木打造的"老家"（一盒寿木）。那一段时间，岳母似乎也就安宁了一些。何士光后来也说过："我就写反映农村情况的作品，我想尽可能把我的感触写下来，而且我相信这些感受不是我一个人的，代表了我的同志和朋友，至少代表我的老岳母嘛！人民是我的衣食父母，我就只能写这些东西报答他们。"[23] 这绝不是虚伪的泛泛之论，而是发自内心的一份真挚之情、一首爱之赞歌。

三

《日子是一种了却》中含蓄朴素、哀而不伤、以德报怨的美学风格，作家对佛法的深刻体悟，以及从容而精致的语言共同影响，使作品具有了独特的散文价值。

1. 作品中具有泛宗教文化意味。二十世纪九十年代之后，何士光大量涉猎宗教哲学，文化素养更是不断博大和升华，执着地思考人类生存的终极目标。"何士光一直在笃定地追寻着佛法，而他曾经孜孜以求的文学事业，已经被他扬弃了，在《今生》中，文学之路与佛学之路互相缠绕，但无一不在佛缘的牵引之下，无一不被佛法化解为一种因缘。"[24] 同样，他认为与岳母在一起生活，也是一种因果：

"我想我们原来都没有想到过，我们今生今世会生活在一起。所以不能不说，我们之间的遭遇，也自然是由冰山藏在水面之下的因果来决定的。我常常觉得，在我一生的因果之中，这一段因果就是最平常的和最持久的，也是最深刻的和最尖锐的，以至于从这样的一段因果之中，就更让你能够去体会了因果和修菩提的含义。"[25]

《日子是一种了却》这个故事之所以没有被作家写成一部长篇小说，他自己曾经说过：

"那时候我正打算写一部小说，同几乎所有的小说一样，那不过又是一个生老病死和悲欢离合的故事。我们的故事里的人物会不一样，场合也会各不相同，但生老病死和悲欢离合这一点，又始终是一样的。好比同一株树上的苹果，虽然是另一只苹果，却又还是一只苹果，而对生命这棵树本身，则又始终忽略。"[26]

所谓形而上谓之道，形而下谓之器，作家后来自觉追求的是"道"（佛法），而不再是"器"（文学创作）。出于这样的创作动机，故而这篇作品里处处充满了深邃的哲理与人生的感悟：

"在你和岳母的这一段因果之中，谁是对的，谁是错的，因果本身没有对和错，只不过是在此时此地、此情此景之下，以这样的方式了却的因果。……你看风起了，云涌了，花开了，花落了，有什么对和错呢？至于是非和得失，则只是你的心识的计较和考虑，则是另当别论的。"[27]

2. 从容而精致的语言直抵人的灵魂深处。何士光学养丰厚，书卷气浓厚，用词遣句从容而精致，醇厚而老道，语言中宗教哲学文化意味更显泛滥，有时犹如"当头棒喝"甚至直抵读者灵魂深处。例如"到了因果了却的时候，情形却有些像开悟，心里的那一点牵连，一时间就断开了，人也就释然了，心灵也就回归到圆满而宁静的状态了"。[28] 何士光的语言历来为人们所称道，因为"何士光是以散文家的眼光来观察生活的，他观察黔北的乡村和人常常带着深沉而细致入微的眼光，因而笔下的乡村和人如精雕细琢下的玉器，神态逼真、光彩照人，如深山清泉，莹彻清心而又略带微甜。语言洗练老道，包含着一种优雅而清凉的文化味和美的伤心的抒情味"。[29] 散文家的精美语言作品中比比皆是：

"岳母便住着其中的一间，房舍有陈旧的楼廊，有残留的石阶，还有一处零落着青石板的土院。土院的前面便是一坝水田，水田的对面有一道坡土，那里有岳母家的自留地。更远的地方就是扁担山了，在灰白的雾岚之中，时时地现出来大山青黛的山脊。

"邻居们说起来的往事，也就像夏夜的蚊蚋一样的稠密，或者是像蝙蝠一样地划过来了，又像流萤一样地隐落下去。

"庄稼人说，冬天里风会吹水下树，所以树叶就零落了，而到了春天，风则会吹水上树，所以树叶就发芽了。

"夜深了，邻居们也散去了。有阳雀的'桂桂阳'的啼叫传过来，那声音是从夜的深处传过来的，特别轻柔，特别温情，因此也特别动人。

"天空里忽晴忽雨，但不管是晴是雨，蓝天和白云都是那样明亮，从扁担山过来的雨丝也是那样明亮。快快布谷，快快布谷，鸟儿们不知在哪儿欢快地叫着，人们的情怀似乎也像那些风和阳光一样晴朗[30]……"

文中有这么多诗歌般美得令人心碎的语言，难怪韩石山读了作品之后，激动不已，写了一篇感人肺腑的文章——《一篇让人想吟诵的长文——读何士光〈日子是一种了却〉》，文中对何士光这篇作品的语言给予了高度评价：

"何士光的文字，尽善了他做人的美德，也尽善了他为文的美意。那样的平淡，又那样的隽永，那样的疏淡，又那样的粘连，有时你感到气息微弱，低沉到要止了呼吸，有时你又感到情绪激昂，有一种力在心底翻腾。细密处，让你低回流连；旷达处，让你跷足狂奔。不管怎样的感受，见诸字形的，只是一种精致，精致的字词、精致的句式，通其气息的则是一种浅浅的吟、低低的吟唱，悠悠地荡气回肠。"[31]

总之，何士光站在宗教哲学的高层，用悲悯的心态，用从容精致的语言，为我们奉献了一部文学精品之作——《日子是一种了却》。初读我们会觉得感伤、觉得酸楚、觉得难受，但是读罢掩卷，我们反而会觉得温暖、感到生命中希望处处存在。不仅是因为黔北山乡大自然的美好，不仅是因为像岳母这样本质淳朴、争强好胜的人，在生活的重负之下始终勇于承担作为一个当家人应该承担的任何苦难，还因为她们的根就在自己脚下的土地上，所以最后回归故里，这是必然，我们应该像作家那样对这样的一个岳母给予深深的理解和同情。同时，作家始终如一地尽心侍奉岳母，后期有他宗教理想光辉的映照，但前期他作为一个知识分子执着恪守的"忠孝节义""以德报怨"思想，同样让我们看到了人性光辉。此外，作品《日子是一种了却》也让我们感受到了散文的美好！

参考文献：

[1] 何士光：《我怎样走上写作道路的》，文谭，1982。

[2] 钱理群：《何士光创作论》，山花，1984。

[3][16][23] 何士光：《我怎样走上写作道路的》，文谭，1982。

[4][5][6][7][8][9][10][11][12][13][14][15][17][18][19][20][21][22][25][27][28][30] 何士光：《日子是一种了却》，人民文学，2015。

[24] 何同彬：《往昔的德行与我们的命运——读何士光〈今生——经受与寻找〉有感》，小说评论，2012。

[26] 何士光：《如是我闻·开头的话》，海口：海南出版社，1993。

[29] 高守亚：《歌声结云风景香——何士光与石定乡村小说比较》，六盘水师专学报，1997。

[31] 韩石山：《一篇让人想吟诵的长文》，中国艺术报，2015。

（原载于《今日文坛》，光明日报出版社，2018年6月）

《木楼古歌》：用生命守护水书文化

在第六届贵州少数民族文艺会演上，由黔南州选送的原创水族舞剧《木楼古歌》在贵阳国际会议中心正式上演，它无论是在剧作精神的表达还是民族风格的体现上都极有特色，演出深深地震撼了现场观众的心灵，激起了观众强烈的共鸣。它的成功在一定程度上要归功于它采用了女主人公阿诺棉这样一个独特的叙事视角以及巧妙的舞台艺术。

《木楼古歌》取材于水族的《水书》文化，水族自称"睢"，是夏、殷后裔，它在几千年迁徙中，一直以口耳相传的方式传承着中华初始文字《水书》。《水书》又被易学界称为《水书易》，比"三易"（夏代的《连山》、商代的《归藏》、周代的《周易》）更为古老，《水书》是水族的精神支柱，也是人类智慧的瑰宝。《木楼古歌》用现代舞剧的形式演绎传统文化的内容，可谓新与旧、现代与传统的有机结合。

舞剧是以舞蹈为主要表达手段的舞台艺术，它融舞蹈、戏剧、音乐等表演形式为一体。舞剧《木楼古歌》以女主角阿诺棉的视角，讲述了一个水族民众用生命捍卫《水书》的不朽传奇。舞剧采用倒叙手法，几声沉闷悠长的铜鼓声响后，伴随着水族古老忧伤的背景歌谣，序幕拉开，舞台上缓缓出场的是佝偻老奶奶阿诺棉，她用舞蹈的动作叙述她艰难收集破损《水书》的场景。第一幕《塾》，时光倒流到了七十多年前，年轻的水族姑娘阿诺棉不顾《水书》传男不传女的禁忌，自己偷学《水书》，还帮助爱《水书》的恋人阿虽进入水书先生、父亲阿布的水书堂学习。第二幕《义》，阿诺棉意外被毒蛇咬伤，却碰巧被路过水家村寨的日本学者铃木救活，热情好客的水家人用美酒招待铃木并视他为朋友。第三幕《祸》，酒醒后的铃木看到满楼的《水书》，认识到它珍贵的价值，无比兴奋，趁人不备悄悄偷走了一卷水书，呈给了日军少佐。第四幕《战》，为了保护水书，抵抗日寇的抢夺，乡亲们殊死奋战，阿诺棉的恋人被铃木杀害，阿诺棉的父亲为了不让水书这一民族瑰宝落入日寇之手，火焚藏书的木楼与抢书敌寇同归于尽，用生命保护了水族文化，捍卫了民族尊严。尾声照应序幕，时光又重回到年迈的阿诺棉身上，经过重大打击的她选择坚强地站立，她为了不让《水书》失传，日夜勤勉地收集残破不全的《水书》，终身不嫁，昔日的青春红颜，如今已是白发苍苍。经过她不懈的努力，一幢藏书万卷的"水书博物馆"终于建成，水族的民族之魂《水书》终于又重现天日，焕发蓬勃生机。

舞剧《木楼古歌》以《水书》为贯穿线，有机串联起《序·忆》《塾》《义》《祸》《战》《尾声·念》六幕板块单元。《水书》的传奇，也正是阿诺棉的传奇。恋人的情、父亲的爱，都先后随风而逝，自己的救命恩人却是她的仇人，这正是故事传奇之所在。可以说，她一生的爱恨情仇只因《水书》，也只为《水书》。铃木的个人救命之恩，比起家仇国恨而言，她认为是那样渺小。而残酷杀害亲人的仇，明火执仗抢劫国宝的恨，她认为这些才是真正的沉重如山，深阔似海。而这一切却都要让一位刚谙人事的小女孩来承受，这都要靠她那柔弱的肩膀把它们担负，这是一种多大的悲剧。鲁迅曾说过："悲剧是将人生有价值的东西毁灭给人看。"我们从阿诺棉身上看到了古希腊悲剧中俄狄浦斯王与命运努力地抗争，看到了加缪在西西弗神话中人类面对自身荒谬处境的不屈从的态度。她为了心中的信念，用了整整半个世纪的时间来与悲惨的命运抗争，终于使得几近失传的《水书》重现天日，这就是水族女子阿诺棉身上高贵品质之所在，也正是水族舞剧《木楼古歌》意义和价值之所在。

生活孕育了艺术，艺术升华了生活，这是艺术的发展规律。舞剧《木楼古歌》主要通过舞蹈演员的肢体语言来刻画人物形象，表达戏剧的内容，创造出了一个有别于经验世界的艺术世界。舞蹈演员在每一个意义单元里，无论独舞、双人舞、集体舞，都懂得尽量让肢体语言来传情达意，释放情感，而抒情正是舞剧之所长。如阿诺棉与恋人阿虽的双人舞充满了喜悦、幸福与青春的活力，象征着人类战胜困难走向光明的美好愿望。大多数舞蹈单元不止一个"声部"，大多数情况是跳一段自己的片段后，又与其他"声部"合成一个复杂的整体，像万花筒那样变幻无穷，美不胜收。而且演员的舞蹈基本功比较扎实，如男子阿虽的"一字步"、铃木的空中连续倒翻这样的舞蹈功底也不是一朝一夕可以练就的。

舞台上全面展示了水族传统文化之美，演员服饰全部采用水族传统民族服装，古朴而精致，演员一亮相就能看出鲜明的水族特色。舞台没有使用繁杂的背景设计，主要是由几间活动的水家木楼道具、一棵巨大的绿色榕树道具以及一个巨大的可转换的背景画面墙组成，在舞台上唯美地再现了一个充满浓郁民族特色的水族村寨场景。梦幻般的舞台灯光则根据剧情发展节奏而不断演进变化，将每一位舞者的表情赋予传神与出彩。而且在剧情中还巧妙地穿插展示了织布、蜡染、过端、赛马、饮酒等水族文化元素，进一步彰显了民族特色。

人们说过，"音乐是舞蹈的灵魂"。舞剧音乐是舞剧的重要组成部分。它在表现思想内容、发展戏剧情节、塑造人物形象及性格上发挥着重要作用。舞剧《木楼古歌》中音乐运用也是相当巧妙的，根据剧情的需要，时而缠绵悱恻、时而从容平缓、时而高亢激越、时而苍凉悲伤。例如，在日本宪兵活动的场景中，使用的就是日本的和乐；而在尾声与序幕都使用的是水族最哀伤悲悯的古老歌谣，前后照应。《尾声》部分的背景歌谣："泪眼无声再无人求，雨水灌满心里头，盼了好久的幸福酒，化作纸灰粘白头，冷风吹烟灰飘，一张一张孤独老，家园毁木楼烧，爱恨情仇一肩挑……"一唱三叹，哀声连连，不仅唱出了阿诺棉的不幸遭遇，更唱出了阿诺棉的家国情怀。"感人心者，莫先乎情"，故演出至此达到了最高潮，激起了观众强烈的共鸣，现场观众大都"怆然而涕下"。而且也从形式上配合了剧情内容，使得舞剧《木楼古歌》构成一个圆形结构，起到画龙点睛的作用。

总之，水族舞剧《木楼古歌》精心选择了阿诺棉这样一个独特的叙事视角，配合巧妙的舞台艺术，在舞蹈艺术家们的精心演绎下，再现了水族民众捍卫《水书》尊严的传奇，它以其深刻丰富的思想内容，感人至深的情感力量以及独特的艺术魅力，赢得了广大人民的喜爱与认可。

（原载于《贵州日报·文艺理论版》2017年11月24日）

淡极始知花更艳，任是素语也动人

——布依族山歌剧《音画布依》观后

摘　要:《音画布依》是创作集体深入贵州册亨、兴义、惠水等地,以布依族民间山歌、戏曲作为素材,经过艺术加工编排的布依山歌剧,主创人员除了把极具民族特色的布依族民俗、服饰、民间故事传说等融入音乐、舞蹈之中外,还把大家习焉不察的日常生活的内容艺术化、唯美化,由生活的真实上升到艺术的真实。导演安排演出的五大篇章各分为若干小篇,每一小篇的表演时间为3—5分钟;坚持布依族民间艺人的本色表演;舞蹈演员们除了舞蹈动作规范之外,他(她)们的身段、表情、情感也非常到位;演出让大家体验到了布依族民族特色服饰的精美与靓丽;布景讲求的是简单,实用。《音画布依》真正是以观众是否喜爱作为自己的创作目标,它是一部"接地气"的作品。

关键词:《音画布依》;山歌剧;布依族民俗;布依族服饰;多彩贵州

　　《音画布依》创作集体深入贵州册亨、兴义、惠水等地,以布依族民间山歌、戏曲作为素材,经过艺术加工编排的布依山歌剧《音画布依》,近日在"2018多彩贵州文化艺术节优秀剧目展演"期间激情上演。该剧生动地展现了生态布依、人文布依、山水布依的美好画卷,对建构布依族人民的精神家园,弘扬布依族优秀传统文化,增强布依族人民的文化自信心,做出了不懈的努力,取得了可喜的成绩。尤值一提的是,《音画布依》主创团队在坚持以人民为中心的创作导向方面,做出了自己的大胆尝试,提供了有益的借鉴。

　　戏剧内容中情节起伏的大起大落自然令人心潮澎湃,但是,把朴实无华的现实生活本身通过艺术的形式精当地演绎出来，同样感人至深，《音画布依》就为后者做出了最好的诠释。布依族主要分布在贵州、云南、四川等省，其中以贵州省的布依族人口最多，占全国布依族人口的97%，主要聚居在黔南和黔西南两个布依族苗族自治州。在人类文明的发展进程中，布依族经过自身的发展和广纳百川的交流，逐渐形成了独具特色的民族文化和民族艺术形式。布依族文化资源丰富、底蕴深厚，《音画布依》主创人员除了把极具民族特色的布依族民俗、服饰、民间故事传说等融入音乐、舞蹈之中外，还把大家习焉不察的日常生活的内容艺术化、唯美化，由生活的真实上升到艺术的真实，这是《音画布依》最大的特色和突出的亮点。《音画布依》分"云水之间歌飞扬、'浪哨'情歌传四方、布依婚庆喜洋洋、劳作丰收歌满坡、幸福山歌万年长"五个篇章，各篇章以布依族山歌为主要载体进行生动演绎，而这些篇章的素材大多是来自布依人现实生活本身。如音乐部分的《勾妹歌》《浪哨》《八音三曲贺喜堂》《排歌》，以及摩经颂调《山歌传》、叙事歌《成长歌》、南盘江调《布依之音天上来》、弼佑调《山歌唱到月亮落》、者楼调《等你》、叠歌《恋歌连妹调》、小打音乐《贺喜酒》等，这些山歌或者音乐的调子就源自布依村寨百姓日常生活，只不过被剧创人员采风收集整理之后，进行二度创作搬上了舞台；又如民俗表演部分的祭祀、情歌对唱、哭嫁、婚庆、纺纱织布、绣花纳鞋、田野劳作等表演更是对布依人家现实生活的艺术模拟；舞蹈部分更是别出心裁，雨伞、唢呐、锄头、背篓、簸箕、镰刀、扁担、竹篮这些都是布依人日常生活劳作的工具，平淡无奇，但是剧创人员却匠心独运地编排出新颖而又独特的"雨伞舞""唢呐舞""锄头舞""背篓舞""簸箕舞""镰刀舞""扁担舞""竹篮舞"，劳动工具变成了舞蹈的道具，给了观众一个意外的惊喜，这是对传统舞蹈程式的挑战与突破，有色调，有情调，是画意，更是诗情。自然，艺术不等于生活，艺术是在生活的素材上进行加工的，但是想要塑造艺术上的美好事物，必须以生活中的美好事物为素材。试想，如果不是《音画布依》主创人员积极主动深入布依村寨，独具慧眼发现了布依人们生活中的美好事物，又怎么能够凭空臆造编排出如此生动美好的音乐与舞蹈呢？

戏剧的灵魂到底是什么？这是一个见仁见智的问题。大多数人认为戏剧的灵魂是剧本，或者说是导演及演员对剧本理解后的呈现。在戏剧中，导演既是一个协调者，也可以被表述为剧本的解释者、故事的讲述者，导演是一个用舞台美术和演员符号现场讲故事的人。在这方面，《音画布依》编剧兼总导演韦启军很好地实现了自己的意图，他用自己的方式为我们生动讲述了布依人的故事、贵州的故事。演出的五大篇章又各分为若干小篇，每一小篇的表演时间为3—5分钟，正当演出渐入佳境、到达高潮之时，节目就戛然而止，决不拖泥带水，紧接着出现了下一小篇的表演，这样就让观众一直处于兴味盎然、意犹未尽的亢奋状态之中，不至于产生冗长乏味之感。《音画布依》坚持布依族民间艺人的本色表演，没有高薪外聘所谓的大腕明星以博取眼球，但正是这些民间艺人们的本色演唱，却让人感觉非常熨帖到位，观众们都感觉到了"就是这个味儿"。而专业的舞蹈演员们除了舞蹈动作规范之外，他（她）们的身段、表情、情感也非常到位，举手投足之间，表情饱满、戏味很足，尤其在表演"锄头舞""背篓舞""簸箕舞""镰刀舞""扁担舞""竹篮舞"时，仿佛就是邻居家的阿哥阿妹们在表演，更加给人亲切、自然之感。我们从演员们身上，真切感受到了布依人的一种文化自信。《布依婚庆喜洋洋》中主演韦中秀、韦铸伦扮演的新娘、新郎形象，以及《布依山乡美如画》中李绍秀的伴舞，都给观众留下了一种深刻的印象，大家被演员们精湛的表演所折服。在《贺喜酒》演出到中途时，剧场灯光大亮，台上新郎新娘正忙着给寨老们敬酒；而几个不到十岁的小演员走下舞台，来到观众席，热情地向观众们抛撒喜糖，与观众们互动，台上台下都呈现出一片兴高采烈喜气洋洋的景象，更是引发了全场演出的一次小高潮。

另外就是演员们的服饰也让人们眼前一亮，男的布帕缠头、对襟上衣、绣花马甲、大裤脚短裤或长裤、百纳底布鞋；女的布帕缠头或加戴绣花头巾、斜襟上衣套绣花围腰、长裤或长裙、绣花布鞋，这是布依族人们特有的民族服饰装扮，这些服饰特征也正是布依族服饰不同于苗族、水族或者彝族等其他民族服饰之处。之前曾听人感慨说过布依族虽然人口众多，但是"汉化"严重，民族特色不太鲜明，不知布依族民族服饰为何样，而《音画布依》的演出，恰好就是对此番论调的有力反驳。《音画布依》主创团队可谓在布依族服饰上真正下足了功夫、做足了文章，让大家体验到了布依族民族特色服饰的精美与靓丽。更让人惊叹的是，舞台上先后出场计有六十来位演员，但是他（她）们的服饰，从全身穿着整体效果来观察，却几乎没有两人是雷同的。要么颜色有变化，要么搭配有变化，要么绣花图案不一样，总之，靓丽的民族服饰给观众留下了布依族是一个民族特色浓郁的时尚民族的美好印象。同时，从民族服饰富于变化的细节之举也足见主创人员对编排此剧的用心用情之深。

舞台布景作为舞台表演形式的一种，对于剧作的重要性是不言而喻的。成功的舞台布景能有效地拓展剧作的演出空间，形象地加强时空的对比，创造出适当的戏剧环境，更为重要的是，它可以将剧场内短暂的瞬间化为观众心目中的永恒。在当今剧作大多数在争相攀比舞台布景奢华制作的时候，《音画布依》却并不随波逐流，它讲求的是简单、实用。它的舞台布景中，几株芭蕉树、一角木楼、一架纺车、一座谷仓，就用来展示布依人家的生活场景；当台上民间艺人倾情演唱布依山歌时，舞台两侧的电子显示屏适时显示出相关的歌词，便于观众理解歌曲内容；而舞台背景墙上的巨幅 LED 显示屏则根据演出主题的需要，呈现出天蓝、地绿、人和的美好画卷，画面与表演相得益彰，不花哨，变幻不频繁，不让人眼花缭乱，给人一种宁静和谐之感，正如布依人宁静祥和的生活一般。

习近平同志在文艺工作座谈会上提出要坚持以人民为中心的创作导向。但是近年来，有些剧团拍戏的目标只为获奖，戏剧编排只为迎合评委口味，至于能否赢得观众的喜爱则很少考虑。固然这也与当今戏曲艺术受到影视文化、网络文化的冲击遭遇冷遇、市场日益萎缩有关，但是，这样导致的直接后果就是评奖过后，这样的剧目就立马"刀枪入库、马放南山"，因为它无论是进行公益演出或者是进入市场演出，老百姓都不会买账。无疑，《音画布依》走的不是这样的路子，它是一部"接地气"的作品，它真正是以观众是否喜爱作为自己的创作目标，它不愿或不屑追求"阳春白雪"式的曲高和寡情调，它崇尚"下里巴人"式的"泥土味""大众味"。它坚持生活中最美好的就是艺术中最美好的理念，它不追求情节内容的跌宕起伏，不追求演员歌舞时的装腔作势，不追求舞台布景的喧嚣奢华，它把现实生活搬上舞台，它艺术地展示的是原汁原味的生活本身，但是它取得的效果却是明显的。真可谓"淡极始知花更艳，任是素语也动人"。

（原载于《贵州剧作》2018 年第 3 期）

从歌到剧的艺术空间拓展

——评土家风情山歌剧《这山就比那山高》

　　《这山没得那山高》本是一首流传于贵州沿河的土家族山歌，在黔东地区广为传唱。曾多次在中央电视台"欢乐中国行""民歌中国"等栏目展播，2017年，土家山歌《这山没得那山高》被确立为沿河土家族自治县县歌，2018年5月演唱者黄旭又将县歌《这山没得那山高》带入国家大剧院这个中国最高水平的艺术殿堂。2018年10月27日，在2018多彩贵州文化艺术优秀剧目展演中，贵州省铜仁市梵净山歌舞团参演的土家风情山歌剧《这山就比那山高》激情上演，而演出也同样取得了理想中的效果。从歌到剧的翻作，土家风情山歌剧《这山就比那山高》又一次成功地展示了土家多彩风情文化，那么它是如何成功做到的呢？

一、主题思想的翻新与演绎

　　主题思想可谓是一盏照明灯。戏剧，作为文艺作品，我们既要谈它的艺术质量，更要谈它的思想质量，因为艺术仅仅是表达思想的形式，没有思想也就没有艺术。《这山就比那山高》剧本取材于黔东桃源深处的土家山村，故事紧紧围绕发展绿色生态产业与盲目开矿致富的矛盾展开。剧中主要塑造了农业大学毕业生张金宇、对他一往情深的当地矿老板的女儿李春霞、与金宇青梅竹马的恋人冉小娟、苏州农业产业开发公司董事长欧阳秋实、游手好闲的村民田富贵、老村长张幺爷与小娟妈等人物形象。剧中，张金宇目睹了李春霞所在的村子因为盲目开矿带来的一系列生态危害问题，如张金宇的母亲死于山洪暴发，冉小娟的父亲死于矿难事故等。他痛心疾首，决心利用自己所学回报故土，希望故乡村寨能避免走以牺牲环境发展经济的老路子，为此，他极力阻止村民滥砍滥伐，极力阻止村民盲目开矿（甚至因此被人打伤住院），利用所学农业知识不断试验在矿渣上栽种果树等。后来在上级政府部门的大力支持下，他与搞农业产业开发的老板欧阳秋实合作，成功寻找到了发展生态农业脱贫致富的新路子。这条路子的好处正如张金宇在对白中所说："以后我们把生态农业做大做强，我们的种植、养殖、绿色食品加工、农家乐等，再加上我们这里的水质、生态都非常好，南来北往的游客也比较多，一定把产业带动起来，大家还担心脱不了贫吗？"相反的情况是李春霞所说："崔老板他们矿上出安全事故后，他已经意识到再这样肆无忌惮地开采，一定会造成大量的水土流失和山体滑坡。"张幺爷也"听说国家对一些私人的小型采矿点要逐渐关闭"。正反两相对照，一边是坚持走美丽乡村生态农业可持续发展道路，一边是涸泽而渔式盲目开矿造成生态灾难的短视行为甚至是违法行为，相比较起来，自然是——这山就比那山高！而且对立方也"在他（指崔老板）的劝说下，许多矿老板都决定把那些裸露的山体全部绿化起来，他们说在你（指张金宇）的指导下要做一代大山的还债人"。选择"这山"成了双方达成的唯一正确的选择。这也正好暗合了习近平同志所说的"绿水青山就是金山银山"的理念，至此，剧作的主题思想水到渠成地得到充分彰显，比起山歌《这山没得那山高》中情郎追娇妹单纯的男女爱情主题，不言而喻更显崇高深邃。

二、戏剧冲突的有效设置

戏剧在结构的安排上，悲剧的冲突往往是不可调和的，有时甚至不得不以当事者的死亡来结束；而喜剧的美满结局往往带有很大的技巧性，问题本身还在戏后停留着，在产生该问题的社会里停留着，故有人说，喜剧让人思维。不管悲剧、喜剧还是正剧，但只要是戏剧，它就必然受到戏剧结构法则的严格控制，它的布局必须包括一个事件的开端、进展、高潮和结束在内，"结"与"解"都应包含在事物自身发展的规律以内。故作为正剧的《这山就比那山高》在结构上主要安排了三个"结"或者说三个"戏剧性冲突"：生态保护与脱贫致富的冲突、冉小娟与张金宇这对青梅竹马的恋人因为李春霞的介入产生的冲突、张幺爸与小娟妈夕阳爱情与世俗偏见产生的冲突，如何在短短的一个半小时的舞台演出时间内逐一"解"开这些"结"？这成了编剧兼导演张学金思考的问题。庆幸的是，张导成功做到了。发展生态农业可以"解"开第一个"结"，李春霞的主动退出"解"开了第二个"结"，两位老人在双方子女的支持鼓励下"解"开了第三个"结"（而且这个还是"心结"）。这些"解"都是通过主要人物的行动、口语对白以及唱词达成的。随着演出的不断进行，观众的情绪是波动的，我们的心情是紧张的，直到幕在最后落下，我们才如释重负，就像自己得救了一样。

三、"丑角"的巧妙引入

我们的民族，是一个爱笑并且善于笑的民族。我们劳动人民，都往往喜爱在戏剧中看到丑角这样的角色。丑戏的台本，常常会为丑角特别安排插科打诨，说一些与正题仿佛关系不大的双关语或者反语，以求收到意外的讽刺效果。这些双关语或反语，内行通称为"哏"。丑角在戏剧中，是一种被特别夸张了的角色，他的唱、白和动作，都是按照特别夸张了的风格和规律写成的。无疑，《这山就比那山高》中的田富贵就是这样一位"丑角"。田富贵是村里一位游手好闲的农民，一天到晚不干正事，35岁了还娶不上老婆，这也是过去农村里常见的好逸恶劳的懒汉典型，倒也不见得他有多么落后或者反动。田富贵肥胖笨拙的身躯、不得体的穿着、贪婪的眼神、滑稽可笑的动作以及无处不在的"哏"的言语，都令人忍俊不禁。"哏"的言语例如他在对白中说的"有家矿上准备请我当老板助理，以后和我说话要客气点哈，我以后也是有头有脸的人了"，还有他理解的"精准脱贫"就是"老满叔，我听说哪样精准扶贫，就是按人头发钱？我想是不是以后就像城里机关干部那样，按月发工资唷"。像他这样好吃懒做的粗壮汉子还要争当"贫苦户"呢，田富贵正是借助于这些"哏"的言语来完成自己"丑角"的性格。从他的身上，我们可以看到农村改革进程中部分农民中的消极力量与"灰色"思想，对农村生活的丰富性、农民思想的复杂性有了进一步的认识。在市场经济背景下，农村亦非处处"田园牧歌"式的净土。田富贵在戏中夸张的表现加深了观众对当今生活中某些社会现象更加深刻的认识，同时也大大增添了戏剧中喜剧与笑剧的成分，在一定程度上缓解了观众在观看这样一部主旋律戏剧时的严肃紧张情绪，我们用笑声反对了"丑角"，但同时也教育了我们自己，而且也放松了我们自己。"丑角"的引入，加之演员生动传神的演绎，使戏剧收到了一种"寓教于乐"的艺术效果。

此外，《这山就比那山高》在前后两幕的暗转期间，幕间都会响起音乐，用一曲简短的土家高腔山歌或者一小段土家生活舞蹈作为过场，这无疑加强了戏剧中浓郁的土家民族风情与特色。男主角张金宇衣服裤子都是土家族民族服饰，但脚上自始至终穿的是一双黑色皮鞋，这一小小的细节是否也在向观众们传递着新一代土家青年也已经悄然跻身于传统向现代转型的行列的讯息？

总之，土家风情山歌剧《这山就比那山高》在土家成名山歌《这山没得那山高》基础上，有意翻作，在主题思想以及情节结构等方面增加了许多新的创意与构思，用山歌剧的形式成功演绎了土家人在"新时代"背景下如何建设美丽乡村的艰难历程，彰显了"绿水青山就是金山银山"的主题思想，体现了习近平同志所说"用心用情用功抒写伟大时代"的创作要求，是一部抒写伟大时代农村生活的现实主义作品。我们希望剧作组接下来进一步打磨完善，比如，在对白语言部分把黔东语改成普通话并使之更加凝练、唱词曲调部分进一步提升土家族特色可识别度、剧目由现在的十幕再行压缩精简等，通过不懈的努力，能够真正做到思想精深、艺术精湛、制作精良相统一。

（原载于《贵州日报·文艺理论版》2018 年 11 月 2 日）

磨剑六十载，今日试锋芒

——杂技专场《"我和我的祖国"——〈黔·彩·荷〉》观后

2019 年 10 月 12 日晚，在 2019 多彩贵州文化艺术节优秀剧目展演中，贵州省杂志团参演的《"我和我的祖国"——〈黔·彩·荷〉大型杂技专场》在贵州省国际会议中心大礼堂激情上演，这是贵州省杂技团为献礼新中国成立七十周年推出的一台爱国主题杂技专场，演出深受观众喜爱，取得了理想中的效果。纵观整场演出，该剧目无论是节目编排、主题思想的表达，还是演员表演艺术水准等方面均可圈可点，演出的成功，是贵州省杂技团人六十余年来不忘初心、砥砺奋进的结果。

形式勇于创新，实现杂技与诗朗诵的完美融合

《黔·彩·荷》杂技专场时长约一个半小时，由《不忘初心》《感恩奋进》《我和我的祖国》三个篇章组成，它在节目编排上勇于创新，在每个专场演出之前，都会由朗诵艺术家朗诵一篇契合该篇章主题的、优美的、充满正能量的诗文作品，如方志敏的《我的祖国》等名篇，来替代以往主持人的报幕。朗诵艺术家饱含深情的朗诵、生动的诠释，同样深深感染现场的观众，赢得观众阵阵热烈的掌声；加之杂技节目的惊险刺激、精彩纷呈，整台晚会让观众有耳目一新之感。中国杂技本源自民间地摊杂耍技艺，它能够迈入文艺舞台，期间经历了划时代的蜕变，令人振奋。近年来，观众对于杂技节目大型化、综合化、众人化的要求，极大地推动着杂技创作道路上对于创新的理解。在市场经济条件下，杂技艺术如何

发展、如何弘扬社会主义核心价值观、如何满足观众的喜好，这成了我们当今面临的急需解决的一个新课题。2019 年 7 月，中国文联副主席、中国杂技家协会主席边发吉在第十届全国杂技展演之际接受媒体专访时说："杂技不再是杂耍竞技单一的表演模式，而是以杂技艺术为核心，集其他艺术为一体的后现代综合艺术形式。"这句话明确指出了杂技未来发展的方向。杂技艺术与诗朗诵艺术的有机融合，无疑是贵州杂技团《黔·彩·荷》剧组主创人员一次成功的尝试。

红色文化元素的有效植入，彰显爱国主义教育主题

《黔·彩·荷》杂技专场是贵州省杂技团为庆祝新中国成立七十周年的献礼之作，为了进一步彰显爱国的思想主题，《黔·彩·荷》剧目中植入了大量红色文化元素。首先，观影氛围的提前营造。一走进演出会场，节目预告海报上大号红色字体印制的本次杂技专场的主标题《"我和我的祖国"——〈黔·彩·荷〉大型杂技专场》，以及三个篇章的小标题：《不忘初心》《感恩奋进》《我和我的祖国》，就给人以明确的提示；加之观众席上每份节目单内夹着的一面小小的五星红旗，提前营造出了一种爱国主义主题教育氛围。其次，借助现代声光电科技手段，从侧面烘托晚会的主题。在演出过程中，主创人员对背景音乐、聚光灯亮度及颜色的选择都极为讲究，讲究氛围的和谐与统一。特别值得一提的是根据演出内容的需要，使用幻灯机恰到好处地将相关影像资料投影到舞台背景墙上，以达到共时性的直观诠释的效果。这些美轮美奂的巨幅影像包含有贵州省交通建设实现"天堑变通途"历史飞跃的美丽图景，也有省委省政府为让百姓过上百姓富生态美的好日子带领全省人民决胜全面小康的感人场景，还有"多彩贵州"作为旅游大省拥有丰富独特的旅游资源的影像等。这些现代声光电科技手段的应用，能让观众在观影时，更加强烈感受到中华人民共和国成立七十周年以来，贵州社会经济文化方面取得的翻天覆地的变化，激发大家对祖国对家乡的热爱之情。最后，节目内容方面一再弘扬主旋律。每一单元演出开始，爱国主义诗文作品朗诵声响起，强化了这一主题基调。节目伊始，上演了一段现代样板戏，手戴红袖套的演员们试图通过这样的演绎方式，引领观众穿越时光隧道回到革命岁月可歌可泣的历史情境之中；演出剧终之际，是两位青年男女歌手对唱《我和我的祖国》，歌手高亢激越的歌声、全身心投入的情状，深深感染了现场的观众。大家都情不自禁地站立起来，跟着演员一起哼唱，并且挥舞着手中的小国旗，共同祈愿伟大

祖国将拥有无限美好的未来。那种激情四溢、令人心潮澎湃的场景将整台晚会的气氛推向最高潮，爱国主义主题思想教育此时也得以最大限度地彰显；同时，也将晚会的"叙事时间"从过去、现在，拉向了未来。

刻苦训练，成就舞台上精彩的瞬间

在《黔·彩·荷》整场晚会里，演员们以他们熟练的身手、精湛的技艺、出色的表演，为观众奉献出一场极具视觉冲击力的杂技盛宴。整场晚会的表演体现了难度高、技巧强、造型美、趣味足的特点，具体来说，《空竹》的喜庆、《车技》的刺激、《肩上芭蕾》的柔美、《力量》的阳刚、《高椅》的惊险、《蹬伞》的妩媚、《钻圈》的精准、《蹬鼓》的巧力、《手技》的幽默等，都给大家留下了深刻的印象。"台下十年功，台上一分钟"，说的正是像杂技这种艺术门类的表演。严肃、紧张、惊险的杂技舞台来不得半点"假唱"或者滥竽充数式的表演。值得庆幸的是，《黔·彩·荷》全场演出，除了钻圈时出现个别动作失误瑕不掩瑜之外，演员们的整场表演均不俗。杂技练习的辛苦与杂技创作的不易，人人皆知。《黔·彩·荷》中演员们平日里的吃苦耐劳与坚韧不拔，终于换来舞台上《车技》中一部自行车上载着六个演员还能快速骑行的轻松自如，《高椅》中人在半空中一把椅子上腾挪翻转的有惊无险，《肩上芭蕾》中足尖立在另一个演员身体上做出种种柔美造型的惊艳四座……这种种绝活不知是演员们经过多少次刻苦的训练、打磨与过滤才换来的结果，辛勤的汗水，终于凝聚成舞台上精彩的瞬间。

杂技是一项内功修炼的艺术，也因为是集体性参与表演的项目，所以难以产生所谓的明星演员，从而制约了优秀杂技人才的培养，这种种客观因素注定杂技事业是一项"慢"的事业。法国文艺理论家丹纳在《艺术哲学》中曾说过："作品的产生取决于时代精神和周围的风俗。"的确是这样，贵州省杂技团自 1958 年成立迄今已有六十一载，期间迎合时代精神的需要经历了一次次成功的转型，现在，它已经从建团伊始的文艺轻骑兵发展到声名鹊起的文艺院团。近年来，省杂技团坚持"以人民为中心"的艺术创作导向，使杂技这门古老而独特的技艺逐渐形成了"以技感人、以文化人"的生动局面。这次为献礼中华人民共和国成立七十周年倾力推出的堪称"思想精深、艺术精湛、制作精良"的《黔·彩·荷》大型杂技专场，也可以算作贵州省杂技团成立六十余载最重要的收获之一吧。

构思乃写作之首

——《文心雕龙·神思》解读

摘　要： 南朝梁刘勰著的《文心雕龙·神思》一文对写作构思进行了较为全面、深入的研究，对思维的特点、思维与写作实践的关系、思维的复杂性等问题进行了阐述。这些理论性的探讨能引导我们深入到写作主体思维的内化世界及其运动规律的研究，从而进一步提高写作能力。

关键词： 构思；写作；文心雕龙；刘勰

南朝梁刘勰著的《文心雕龙》五十篇章，分为上、下篇（卷），其三万七千九百余言，为中国文论的元典之作。下篇从第二十六章《神思》至第五十章《总术》为创作论，《神思》为下篇开首之作，为创作论的总纲，主要谈及了文学艺术构思问题。同俄国形式主义、英美新批评的"文本"理论一样，文本一经被创造，其内容与形式的自洽已构成一个独立的自足体，文本就在这里，作为一个读者是有权利做出自己的解读的。下面本人试图从"文学艺术构思的含义和特点、文学艺术构思与写作实践的关系、文学艺术加工的复杂性及提高途径"三方面入手，解读文本《文心雕龙·神思》中"神思——此盖驭文之首术，谋篇之大端"的观点。

一、文学艺术构思的含义及特点

1. 要理解文学艺术构思的含义，必须先清楚何谓"神思"。"形在江海之上，心存魏阙之下——神思之谓也。"[1]《文心雕龙·神思》开篇就提出了"神思"这个概念，文中的"神思"，即想象，是一种精神活动，与现代创造中的艺术构思相似。童庆炳认为："艺术构思就是作家在材料积累和艺术发现的基础上，在某种创造动机的驱动下，通过回忆、想象、情感等心理活动，以各种艺术构思方式，孕育出完整的、呼之欲出的形象序列和中心意念的艺术思维过程。"[2]

"神思"一词的渊源及含义。"神思"一词，最早大约见于汉韦昭《鼓吹曲》"建号创皇基，聪睿协神思"。这里的"神思"主要还是在于说明人物之精神状态。后来曹植的《宝刀赋》云："神思而造象。"此处的"神思"即对宝刀形状的一种想象。而最早将"神思"引入艺术创作领域的则是南朝刘宋时代著名的佛学家、画家和绘画理论家宗炳。他在其著《画山水序》中，论述了画家在创作过程中的"神思"问题。

最早对"神思"展开全面论述的是陆机的《文赋》。其中云："其始也，皆收视反听，耽思旁讯。精骛八极，心游万仞。其致也，情瞳昽而弥鲜，物昭晰而互进。倾群言之沥液，漱六艺之芳润；浮天渊以安流，濯下泉而潜浸。于是沉辞怫悦，若游鱼衔钩而出垂渊之深；浮藻联翩，若翰鸟缨缴而坠曾云之峻。收百世之阙文，采千载之遗韵；谢朝华于已披，启夕秀于未振；观古今于须臾，抚四海于一瞬。罄澄心以凝思，眇众虑而为言；课虚无以责有，叩寂寞而求音。"陆机在这一段论述中虽未用"神思"一词，但有关神思的心理准备，神思过程中的超时空性、情感性、形象性、虚构性与创造性，以及语言媒介的物化形态等问题，都已谈得比较全面，且具有相当的理论深度。因此，《文赋》对刘勰的影响是很大的。[3]

2. 文学艺术构思的想象性和虚构性。"文之思也，其神远矣"，文章的构思可以不受任何约束，飞翔得十分遥远。"故寂然凝虑，思接千载，悄焉动容，视通万里；吟咏之间，吐纳珠玉之声；眉睫之前，卷舒风云之色"，只要默默地聚精会神地思考，那念头便可以接通千年之间；悄悄地改变容颜，视线便好像能够看到万里之外；在吟哦咏唱中间，可以发出如珠似玉般的悦耳声音；在你凝神思想之间，眼前就展现出风云变幻的景色。这些都是作文构思时发挥想象力所构成的。

"故思理为妙，神与物游，神居胸臆，而志气统其关键；物沿耳目，而辞令管其枢机。"[4]

所以，写作构思很奇妙，是随事物而活动的，可以使内心的想象与外物相交接。神奇的想象由作者内心来主宰，要由作者的意志与气质来决定。而意志和体气是支配它们活动的关键，刘勰说："物沿耳目，而辞令管其枢机。"外物由作者的耳目来接触，而语言是掌管它们的表达机构，思维又是借助语言来进行的。当这个机构灵活通畅的时候，那事物的形貌便可以描绘出来，没有隐蔽得了的；如果支配想象的机构受到阻塞，那神奇的想象就会逃遁隐蔽，也就精神涣散了。所以，他才说："枢机方通，则物无隐貌；关键将塞，则神有遁心。"

关于虚构性。韦勒克和沃伦在《文学理论》中说："文学作品是一个虚构的世界，作者不能为这个世界中人物的生活态度负责，他的观点、信仰和情感等也不可能等同于这个世界中人物的观点、信仰和情感。"[5] 在马克思主义文论、神话原型批评等理论中，也或多或少有这样的观点。

开篇就提出了"文之思也，其神远矣"，就是指为文运思，驰骋想象，可无往而不达。可见，在刘勰看来，"想象"是文学创作中不可缺少的要素，而"想象"与"虚构"又几乎是同义词。接下来的"思接千载……视通万里"都不是现实中的现象，而只有在文学想象与虚构中才能实现。之后，刘勰又说"独照之匠，窥意象而运斤"，就是指作家用自己的独到见解，可以按照自己所想的来写作，也即"虚构"。[6]

3. 刘勰还讲了写作文章时具体的构思方法。他说："陶钧文思，贵在虚静，疏瀹五藏，澡雪精神。""然后使玄解之宰，寻声律而定墨；独照之匠，窥意象而运斤；此盖驭文之首术，谋篇之大端。"[7]

在创作构思时，必须有虚静的心境。必须疏导五脏，使内心毫无杂念，全神贯注，不为外物所累；然后根据自己的思想活动运用声调、格律来为文章打好墨线。经过意匠经营，最后挥动斧头以斫削。这些，便是驾驭文章最重要的方法以及谋篇的要点。[8]

二、文学艺术构思与写作实践的关系

1. 文学艺术构思指导写作实践。想象刚刚开始运转活动的时候，各种各样的思路、物象都纷纷呈现在眼前，要在没有形成的文思中孕育内容，要在没有定型的文思中雕刻形象。"夫神思方运，万涂竞萌，规矩虚位，刻镂无形。"登上高山，情思中就充溢着山间的景色；看到大海，情意就出现了海涛汹涌澎湃的风光。想象的才能，好像飞鸟同风云一起并驾齐驱而无法计量。"方其搦翰，气倍辞前，暨乎篇成，半折心始，何则？"刚刚拿起笔的时候，比起在行文之前要气势充足倍增；可是等到写成篇章后，开始想的东西已经打了一半折扣，为什么会这样呢？——"意翻空而易奇，言征实而难巧也。"想象凭空而起，容易想得奇特，而语言文字却比较实在，所以，很难巧妙地表现作者的想象。"是以意授于思，言授于意，密则无际，疏则千里"，所以，文章的内容受作者的思想感情支配，而言辞又受文章内容的支配。如果文章的内容、作者的思想感情和文章的言辞三者结合得很紧密，那文章就贴切而天衣无缝，反之，疏漏就会相差千里。

2. 创作主体的构思能力存在个体差异性。每个人的才能禀赋不同，则文思就存在迟缓与迅速的差异，"人之禀才，迟速异分"；文章的体制多种多样，则规模有大有小，功力各异，"文之制体，大小殊功"。

"相如含笔而腐毫，扬雄辍翰而惊梦，桓谭疾感于苦思，王充气竭于思虑，张衡研京以十年，左思练都以一纪。虽有巨文，亦思之缓也。淮南崇朝而赋骚，枚皋应诏而成赋，子建援牍如口诵，仲宣举笔似宿构，阮瑀据案而制书，祢衡当食而草奏。虽有短篇，亦思之速也。"[9]

才思迟缓的有司马相如笔浸在墨汁里把毫毛都泡烂了文章才写出来，扬雄写文章用力过度，刚停下笔就睡着做了噩梦；桓谭常常因为苦苦思索，以致感疾生病，王充著作由于思虑过度，耗尽了自己的气力精神；张衡用了十年时间精研写作《二京赋》，左思花了十二年光阴创作锤炼《三都赋》。上述名家，虽写的是长篇巨作，但是也说明了其文思的迟缓。

文思敏捷的如淮南王刘安接受汉文帝的诏令一个早晨就写完了《离骚赋》，枚皋总能很快地完成汉武帝的诏令写成赋作；曹植铺开纸做文章就像背诵文章；王粲举笔便成好似写预先写好的文章；阮瑀凭据着马鞍也能很快写好书信；祢衡在宴席上便起草奏书。刘勰认识到灵感的产生与人的天分有关，他说"人之禀才，迟速异分"，举了司马相如、扬雄、桓谭等人在创作上思维迟缓和刘安、阮瑀、祢衡等文思如何敏捷的例子来说明这一问题。[10]

三、文学艺术构思的复杂性及提高途径

1. 文学艺术构思的复杂性。"若夫骏发之士，心总要术，敏在虑前，应机立断；覃思之人，情饶歧路，鉴在疑后，研虑方定。""机敏故造次而成功，虑疑故愈久而致绩。难易虽殊，并资博练。"刘勰认识到作家的特殊灵性有先天的因素，

也有后天的努力，较为客观辩证地对待了灵感的产生。[11]

"若学浅而空迟，才疏而徒速，以斯成器，未之前闻。是以临篇缀虑，必有二患：理郁者苦贫，辞溺者伤乱。然则博见为馈贫之粮，贯一为拯乱之药，博而能一，亦有助乎心力矣。"[12]

如果学识浅薄而只是慢慢写，才学粗疏却只要写得快，像这样写出好的文章，从来没有听说过。所以，创作时酝酿文思，必然有两个困难：文思抑郁阻塞的人苦于想象的贫乏，文辞泛滥的人苦于文理紊乱。那么，可见广博见闻就成为补救想象贫乏的粮食，贯通统一就成为拯救文理紊乱的药方，能够做到既广闻博见又中心一贯，对创作构思的能力也大有帮助啊！

2. 如何获得文学艺术构思。如果作品的情思是非诡奇混杂，体制不当而变化多端，拙劣的文辞或许包含精巧的义理，平庸的事物中或许透露出新颖的意思。我们看看布之出于麻吧，原料的麻虽然质地并不比布贵重，但经过织布机的加工，布便会焕发出光彩而成为珍贵之物。至于文思以外的细微奥妙的旨意，文辞之外的隐幽委曲的情趣，这些都是语言所不能言明、笔墨不能表达的。达到最精通的境界才能阐明它的奥妙，掌握它的微妙变化之后才能精通它的规律，这好比厨师伊挚不能说出鼎中调味的微妙，巧匠轮扁不能说出运用斧头的规律一样，真是微妙啊！

思维是人脑的机能，必然要受先天遗传因素的影响；但是，决定人的思维品质的主要因素不是生理结构，而是大脑的意识结构。所以，刘勰再三强调一个"才"字："酌理以富才""我才之多少""人之禀才，迟速异分""学浅而空迟，才疏而徒速，以斯成器，未之前闻。"他还指出，只有"博见为馈贫之粮，贯一为拯乱之药。"他的看法是对的。要想构思敏捷、广泛、具有条理性，唯一的途径就是：具备广博的见识，锻炼自己的才思，而且运用收缩思维才能融会贯通。[13]

物化阶段是文学创作的最后阶段，也是最艰苦细致的语词落实阶段。倘若不注重文字训练，不下苦功夫以准确的词句、高妙的技巧把内心的形象和意念栩栩如生地物化在纸上，就会功亏一篑，使从材料积累以来不计其数的心智活动付之东流。[14]

总之，《神思》是我国古代文论中比较全面而系统的论述文学艺术构思的一篇重要文献。刘勰深入、系统地探讨了文学艺术构思活动，形成了自己文学创作论的体系。本文从"文学艺术构思的含义和特点、文学艺术构思与写作实践的关系、文学艺术加工的复杂性及提高途径"三方面入手，对文本《文心雕龙·神思》中"神思——此盖驭文之首术，谋篇之大端"的观点进行了自己的解读。

参考文献：

[1][4][7][9][11][12]南朝梁·刘勰著、戚良德辑校：《文心雕龙》，上海古籍出版社，2015。

[2][14]童庆炳：《文学理论教程》，北京：高等教育出版社，2008。

[3]李金坤：《〈文心雕龙·神思〉创作精义新绎》，太原师范学院学报，2009。

[5][美]勒内·韦勒克、奥斯汀·沃伦著，刘象愚，等，译：《文学理论》，北京：文化艺术出版社，2010。

[6]刘晶：《〈文心雕龙·神思〉的文学观》，文学教育，2011。

[8]刘美森：《〈文心雕龙·神思〉的写作思维论》，西南民族学院学报，2001。

[10]贺天忠：《"神思"是灵感来临的文思》，湖北大学学报，2004。

[13]刘美森：《〈文心雕龙·神思〉的写作思维论》，西南民族学院学报，2001。

论贵州现代小说中的革命者形象

摘　要：贵州现代小说家们艺术性地塑造了一系列革命者形象，但这些革命者形象一直以来都被人们忽略甚至被遮蔽。第一个文学十年期间的时代主题是启蒙，而非革命，小说中频频出现的"觉醒者""启蒙者"新的文学形象，为贵州小说中革命者形象即将登场奠定了基础；第二个文学十年期间的中国处于一个风起云涌的革命时代，蹇先艾、段雪笙、陈沂等为我们塑造了臧岚初、紫薇、身陷牢笼的"我"等革命者形象；第三个文学十年期间，日本帝国主义的全面入侵使得"救亡"压倒了"启蒙"，蹇先艾的《古城儿女》与冰波的《狂雨》塑造了岑昌、蒙森以及江明等革命者形象。通过研究贵州现代小说中的革命者形象，可以了解每位作家自己对时代的独特的理解和表达，从而进一步厘清人物形象的时代特征，进而还原历史，准确把握认识历史。

关键词：贵州现代小说；蹇先艾；革命者形象

贵州这片人杰地灵的热土，在中国现代历史上涌现出了一大批杰出的革命家，如王若飞、邓恩铭、杨至成、王伯群、周逸群、林青、旷继勋、龙大道等，他们为中华人民共和国的成立建立了彪炳史册的功勋。同样，在贵州现代小说史上，小说家们用自己的笔艺术性地塑造了一系列革命者的形象，但是这些革命者形象一直以来被人们所忽略，甚至被遮蔽。大家习惯认为贵州现代小说偏重乡土小说，就是如《水葬》《在贵州道上》《盐巴客》之类。其实，贵州现代小说的全貌并非完全如此，所以，本论文有必要全面梳理贵州现代小说史上描写革命者形象的相关小说，并对这些小说中塑造的革命者形象进行必要的文本分析。文学是人学（高尔基语），作品的人物形象与时代特征是紧密相关的，故而要把人物形象放在具体的历史、文化背景中进行具体分析，才能准确把握这一形象。同时，每位作家都有自己对时代的独特的理解与表达，故他们笔下的人物形象有各自的独特性；并且，研究贵州现代小说中的革命者形象，我们还能厘清与当时小说塑造的人物形象紧密相关的时代特征，从而还原历史，准确把握认识历史。

首先是相关概念的界定。我们根据钱理群先生主编的《中国现代文学三十年》一书中的划分方法，把中国现代文学划分为三个十年时期[1]。所谓"贵州现代小说"就是指在上述特定的时间内，贵州籍作家创作出来的小说。其次是"革命"的概念。何为"革命"？"革命"一词最早出于《易经》："天地革而四时成。汤武革命，顺乎天而应乎人。革之时大矣哉！"[2]1903 年邹容的《革命军》便开宗明义地直指问题的核心——诉诸暴力的政治革命，并处处体现着现代革命的含义。伴随着俄国十月革命的胜利，中国人的"革命"话语越来越激进暴力，不仅成为 20 世纪初中国人激进救亡的心理基础，也使民族意志迅速凝聚，并成为反抗敌对势力的有效手段与社会动员的响亮口号。相应地，知道了"革命"的含义，那么所谓"革命者"的含义，就是指为实现社会变革、推动历史进步并企图诉诸激进暴力手段的人物。

一、"第一个十年"贵州小说中的准革命者形象

贵州最早的白话小说，据《贵州省志·文学艺术卷》记载，是 1908 年发表于贵州《自治学社杂志》第一期上的《越南亡国史》和第二、三期上的《社会鉴》。从所见的社会片段来看，这显然是两篇典型的政治小说，而且还是两篇艺术粗糙的未完稿，但这两篇白话小说，开了 20 世纪贵州新小说的先河，在贵州 20 世纪小说史上有着重要的意义。[3]

1915 年 9 月，以陈独秀主编的《青年杂志》（第 2 期其更名为《新青年》）在上海创刊为标志的新文化运动；1917 年 1 月，以胡适在《新青年》上发表《文学改良刍议》为肇始的文学革命运动，开始了中国 20 世纪小说发展中的第一个转折。"五四"以后，贵州仍然是封建军阀统治，极大地阻碍了文学艺术创作的发展，但在新文化雨露的滋润下，贵州的新小说破土而出。这些小说，大多取材于"五四"反帝反封建的爱国民主运动。如慵盦的《少年》、一岑的《一个爱国的小学生》、马二先生的《公道》、寄尘的《阁》就是代表。毫无疑问，这些小说在当时起到了宣传、鼓动的作用，社会效果是好的。这些新小说，篇幅短小，字

数一般在几百字至一两千字，它们的故事简洁明了，语言不事雕琢，但是不够重视人物形象的塑造和环境的描写。确切点说，它们还不是成型的小说，只不过是些速写和素描而已[4]。但是，值得庆幸的是，一批在省外就读的学生和寻求发展的知识分子在从事小说创作，其中，以蹇先艾、谢六逸最为突出。

谢六逸（1898—1945）是贵州贵阳人，他是文学研究会的第一批会员，他的主要成就首先是对外国文学，尤其是日本文学的翻译介绍，其次是文艺理论，尤其是现代小说理论的建树。谢六逸偶尔也写小说，例如《H与其友人》，小说颇具五四运动时期爱恋小说的韵味。

蹇先艾（1906—1994）的祖上有过功名，他父亲蹇念恒受黎庶昌的影响，在蹇先艾十三岁时，决意把他送到北京求学[5]。蹇先艾在北京师范大学附中读书期间，1922年发表了他的习作《人力车夫》，之后，更是一发而不可收。1927年，蹇先艾将他在1926年以前发表的11个短篇小说结集定名为《朝雾》，交北新书局出版。

准确地说，贵州现代小说发展到此阶段仍然未出现明确清晰的革命者形象，究其原因，五四新文学进入第一个十年的发展鼎盛期，先是"问题小说"，然后是"乡土写实派"，再后是"自我抒情派"，要么讨论人生的一般问题，要么是对社会现象、农村生活的写实，或者是对个人内心情绪的表达。第一个十年时期的知识分子们还处在自我觉醒阶段，该时期的时代主题是启蒙，而非革命。因此，第一个十年时期中国现代小说中塑造的知识分子革命者形象难窥其迹[6]。但是可喜的是，在小说家们的笔下，却出现了为数不少的"觉醒者""启蒙者"形象，这些新的文学人物我们可以称之为准革命者形象，这些准革命者形象为贵州小说中革命者形象的即将登场奠定了基础。

二、"第二个十年"贵州小说中的革命者形象

当时间进入现代文学史上的第二个十年的时候，中国开始处于一个风起云涌的革命时代，先后发生了"五卅"运动（1925）、北伐战争（1926—1928）、大革命失败（1927）、九一八事变（1931）等，民族革命危机的加剧日益促进了中国社会思潮的又一次重大转折，进一步吹响了救亡的口号。最初在早期共产党人创办的机关刊物上大力倡导的革命文学，现在已经延伸到整个中国现代文学运动的方方面面。当时贵州还是封建军阀统治的王国。军阀之间为了争权夺利，使得贵

州战乱连绵。1935 年国民党势力进入贵州后，虽然剥夺了贵州军阀的权力，然而对贵州人民的统治却更加残酷了，贵州人民仍然生活在水深火热之中。最能代表当时贵州小说水平的，是贵州在外就读的学生和寻求发展的知识分子创作的作品。此一时段成功塑造了革命者形象的小说是蹇先艾的《盐灾》、段雪笙的《女看护长》以及陈沂的《狱中的回忆》。

蹇先艾 1927 年进入北京大学法学院经济系学习。1931 年毕业，在弘达学院教书，并兼任松坡图书馆编纂部主任。20 世纪 30 年代，他先后出版了《一位英雄》《还乡集》《酒家》《踌躇集》《乡间的悲剧》《盐的故事》六个短篇小说集。如果说 20 世纪 20 年代蹇先艾的小说仅仅是起步的话，那么这时期他已经比较成熟了。

在小说《盐灾》（原名《盐》，最初发表于 1936 年 5 月 1 日《文学》6 卷 5 号）中，蹇先艾发现并且反映了阶级对立的关系，进而以主人公臧岚初的愤怒之情，指控带给人民不幸的剥削者的“为富不仁”。在蹇先艾的笔下，造成他的人物的不幸命运的原因，不仅仅是偏远乡村古老、野蛮的习俗，也不仅仅是鸦片带来的恶果，而是有着更为深刻的社会、阶级的原因。这样的思考，突出地表现在《盐灾》这篇小说中。小说故事发生在“老远的贵州”，当在盐灾威胁下红沙沟和樱桃堡已经有人自杀的时候，忍无可忍的农民们开始了自发的反抗，他们打了连升栈的伙计，掀起了抢盐的革命风潮。

小说主人公臧岚初从省城师范学堂毕业后来到红沙沟村自治公所当文书，他刚毅正直，虽然自己“一脸营养不足的样子”，但是他要把身边发生“盐灾”的怪事写信告诉朋友明峦。他工作敬职敬业，“一天到晚都在外间办公室的那条窄板凳上坐着，弯着腰杆抄写各种文件。”他乐于助人，“晚上臧岚初没有事的时候，便到村子里去教一点书，并且帮人家抄账写信，有好几位老婆婆简直离不开他。”他体恤穷人，为民请愿，“前天我曾经向我们的所长建议，请他发起一个施盐会……但是柳道学拒绝了，他怪我太爱管闲事。”他凭着善良的愿望，以为可以说服经营着两家盐号的远房叔叔臧洪发，“把那些自己吃不倒的盐巴拿一些来施舍给这两村的穷人”，一直以来，臧洪发就不喜欢他，“就是因为他的思想太新”，这次更是遭到了严厉训斥：“老六，你要造反是不是？”臧岚初的怒火在心里燃烧着，终于发作：“我倒并不要造反，发叔你为富不仁！”小说的结尾，作家用一种极度压抑的悲愤写道：

第三天红沙沟和樱桃堡的人们便盛传着两个奇突的消息；其实很平常，他们未免把它看得太重了：

（一）红沙沟村自治公所的书记臧岚初不知道什么缘故突然被捕下落不明。

（二）樱桃堡的阔人臧洪发全眷由一排军队保护着进城去了，乡下住宅的什物迁徙一空；运送东西的，都是城里雇来的精强力壮的脚夫。

盐灾仍然在上述的两个村庄中继续闹下去，不晓得要闹到哪一天。[7]

这篇小说写于1936年，因为在当时贵州这样偏远的省份，共产党的力量十分薄弱，故而不能掀起一场大规模的、有明确政治口号、政治组织团体统一领导的革命斗争。臧岚初被反动派以"莫须有"的罪名抓去了，但是主动为民请愿、自发地起来反抗阶级的压迫、不顾及自身利害关系、勇敢采取革命行动的臧岚初这个人物形象还是值得称道。臧岚初也成为贵州本土自发反抗阶级压迫的一个比较稀缺的而且是比较早的知识分子革命者文学形象。

段雪笙（1901—1946）是一位职业革命者，但由于从小就钟情于文学，有着很扎实的古典文学功底，因此，在他短暂的一生中，在为党工作，从事各种文化、文学组织活动之余，始终不忘笔耕，写下了不少文字。最著名的莫过于他的三部中篇小说：《女看护长》《两个不幸的友人》及《林康节》。段雪笙的这三部小说都取材于革命失败后青年一代知识分子精神的苦闷，都以爱情的忠贞、背叛、扭曲来折射革命失败后青年们的迷惘、空虚、彷徨，带有"左翼文学"的特质。

段雪笙的《女看护长》（署名雪生，上海励群书店1928年出版）是对国民革命失败后青年革命者投入反抗斗争最直接、最正面的描写，同时也讴歌了紫薇与柏森这对恋人对信仰和情感的忠贞。小说中女看护长紫薇是小说重点刻画的革命者人物形象，紫薇勇敢、正直、刚毅、果断，是一位坚定的革命者。当她从柏森那儿得知原革命军指挥官背叛革命要对K城工农举起了屠刀时，她主张立即反抗，立即离开医院，"到敌人的营垒里去放炸弹""宁可牺牲一切，而不能离开民众"。她又不乏女性的善良和温柔。她的家庭条件虽然优于柏森，但她被恋人的悲惨经历深深打动，同情工农的遭遇，对官僚阶级、资本社会的冷漠充满了仇恨，两颗心离得更近了。她忠贞于自己的爱情，在院长张石齐的引诱、恐吓、威逼面前义正词严，从不畏惧，从不退缩。当她得知柏森逃出了医院，但最终还是遭到了毒手之后，她强忍着失去恋人的悲痛，眼中闪现着爱人的"血影"，悲痛中的她终于忍无可忍，当野战医院随桑总指挥的部队移防去攻打C城的王军长，而部队发生骚乱时，紫薇乘势也把医院负伤的士兵以及医生、护士都发动起来，揭露了张石齐坑害伤病员、草菅人命、贪污公款的种种罪行，率领大家杀死院长张石齐，像圣女贞德那样，挺身站到队伍的前列，率领大家高呼着口号，英勇地投入了战斗。汇入了起义、暴动的洪流。小说最后革命群众高呼"打倒一切压迫的，摧毁一切！……冲入'他们'的堡垒！占领了'他们'的钱库！男人们解放万岁！我们的首领紫薇万岁！万岁！万万岁！"[8] 的口号的这段描写，是对国民革命失败后青年革命者投入反抗斗争最直接、最正面的描写，体现了革命文学的特质。相对于她的急躁，爱人柏森的冷静、理智恰是很好的弥补，对她的成熟起了至关重要的作用。

陈沂（1912—2002），遵义县新舟镇人。少年时就读于遵义省立第三中学，校长是当时贵州有名的教育家黄齐生。16 岁（1928）时，陈沂离家，到四川成都求学，1929 年考入上海吴淞中国公学预科。1931 年至 1933 年，他在北平从事革命文化活动，曾担任北方左联负责人。1933 年被捕，直到 1935 年才出狱。后来参加八路军，中华人民共和国成立后成为中国人民解放军总政治部首任文化部部长，1958 年被错划为右派，1979 年平反后重新回到领导岗位。他写有自传体短篇小说《狱中的回忆》（写于 1936 年 11 月，后收入《陈沂小说·纪实文学选》，贵阳：贵州人民出版社 2002 年版）等。

正如陈沂自己所言，他的小说中所写的任何事"都是从生活出发的"[9]，当然，他也并非照搬生活，《狱中的回忆》既是作家自己三年铁窗生活的生动写照，又是经过了一定的想象和虚构加工而成的小说作品。小说中的"我"是一个视死如归的知识分子革命者形象。每日清晨听到汽车"嘟嘟嘟"响起的时候的种种心情，因为那是来押解死囚的刑车。"大家都从梦中惊醒过来了，毛根竖着，心脏跳着，也把衣服穿起，准备着，等待着。……'今朝又该轮到哪个去了？'"[10] "我"因为要替同监的老唐去拾烟屁股，竟遭到钉上脚镣一个月的惩罚；也有对亲人深情的怀念；作家还用略带讽刺的笔调，细致描写了监狱中大小头目们为了迎接张总司令参观，强迫各监房囚犯们整理内务弄虚作假的种种丑态，从这些似乎更接近于速写的段断中。读者不难体会到"我"作为一个革命者，尽管身陷囹圄但依然自信、乐观而坚定的心境。

三、"第三个十年"贵州小说中的革命者形象

1937 年，日本帝国主义制造"七七"事变，发动了大举侵华的战争后，中

国共产党早已倡导的抗日民族统一战线正式形成，国共两党实现了第二次合作，全国各族各界人民，同仇敌忾，奋起抵抗外敌入侵。这一时期贵州小说中创作塑造革命者形象的主要是蹇先艾的《古城儿女》与冰波的《狂雨》。

蹇先艾自 1937 年 10 月下旬从北平逃难回到贵州后，至 1947 年底，他曾先后在贵阳高中、修文高中、遵义师范、贵州大学、贵阳师范学院任教，曾先后主编《贵州晨报·每周文艺》《贵州日报·新垒》，他在担任报刊主编期间，十分注重贵州青年作家的培养。同时自己也继续以笔为武器，坚持文学创作。《古城儿女》是蹇先艾唯一的一部长篇小说，小说真实地展示了沦陷区革命青年不同的生活道路，热情讴歌了爱国青年的民族气节与顽强的革命斗志。

小说《古城儿女》（上海万叶书店 1946 年版）以报告文学般的笔触，刻写了铁一样的史实，日本侵占古城北平后，强迫中国人具结、搜查、焚书、奸淫妇女、抢劫行人，还实行文化侵略及玩弄"怀柔"政策。正如小说中所说的，"凡是中国失意的政客、官僚、军人，都被他们网罗进去了，真可以说是集破铜烂铁之大成。""怀柔"政策"太毒辣了，比屠杀我们还要厉害得多！"北平沦陷，中国面临严峻的亡国灭种的民族危机，蹇先艾为了再现和记录这段沉痛的民族历史，表达自己抗击侵略的信心和决心，以极大的热忱、强烈褒贬爱憎的态度写出了这篇抗击外辱的小说。

小说《古城儿女》以抗战初期北平青年知识分子生活为题材，描写了北平沦陷前后一群青年学生的爱国活动及所走的不同道路。1937 年 7 月，日寇占领北平，昔日热闹繁华的都市，变成凄凉悲哀的"死城"。以岑昌、蒙森为首的一群青年知识分子不甘当亡国奴，奋起进行救亡工作。岑昌、蒙森无疑是作家极力刻画和塑造的两个知识分子革命者形象。

岑昌是北平某文化机关的中级职员，是作家着笔最多、贯穿整部小说的主人公。他具有强烈的爱国热情：虽说是一个已经毕了业的学生，M 大学开会和游行，他总是老远地从西城跑去参加……他帮助比他更年轻的同学，写标语、起草宣言、做讲演稿、编小册子、排演救亡话剧。他和他的几个朋友组织了一个"实践学会"，名义上是一个学术团体，实际上是一个小小的抗日组织。从"九一八"到 1937 年，他们的救亡工作，从来没有懈怠过一天。他以天下为己任，疾恶如仇，与汉奸势不两立，当他得知朋友阮钢清主张"华北特殊化"后，发誓不登阮家门。他秘密从事救亡工作，宣传抗日道理，帮助爱国青年黎挹芬、武思敏等逃出"死城"。他迁居北海后，面对瑰丽的自然风光，毫无归隐之志，常存报国之心。他勇于行动，以为"凡是牺牲都应当取得一点代价""起码也要杀死几个日本鬼子"。他报国心切，最后在炸毁旃檀寺日本兵营之后，英勇献身。

与岑昌相比较，蒙森这位东北流亡的青年，N大学政治系的助教，就更多了一个细密的政治头脑。他看准了郭尔森代理北平最高政务长官，不过是暂时来收拾一下残局，日本人不会让他长久干下去。他渴望早日把古城从日本侵略者手中夺回来，决心参加西郊的抗日游击队。他讲究抗日繁荣策略，主张持久抗战。就在岑昌牺牲后的第二天，蒙森投奔了游击队，而且传说他还当上了游击队长，在黑山扈、八大处一带活动，带领他的队伍，"随时出来袭击敌人，使他们坐卧不宁，永远守着北平的城圈子，连一步都不敢出城"。小说结尾时写道：

"这有什么奇怪呢？因为他已经变成了一个强有力的战士，不再是一个柔弱无能的书生了。我相信只要有这班生龙活虎的青年人，你们看罢！古城早晚还是要收复回来的！"[11]

作家希图以长篇的容量，概括知识者在一个相当的时间长度内的命运，他们的思考、奋斗与追求。透过历史运动，总结知识分子命运、道路；透过知识分子的生活与精神变迁，总结历史。一部《古城儿女》，最后归结为肯定蒙森所选择的道路，也是沦陷区爱国青年应走的道路。作家既然肯定蒙森持久抗战的思想，就等于否定了岑昌个人拼命的盲目倾向，岑昌的形象更加衬托了蒙森形象存在的价值，显示了这个人物性格的光辉。尽管作家当时还不可能看到夺取抗日战争的整个胜利，还取决于中国共产党领导下的人民战争，取决于共产党领导的抗日民族统一战线的形成与发展，但对于身处大后方的他来说，能够达到这种程度的认识，也是极为不易的事。[12]

《古城儿女》作为一部忠实记录一个伟大转折时代的小说，更加应当引起我们的重视。

冰波（1915—1949），本名王启霖，生于贵阳，原籍贵州仁怀县，曾经先后担任《贵州晨报》副刊《每周文艺》编务、贵阳战时社会科学座谈会等抗日救亡群体团体负责人、中共贵州省工委宣传部干事和统战支部书记、桂林师范学校教师、衡山国立湖南师范学院教师等。1949年6月，他与妻子刘家祥同时被捕，9月，他被国民党反动派杀害，年仅34岁；其妻子11月被杀害，年仅28岁。此时，距离贵阳解放仅仅十来天时间。冰波是一位为无产阶级革命而牺牲的烈士，他在他短促的人生岁月里，在参加抗日救亡和反内战、争民主的斗争的同时，顽强地从事文学创作，以此来反映具有时代特点的生活与斗争，为抗日救国、为人民解放事业做出了贡献。冰波最重要的作品，无疑是中篇小说《狂雨》（1951年上海华东人民出版社出版，时隔作者王启霖牺牲已整整两年）。《狂雨》以嗣成中学师生的校园生活为背景，展示了国统区革命与反动、正义与邪恶的尖锐斗争。

冰波的小说，无疑是属于革命文学一类的。这不仅因为他本人就是一位革命烈士，而且从他仅存的几篇作品中也可以看出他是一位代表了被压迫者根本利益的无产阶级革命作家。1943年夏，他离开桂林赴重庆，先后在南岸民兴中学和乡村建设学院任教。1945年夏，他根据自己在中学任教期间亲身经历的青年师生遭迫害、教育事业遭摧残的事实，着手写作中篇小说《狂雨》（1948年定稿）。小说《狂雨》中作家匠心独运、精心塑造了进步教师江明的革命者形象。这个复旦大学毕业的青年教师，热情、果断、敢于开拓。当他受聘担任了嗣成中学的训导主任后，决心兴利除弊，他"懂得生活领导"，在学生中组织"烽火社""新芽文艺社""沙驼剧社"等，引导学生们关注时局、锻炼才干；给学校带来了新鲜的空气。为了严明校纪，他坚决主张把多次侮辱女学生、捣乱学生演剧的"流氓学生"、害群之马、学校董事长的侄儿章现才开除出校。因此而惹下大祸。一方面，以章现才之父章仲成为代表的乡镇封建恶势力布下了"狂雨"；另一方面，以外号"八戒"、有三房姨太太的校长，教古文和地理的封国原、童军教练老黄、爱唱淫荡歌《花仙剑》的算术教员钱世有等为代表的校内守旧势力，又里应外合地掀起"暴风"；但江明毫不畏惧，顶风冒雨，在教导主任何士海、国文教师文惠之和进步学生们的支持下，坚决与地方黑恶势力斗争。最后，校长与乡长竟合伙密谋，要以"异党分子"等足以杀头的罪名来抓捕江明等，不得已，江明被迫离开"现在还在封建流氓重压下挣扎"的学校。

曾有学者高度评价冰波，认为"冰波的《狂雨》，的确是贵州小说史中一部重要的作品。也因此，虽然我们十分遗憾未能得见他的那两部不知所终的长篇小说稿，但我们也可以确认，冰波是20世纪上半叶贵州少有的优秀小说家"[13]。

自近代以来，帝国主义列强纷纷侵略中国，肆意瓜分中国权益，英勇不屈的中国人民也奋起反抗，勇敢站起来与帝国主义做不屈不挠的斗争。这种反帝爱国的传统观念深深地影响着中国的现代作家，所以，他们常常从民族尊严出发，去体察生活。特别是从20世纪30年代到40年代中期，当日本帝国主义践踏中国领土、蹂躏中国人民的时候，他们更是以中华民族的眼光来审视每一个人特别是知识分子，考察他们对祖国和对帝国主义的态度。"七七"事变后，日本帝国主义的全面入侵中国，使得"救亡压倒了启蒙"（李泽厚语）[14]。抗日战争使中日民族矛盾上升为中国的主要矛盾，战争的命运规定着每一个人的命运，时代主旋律变为"一切为了抗战，一切服从抗战"。歌颂正义的民族抗战，歌颂战争中的英雄人物，谴责非正义的侵略战争，揭露敌人的暴行，是抗战小说的应有之义。于是贵州现代知识分子题材小说中出现了光彩照人的抗日"革命者"形象。总之，通过以上中国现代文学史三个"十年"贵州小说中革命者形象的梳理与分析，我们可以看出，在现代中国民族危机日益加深之际，小说中的这些革命者们成为那个时代最光芒四射的一群，他们是坚定的时代政治的信仰者、追随者与献身者。英雄造时势，时势造英雄。每一次革命大潮都会吸引大批革命进步青年积极投身革命，并迅速成长为中国革命的中坚力量。但是，由于贵州地处比较偏远的西南地理环境，以及当时贵州相对比较落后的经济与文化状况，使得贵州既不能成为革命运动的中心，也制约着进步青年大批投身到革命高潮中去，并使其成为革命斗争的核心人物。因此，反映在贵州现代小说中的革命者形象，特别是贵州本土的革命者形象自然也就相对稀少，容易有被忽视或被遮蔽的可能。前事不忘后事之师，所以，我们今天仍有挖掘和讨论贵州现代小说中革命者形象的必要。

参考文献：

[1] 钱理群、温儒敏、吴福辉：《中国现代文学三十年（修订本）》，北京大学出版社，1998。

[2] [清] 沈竹礽：《易经易解》，北京：中央编译出版社，2011。

[3]《贵州省志·文学艺术卷》，贵阳：贵州人民出版社，2003。

[4]《贵州省志·文学艺术卷》，贵阳：贵州人民出版社，2003。

[5] 蹇人毅：《乡土飘诗魂——蹇先艾纪传》，太原：山西人民出版社，2000。

[6] 戴怡：《现代文学中的启蒙者、革命者和自由者——从"中国形象"角度的一种考察》，杭州：浙江大学，2014年硕士学位论文。

[7] 蹇先艾：《盐》，《文学》，1936年。

[8] 署名雪生：《女看护长》，上海：励群书店，1928。

[9] 何光渝：《20世纪贵州小说史》，贵阳：贵州民族出版社，2000。

[10] 陈沂：《陈沂小说·纪实文学选》，贵阳：贵州人民出版社，2002。

[11]杜惠荣、王鸿儒：《蹇先艾评传》，贵阳：贵州人民出版社，1986。

[12]蹇先艾：《古城儿女》，上海：万叶书店，1946。

[13]何光渝：《20世纪贵州小说史》，贵阳：贵州民族出版社，2000。

[14]李泽厚：《中国现代思想史》，北京：三联书店，2008。

论蹇先艾小说《盐灾》的"史传"传统

摘　要：五四作家蹇先艾的小说更多受到"诗骚"传统影响，但是，也有部分小说深受"史传"传统影响，例如他的小说代表作之一《盐灾》就是一个典型的例子。该小说受"史传"传统影响主要体现在小说的创作动机、人物塑造、叙事策略、叙事结构等方面。蹇先艾借鉴"史传"传统创作了《盐灾》，从而艺术地再现了二十世纪三十年代贵州黑暗统治下那段人祸甚于天灾的惨痛历史。

关键词：蹇先艾；盐灾；"史传"传统

中国古代小说的萌芽、形成与史传文学密不可分，两者间的亲缘关系使得小说被称为"野史""稗史""史补""史余"。陈平原在《中国小说叙事模式的转变》中认为："中国古代小说在叙事时间上基本采用连贯叙述，在叙事角度上基本采用全知视角，在叙事结构上基本以情节为结构中心。这一传统的小说叙事模式，二十世纪初受到西方小说的严峻挑战。在一系列'对话'的过程中，外来小说形式的积极移植与传统文学形式的创造性转化，共同促成了中国小说叙事模式的转变；现代中国小说采用连贯叙述、倒装叙述、交错叙述等多种叙事时间；全知叙事、限制叙事（第一人称、第三人称）、纯客观叙事等多种叙事角度；以情节为中心、以性格为中心、以背景为中心等多种叙事结构"[1]。二十世纪中国小说叙事模式转变，一是受西方小说的影响，一是受中国古典文学的影响。而中国古典文学对二十世纪中国小说叙事模式转变的影响，主要是"史传"传统与"诗骚"传统两大类，它们既是文学形式，又是文学精神。陈平原通过研究认为，"新小说"注重"史传"，故更热衷于引轶闻、游记入小说；五四作家注重"诗骚"，故对引日记、书信入小说更感兴趣。五四作家蹇先艾的小说更多受到"诗骚"传统影响,但是,也有部分小说深受"史传"传统影响,他的小说代表作之一《盐灾》就是一个典型的例子。《盐灾》原载 1936 年 5 月《文学》第 6 卷第 5 号,1937 年根据巴金意见改名为《盐的故事》收入同名小说集(巴金主编的文学丛刊之一)由文化生活出版社出版,(1948 年再版)。中华人民共和国成立后收入《倔强的女人》时,改名为《盐灾》,1999 年被作为美国《国际短篇小说选》入选中国作品由中国文学出版社出版了《盐灾》单行本(英汉对照)。下面主要从小说的创作动机、人物塑造、叙事策略、叙事结构等方面来谈论它的"史传"传统。

一、小说创作动机的"史传"传统

在创作动机上,《盐灾》受史传文学"以事明理"原则的影响。即通过对所记史实的敷陈和对历史人物的褒贬,来思考社会盛衰的运行规律和历史经验,从而使后世有所鉴戒,以免重蹈覆辙。

《盐灾》主要写二十世纪三十年代中期,贵州疸县红沙沟樱桃堡发生严重"盐灾",因为贵州不出产盐,但盐产地的临省收税之后,成立帮口,实行垄断政策,盐价飞涨。而疸县的自由贩卖改成了岸商制度,百姓吃盐从小贩手里买来,小贩又必须到岸商处购买,而政府又苛以高税率,于是岸商便特别高涨了盐价,任意操纵起来,就这样层层加价,盐价竟然"涨到了三十四块钱一包",百姓自然无力购买,只能淡食,"传染病在红沙沟和樱桃堡越来越厉害了""红沙沟因为没有盐吃,昨天自杀了好几个人"。臧岚初,一个省城师范学堂的毕业生,"为了一番改良乡村的弘愿",来到贫瘠的红沙沟当村自治公所的文书,"他指导着他们办民团,设立简易小学,创办公共阅报处"。此时出于义愤,找到囤积居奇的族叔、当地的大盐商臧洪发交涉,请求降低盐价,却不料反被诬陷被捕入狱。小说分七个叙述场景,采用连贯叙事时间。以情节为中心,依次为:1. 臧岚初向朋友写信诉说"盐灾"缘由及后果;2. 盐商臧洪发与太太如何囤积居奇;3. 路三爷向臧老板通风报信;4. 疸县盐灾日益蔓延,村民只能淡食;5. 臧岚初臧洪发叔侄口头交锋;6. 臧洪发与太太谋计害人;7. 臧岚初被捕,盐灾继续。

小说通过七个叙事场景,深刻揭示了当时吏治腐败、官商勾结、黑白颠倒的黑暗现实。而作者对臧岚初及当地百姓的深切同情,对奸佞权势之徒臧洪发、吕团长、柳道学之流的无声痛斥之情,都通过小说自然表达出来了。

正因为贵州不出产盐，所以，一旦该生活必需品被垄断经营，势必导致盐价飞涨，出现匪夷所思的"盐灾"。杨义在《中国现代小说史》中评介《盐灾》时说过，"写税局加税和盐商囤积居奇，造成一个边远乡间的下层民众户户淡食的灾祸，这种'盐灾'是沿海农村所不曾见闻的"[2]。同时杨义也认为，"现实主义并不要求作家一般地展览乡风民俗，而是要求作家在乡风民俗的背景下，真实地刻画人物具有社会性质的特殊遭际和心理"[2]。

蹇先艾在《盐灾》单行本（英汉对照）后面附录的"作家访谈"栏目《我的创作》一文中曾说："我的短篇小说取材于贵州的较多，因为我对故乡的人民生活、语言、风土人情一般比较熟悉，虽然对有些题材写来并不见得都那么得心应手；但我坚持一条，写自己熟悉的生活，不熟悉的不要勉强去写。贵州是地方军阀和国民党反动派统治得最久的一个省份，官绅勾结，压迫剥削；军阀横行，抓兵派款，横征暴敛，民穷财尽，卖儿鬻女，对于这些生活我既有耳闻，又有目睹，我在小说里总是想通过一些平凡的人物和生活的某些侧面，揭露统治阶级的反动本质和滔天罪行来发泄我的愤怒。"[3] 这应该就是作者的创作动机吧。

二、小说人物塑造的"史传"传统

人物塑造上，《盐灾》也吸取了史传文学写人物传记的传统，在叙事中描写人物，通过个性化的语言等描写、准确地把握对象的基本特征加以夸张渲染，体现人物性格、精神、命运、结局，通过一个人物的传记反映一个历史时期的政治风云。

毫无疑问，小说主人公是省城师范学堂的毕业生臧岚初。小说第一叙事场景采用书信体形式，通过臧岚初给邻省好友王明峦的信，我们可以看出他当初来到红沙沟当村自治公所的文书的初衷是为了一番改良乡村的宏愿，他也确实在按照自己的理想进行着乡村改良，"指导着他们办民团，设立简易小学，创办公共阅报处"。但是盐灾的蔓延却是势单力薄的他无法掌控的，他为此陷入深深的痛苦之中，"没有盐吃，朋友，那简直是活受罪；换句话说：这是我们世间上一种最残酷的刑罚"。可是这一切痛苦的根源却是贵州省纯县实行了所谓的岸商制度，食盐被小部分不法盐商垄断操控，盐价飞涨，百姓无力购买。"我失眠了好几夜了。不知道为什么我听到山风的呼啸，便好像红沙沟的人们的夜哭，这也许是心理作用吧！""好友，你有什么良策指导我跳出者苦闷的圈子吗？"通过这封信，我们眼前仿佛浮现出了一个清贫的、有良知的、志在改良乡村、面对残酷现实却无能为力的热血青年知识分子形象。

小说第五个叙事场景叔侄口头交锋。叙述臧岚初为村民代言，请求族叔臧洪发适当降低盐价，给本村乡亲们一条活路。"我想发叔把那些自己吃不倒的盐拿一些来施舍给这两村的穷人，发叔还可以博得一个好的名声。"开始他对臧洪发还是抱有一丝幻想，表现他涉世未深的一方面。"你老人家就不能减低一下盐价吗？""发叔不要瞒我了，城里哪家盐号不听发叔的话呢！只要你一提议减价，哪个敢来反对你！"臧岚初强忍着性子，据理力争，希望能够说服铁石心肠的臧洪发，刻画了臧岚初忍辱负重的形象。但是却遭来臧洪发一顿斥责，"吓！老六，你要造反是不是？"最后，臧岚初忍无可忍，"我倒并不要造反，发叔你为富不仁。"他最后终于看清楚了奸商为富不仁的本质。

而大盐商臧洪发的奸商形象也是通过生动的语言描写，被刻画得活灵活现。"老六，我就不信你所里的薪水会不够用！那你一定在外面弄女人……"臧洪发把老辈的架子摆得十足，一见面就来了个下马威，给对手扣上了一个屎盆子。"你越权了？樱桃堡是不归你们那里管的"，揭示了他会钻别人空子的奸诈心理。"哪个叫你来打听的？""你想把我的仓里那点盐，我们留着自己吃的，拿给你们红沙沟去是不是？"一个狡猾的老狐狸形象呼之欲出。"你说不大好听，我们的盐又不是抢来的！人家怎么会都晓得我在乡下存得有盐。这一定是你泄露出去的。啊，你是我的侄子！比不卫向自己的人，卫向人家！""这个混账东西，还了得！简直是要勾结外人来谋我的家产。把我的什么底细都给人家说，哼哼！""张升，张升，把他给我拖出去。"通过这些生动的极富个性化的语言刻画了一个为富不仁、内心奸诈、蛮横不讲道理的奸商形象。

通过细微逼真的语言描写刻画，能使人物形象鲜活起来，也是史传文学中刻画人物的常法。

三、小说叙事策略的"史传"传统

史传乃是历史学家为历史人物作传，为了客观、真实起见，它多采用第三人称全知视角进行客观叙述。作者为一个无所不在、无所不知的旁观者，客观地叙述故事的发生、发展、结局。而作者把褒贬隐含在情节结构和各种隐喻象征之中。依陈平原所言，"'史传'传统诱使作家热衷于以小人物写大时代，倘若把历史画面的展现局限在作为贯穿线索的小人物视野之内，小说便突破了传统的全知叙事"[1]。

叙述人称方面，小说中除了书信通话的第一个场景采用第一人称叙事外，其余均采用第三人称叙事。

叙述角度方面，涉及叙事聚焦的概念，这是法国叙事学家热拉尔·热奈特提出的，热奈特把叙事聚焦分为三类：无聚焦（零聚焦）、内聚焦、外聚焦。[4] 小说《盐灾》中既采用无所不知的视角，即零聚焦，如第二场景用第三人称零聚焦方式叙述了臧洪发通过经营盐号短短几年就发家的历史，"每年他总是联合几家盐号去包办一个岸口，计划得很周密；开会决定盐价时，股东们无不听取他的意见""他还有一种特别的手腕，便是把城里各处的现金吸收，存到他的盐号去，听凭他的运用"。仿佛全知的叙事者掌握了他全部的发迹手段。小说除了用零聚焦外，也采用陈平原所谓的第三人称限制性视角。小说中有第三人称的内聚焦叙事。叙事者仿佛直接深入到人物的内心深处，懂得人物的所思所想，但是又不做任何评判。如第三场景叙事中，"但是他的买卖是越做得紧了，只要盐一运到，便严密地把它们收藏起来，绝不让外面知道一点风声。表面上总是露出盐巴好像进不了口，货物缺得厉害的神气。他这时的思想，完全像是一个人站在山头看水涨时河里的翻船，自己不惟居于安全的地带，同时最得意的是还可以打捞一些东西"，表现了奸商幸灾乐祸的心态。当路三爷来向臧洪发通风报信时，"臧洪发看见这个傻子真心实意地叫他躲避，并且对于他的放账那一层，也并不表示怨恨，于是也就开始露出几分诚恳的神情""盐号老板对于太太的话也有相当的同情。但是躲不躲都很为难，问题在那几十包盐没有法子处置"。再如第六个场景中，臧洪发"垂下了眼皮，正在回忆着演过的那一幕。一方面他也有点后悔刚才的孟浪。太太的话，先得老板的心，清晰地在他的耳边震动着，他觉得有几分道理"。臧洪发心中后悔，叙述者不采用内聚焦视点，又怎会得知？

小说也采用第三人称的外聚焦叙事。"臧太太把储蓄收到里间以后，在脸上涂上一些脂粉，换件衣服，又轻手轻脚地走出来了，斜着眼睛东瞧西瞧。她看见路三爷睁眉鼓眼地在那里和她的丈夫辩论，你一句我一句地吵得很起劲，她不知道是怎么一回事。"这是从臧太太眼中看到的，她眼中看到路三爷与她丈夫在辩论，但是因为她刚从里间出来，所以，只能看到她所看到的，听到她所听到的（当然她在里间并没有听明白什么内容），这就是限制性视角，而且是外聚焦。

四、小说叙事结构的"史传"传统

关于小说结构，基本上是以情节为结构中心，叙事时间采用连贯叙述，通过鲜活生动的细节描写，一步步推动情节向前发展。小说在针对如何安排情节高潮的问题上，采用了金圣叹所谓的"弄引獭尾法"中的"弄引法"。何为"弄引法"？——"谓有一段大文字，不好突然便起，且先作一段小文字在前引之。"[5]例如，为了便于后文进一步叙述盐价飞涨以及"盐灾"在红沙沟和樱桃堡村的严重后果，小说先叙述了莼县城里盐店的生意情况，"春生隆虽然位置在北市大街上，尽管行人熙熙攘攘地来往，有的人顶多抬起头向这边望一望，伸伸舌头；有的人瞥了那柜台一眼，叹口气便扬长地走去了。""女人偶尔也有来问盐的价格的，一问过以后，就皱起眉头，把掏出来的有限的钱又重新塞到衣袋里；嘴里一边咕噜，小脚便慢慢向前拐动了。"盐价太高，平民百姓无力购买。盐灾一天天蔓延，就连樱桃堡开小客栈的刘少堂家也闹起了盐灾，"少堂面前摆得有一个土碗，里面放着铜圆这么大的一块盐，还用菜叶遮盖着。他两眼紧紧盯住它，怕被小孩子们一旦发现。只有少堂的母亲面前有一个用盐块在里面泡过一会儿的醋碟，这便是老人家吃豆腐的蘸水了。"这些鲜活生动的细节描写，艺术性地再现了刘少堂这样较为殷实的庄户人家，也沦落到了这般地步，其他贫苦人家就可想而知了。更甚者，莫过于村民抢连升栈幺师刚刚买到手的盐巴，"许多村人围着一个红鼻子的少年殴打，满地都是小盐块子，那个少年用衣兜只顾去捡盐，被大家一脚就有跌了一个跟头"。为了表现盐灾之严酷，叙事者极力加强细节描写，如《"袁刊本"〈水浒传〉评点》中所谓的"曲尽情状"[5]，强调对事件不能止于草草述其经过，而要描写事态、感情发展变化的情状。"细节描写是小说趋向成熟的标志之一，也是作品文学性的重要表现。"[5]与村中盐灾形成鲜明对照的是臧洪发家吃早点的细节描写，"听差摆早点上来了。他们照例是吃挂面做点心。酱菜、咸菜、大酱，七盘八碟地陈列在一张八仙桌上，都是盐的副产品"。更加表现了臧洪发冷酷心肠与为富不仁。

最后应该指出的是，小说毕竟不同于历史，正如金圣叹指出："同为艺术化的叙事，小说与文人之史还有根本性的区别。文人之史虽要成'绝世奇文'，却毕竟要尊重史实，故只能是'以文运事'。小说则不受任何实事束缚，可以凭借想象任意虚构，故称之为'因文生事'。到了'因文生事'的程度，'事为文料'

才得以彻底实现。"[5]而《盐灾》正是做到了"事为文料",所以,才称其为一篇小说而不是一篇历史记录。《盐灾》创作于 1936 年,是蹇先艾创作成熟期的作品,无论是题材的选取、人物形象的塑造、展示社会的生活面以及揭示的主题深刻度等方面,都较前有了进步。甚至连杨义也认为:"三十年代,是蹇先艾创作丰产期,也是他从广度和深度加强现实主义力量的时期。……由于坚持现实主义严肃性和扩展现实主义深广度,蹇先艾后来居上了,他在三十年代的小说成就是超过了许钦文的。"[2]秦家伦和钱理群先生也认为"短篇小说《在贵州道上》《盐的故事》和《父与女》等作品,写得相当成功。……《盐的故事》则真实地描写了缺盐之灾给人民带来的苦难。作品着力塑造了盐号老板臧洪发的刁滑奸恶和臧岚初的正直、善良、富于正义感。作者听到了人民发出的怒吼声,他虽然没有正面地描写人民的反抗,然而却使读者感受到了这种反抗的力量"[6]。总之,蹇先艾借鉴"史传"传统创作了《盐灾》,从而艺术地再现了 20 世纪 30 年代贵州黑暗统治下那段人祸甚于天灾的惨痛历史。

参考文献:

[1]陈平原:《中国小说叙事模式的转变》,上海人民出版社,1988。

[2]杨义:《中国现代小说史》,北京:人民文学出版社,1986。

[3]蹇先艾:《盐灾·我的创作(英汉对照)单行本》,北京:中国文学出版社,1999。

[4][法]热拉尔·热奈特著,王文融译:《叙事话语·新叙事话语》,北京:中国社会科学出版社,1990。

[5]陈洪:《中国小说理论史》,合肥:安徽文艺出版社,1992。

[6]秦家伦、钱理群:《贵州新文学大系(文论卷 1919-1989)·蹇先艾和他的创作》,贵阳:贵州人民出版社,1997。

论蹇先艾《盐灾》的版本流变与文本修改

摘　要：为开辟蹇先艾小说研究的新向度，论文用版本学研究理论对蹇先艾短篇小说《盐灾》九种版本流变与文本修改情况进行了梳理，特别是通过对初版系统 1937 年版《盐的故事》与修改版系统 1959 年版《盐灾》进行认真对校后发现，后者对前者进行了全方位翻新，究其原因是特殊时代新的文学规范使然，但如此一来，导致原有上佳的文学性艺术性被大大损耗。所以，就《盐灾》版本而言，初版本体现了一种更加真实的人物关系和人性特点，无疑更具有艺术价值。

关键词：蹇先艾；盐灾；盐的故事；版本流变；文本修改

版本研究学者金宏宇曾辑录考证了从 20 世纪 50 年代到 20 世纪 80 年代初中国当代长篇小说的三次修改浪潮，比较重要一点的作品，无论是 30—40 年代的旧作还是 50 年代以后的新作几乎都有修改本。[1] 比较典型的如茅盾的《子夜》、巴金的《家》、老舍的《骆驼祥子》、丁玲的《太阳照在桑干河上》、叶圣陶的《倪焕之》、张恨水的《八十一梦》等，因为这些是名家名著，所以，已经有较多的学者对这些小说的版本变迁进行了深入的研究。其实，在"老远的贵州"（鲁迅语），还有一位作家在 20 世纪 50 年代也对他 30—40 年代的旧作进行了大量的修改，这一现象不仅鲜为人知，而且至今也鲜有人做他的版本研究，这位作家就是贵州现代小说的奠基人——蹇先艾。他把他中华人民共和国成立前发表的小说如《盐的故事》《水葬》《乡间的悲剧》《酒家》等在 20 世纪 50 年代再版时进行了题目上或者文本内容上的更改，但是在文章末尾的写作日期和其他文献上却未做任何说明，这是一个值得关注的现象。本文就以蹇先艾的代表作之一《盐灾》为例，做一个版本的个案分析，开辟蹇先艾小说研究的新向度。

一、《盐灾》的版本源流

1936 年 5 月 1 日，蹇先艾短篇小说《盐》发表于《文学》杂志第 6 卷第 5 号，小说正文共七章（约 15000 字）。1937 年，根据巴金的意见，蹇先艾将《盐》改名为《盐的故事》，内容上除个别词语、标点符号略做修订之外（如把不雅词语全部换成"×"），几乎未做大的改动，收入巴金主编的文学丛刊同名小说集《盐的故事》中（文化生活出版社 1937 年 6 月初版，1948 年 8 月再版）。1959 年，小说《盐的故事》改名为《盐灾》，选入小说集《倔强的女人》（上海文艺出版社 1959 年 4 月版）时，文本内容做了大幅度删削（字数锐减至 7500 字）。修订后的《盐灾》此后作为定本，1981 年选入《蹇先艾短篇小说选》（人民文学出版社 1981 年 5 月版）；1999 年选入《蹇先艾代表作》（华夏出版社 1999 年 1 月版）；1999 年选入《女人的容颜》（华夏出版社 1999 年 1 月版）；1999 年发行了《盐灾》汉英对照单行本（中国文学出版社 1999 年 1 月版）。但是，《盐灾》2003 年在收入《蹇先艾文集（共三卷）》（贵州人民出版社 2003 年 5 月版）第二卷时，文本内容再次做了大的变动，文集本的题目虽然仍沿用 1959 年以来的题目《盐灾》，但是小说文本内容采用的却是初版本《盐的故事》内容。这是《盐灾》的版本沿革大概。

版本源流如下表。

初版系统	修改版系统
初刊本 《文学》第 6 卷第 5 号 1936 年 5 月 1 日，题目《盐》	
初版本 文化生活出版社 1937 年 6 月版，题目《盐的故事》	
重印本 文化生活出版社 1948 年 8 月版，题目《盐的故事》	
	选集本 收入小说集《倔强的女人》 上海文艺出版社，1959 年 4 月版，题目《盐灾》
	选集本 收入《蹇先艾短篇小说选》 人民文学出版社，1981 年 5 月版，题目《盐灾》
	选集本 集本 收入《蹇先艾代表作》 人民文学出版社，1999 年 1 月版，题目《盐灾》
	选集本 收入《女人的容颜》 华夏出版社，1999 年 1 月版，题目《盐灾》

续表

初版系统	修改版系统
	单行本　汉英对照，中国文学出版社 1999 年 1 月版，题目《盐灾》
文集本　收入《蹇先艾文集二》，贵州人民出版社 2003 年 5 月版，题目《盐灾》，但文本内容恢复到初版本	

二、初版本与选集本对校记

《盐灾》的版本流变体现为一种修订过程，小说题目的改动，就修改了 3 次（《盐》—《盐的故事》—《盐灾》）。文本内容上的改动，大的修改主要有两次：一次是 1959 年修改后的选集本，由于大幅度删减，小说字数由 15000 字锐减至 7500 字；另一次是 2003 年返回到初版本的文集本，字数又从 7500 字复原到 15000 字。通过修改，《盐灾》形成了两个大的版本，即初版本与修改版本，鉴于两者之间的变动较大，下面就以影响比较大的 1937 年初版本与 1959 年选集本进行对校分析。

经笔者统计，初版本与选集本七章的各章修改之处如下表：

章	一	二	三	四	五	六	七	合计
（修改）处	5	8	2	6	3	3	3	30

主要修改情况逐一对照如下表：

章	1937 年初版本	1959 年选集本
一	（1）红沙沟公所的文书臧岚初正伏在条桌上……红沙沟的村自治公所只是两间一半用茅草一半用粗瓦盖成的矮屋……	红沙沟小学的教师兼校长臧岚初伏在条桌上……红沙沟小学设在村里唯一的古庙——观音寺里，位置在半山崖上，大殿供奉一些神像，偏殿便作了教室……
		（2）增加了"小学教师教了几十个儿童，区里几个月才发一次薪水，生活非常清苦，他长年都和庙里的和尚一起吃素。"
	（3）他不愿意在城里住，城里那些假情假意的亲戚朋友把他弄得烦腻了。	他根本不愿意在城里住，他认为城里是罪恶的渊薮。

续表

章	1937 年初版本	1959 年选集本
一		（4）增加了"等他来了之后，才知道乡下和城里差不多，一天到晚，村子里不是拉兵，就是派款；他更想不到他的好几个亲戚都当了保长、甲长，变成了到处伸手抓钱的人物。进小学的人也是财主家的子弟占多数，穷人家的孩子们是读不起书的"。
	（5）你一定看见过我们省里有一种名叫盐巴客的人吧？他们是我们这里最苦的人物，同时也是最劳苦功高的人物。他们全部属于一个典型：黑而发光的脸上布满了辛苦的皱纹，红肿着压断了骨架的双肩，脚杆上随时都带着斑斑的伤痕。他们行路时，永远像牛一样喘着气，在下着滑滑的桐油凌的天气，翻越险峻的山岭，为了什么？纯粹为了解决我们的民生问题。	删了
二	（6）吕团长	力团长（把吕姓改为力姓）
	（7）他（指臧洪发、笔者按）很有城府	他很会算计
	（8）有人说：臧洪发要是肯做官，起码可以做到财政厅长。	删了
	（9）如像放印子钱，贩鸦片烟，买卖粮食等	如像放阎王账，贩鸦片烟，囤积粮食之类
	（10）盐号老板，老板娘	盐号经理，经理夫人
	（11）她喜欢在她的手上带几对镯子，金煌的耳坠微微摆动着。她一天要擦几回胭脂……	删了
	（12）臧太太有一个小小嗜好，爱打麻将牌，一个星期总要打好几次……	删了
	（13）臧洪发因为死去的两个都是赔钱货，绝没有露出惋惜的神情。太太偶尔发出一声低微的叹息的时候，盐号老板就哈哈地大笑起来，高声劝她道："太太，你的年纪轻得很，着什么急！还愁生不出来吗？"	删了
三	（14）他这时的思想，完全像是一个人站在山头看水涨时河里的翻船，自己不惟居于安全的地带，同时最得意的是还可以打捞一些东西。	删了
	（15）他们照例是吃挂面做点心。酱菜、咸菜、大酱、七盘八碟地陈列在一张八仙桌上，都是盐的副产品。	他们照例是吃挂面做点心。大盘小碟地陈列满了一张八仙桌子。
四	（16）莫名其妙，莸县的各家盐号的门口近来也变得十分凄凉起来。……从此以后，"贫穷"和"荒凉"这四个字使长期地主宰了红沙沟和樱桃堡了。最近这两个村子又传染上了缺盐的毛病，谁也想不出救济的方法来，只好听凭大量的病菌侵蚀与散布。（一共五段约1100字）	这五段约 1100 字全删了
	（17）那个挨打的人，你看，是连升栈的幺师！我们栈房不是也有点盐吗？他们都晓得的，不得了啦！赶快躲吧！	那个挨打的人，你看，不是黄大少爷吗？我们栈房也存得有点盐，他们都晓得，不得了啦！赶快躲吧！

续表

章	1937年初版本	1959年选集本
四	（18）一点精神都没有，全身的骨头都觉得酥软，比没过过足烟瘾还难受。	一点精神没有，全身的骨头也觉得酥软，比没有吃饱饭还难受。
	（19）奶奶给你买碗儿糕去！不吃这个×饭啦！	奶奶给你买碗儿糕去！不吃这个气饭啦！
	（20）抢他的！狗×的东西！	抢他的！狗东西！
	（21）×妈这个日子真不好过！妈的就是不死！	这个日子，真不好过啊！就是死不了！
五	（22）张升	赵杰（仆人人名更换，笔者按）
	（23）你越权了？樱桃堡是不归你那里管的。	你越权了？小学教员是管不着那些事的。
	（24）还带的有一点主持公道的意思。	还带的有一点主持正义的意思。
六	（25）他也有点后悔刚才的孟浪、	他自己也感觉有点儿过火、
	（26）"老板，凡是天地间的什么事情，一个人都要仔细想想，因为人总是聪明一世，糊涂一时的。譬如说吧……你看他们过的是什么生活！吃的是什么东西！穿的是什么！我们又过的是什么生活！吃的什么！穿的什么！偏偏今年又赶上闹盐灾，他们大家都没有盐吃，我们又是盐号的东家，他们还不来打我们的注意吗？我看不见得！老六这个东西，你不要当他是个文书，年纪轻，听说他在红沙沟是顶有号召力的势力的，说不定他就出个什么坏主意！老板，我劝你不要再当老太爷了，快点想个办法吧。"	删减为"你不要看不起臧岚初是一个小学教师，年纪轻，听说他在红沙沟还号召得起几个人哩！说不定他会出个什么坏主意，我们要赶快想个办法来对付他才行。"
	（27）臧洪发与太太之间密谋如何依靠吕团长把财产跟人弄进城（这一部分共约1500字）	大幅度缩减了近700字
七	（28）（一）红沙沟村自治公所的文书臧岚初不知道因为什么缘故，突然被捕，下落不明；（二）樱桃堡的阔人臧洪发全眷由一排军队保护着进城去了，乡下住宅的什物迁徙一空，运送东西的，都是城里雇来的精强力壮的脚夫。	第一件，红沙沟小学教师臧岚初突然被捕了，什么原因，捕到什么地方去，没有人知道。第二件，樱桃堡的阔人臧洪发全家由力团长派来的一排军队保护着进城去了，别墅里的东西，包括仓里的存货，都搬走了，搬运东西的全是城里雇来的精强力壮的脚夫和驮马，从黑夜搬到天明。
	（29）盐灾仍然在上述的两个村庄中继续闹下去，不晓得要闹到哪一天。	空前的盐灾仍然在那两个村庄中继续着。
	（30）小说结尾时间标注为"一九三六年二月"（估计是小说成稿时间，笔者按）	小说结尾时间标注改为"1936年5月"（经笔者考证，1936年5月1日，是初刊本《盐》在《文学》第6卷第5号发表时间）

三、文本修改的内容及原因考察

1937年6月，蹇先艾应巴金约请，将短篇小说集《盐的故事》交由上海文化出版社出版，巴金将它编为文学丛刊第五集。从蹇先艾的自叙来看，他还是比较满意其中的小说《盐的故事》的，"《乡间的悲剧》和《盐的故事》可以说是我的作品最近的结集了。关于前者，我在那本书的序言上已经详陈了我的意见，不想再说什么。后一本我觉得比较满意一些，虽然只包含五个短篇：《盐的故事》《生涯》《父与女》《谜》《松喜先生》，但它们都经过我多次修改，在质上大致还过得去"[2]。为何这样一篇"在质上大致还过得去"的作品，到了1959年入选小说集《倔强的女人》时却要做大的修改呢？这就涉及时代禁忌的问题。

金宏宇认为："在50年代新的历史语境下，那些业已成名尤其是长期生活于国统区的长篇小说作家都有些手足无措。为谁写、写什么、怎么写都成了问题。他们写不出新的作品，只好不惜代价去修改旧作。这就形成了50年代初的长篇小说修改浪潮。"[1]其实，修改的又何止长篇小说？凡是文学作品皆有不同程度的修改，而且这种修改的动因并不是在原来的艺术体系中去精益求精，最主要的动因是迎合时代的一种新的文学规范，表现新的国家意识形态。"50年代初，在毛泽东的《在延安文艺座谈会上的讲话》和一些国家文件指引下，文学形成统一的规范，如为政治服务、写工农兵人物、乐观取向、赞歌格调，等等。"[1]

对于长期身处国统区独立派作家蹇先艾来说，情况更复杂一些。"面对改朝换代的大转折，面对即将到来的中华人民共和国，身处国统区的老一代贵州作家的心态与左翼作家、解放区作家的心态肯定是不一样的，与死心塌地跟着国民党走的右翼更不可同日而语。"[3]1948年4月至1950年1月是蹇先艾短暂辍笔时期，这也是他面对大转折时代感到困惑、感到无所适从的时期。尤其令他没有想到的是，他1950年8月在《贵州文艺》创刊号上发表的小说《春耕》会给他带来巨大的刺激，因为该小说描写了群众觉悟的落后，招致了不少外来的批评，"舍麒、一村、宁静、鲁勘（合写一文）和崔茅、张德枢几位同志都写了很尖锐然而是善意的批评寄来"[4]。他为此做了深刻的自我反省或者说自我检讨，"我当时对农村情况不了解，对农民生活斗争无体会，完全用小资产阶级的感情来代替农民的感情，只写了一些死板的、烦琐的表面现象，而且是作为客观现实来描写的，缺乏生活，充分表现出天真的、自然主义的色彩。事前考虑太少，写成后，又没有加以修改，严肃性就很差，基本上我抱着一种对人民不负责的态度"[4]。所以，蹇先艾1956年当选为贵州省文联第二届执行主席后，跟随当时作家（尤其是非左翼、非解放区作家）纷纷修改中华人民共和国成立前旧作的全国性浪潮，对自己的旧作做出一种政治迎合性的修改，也是出于情理之中的事情。而且，他的这种迎合政治需要的改动，不仅赢得了当时评论家的肯定，甚至他自己到了 20 世纪 80 年代都还坚持认为这种改动是非常必要和必须的。他后来说："青年时代，我中改良主义的毒比较深，只盼望社会的病苦得到治疗，还认识不到必须进行革命，只有无产阶级起来夺取资产阶级的政权，把旧制度完全推翻，广大人民才能得到解放，我解放前写的那些小说，虽然有无情的暴露，也有写实的讽刺（鲁迅的提法）；但是透露出来的光明和希望毕竟不多，有些篇不免显得沉闷和压抑。……解放后，有好几篇评论，对我重印的短篇小说集虽然有所肯定；但更重要的是指出在当时主客观条件限制下，我过去作品存在的严重缺点，大大提高了我的认识。"[5] 可见，中华人民共和国成立后蹇先艾的创作思想与中华人民共和国成立前相比较发生了很大的改变。

论文第二部分我们通过对校可以看出《盐灾》选集本对初版本的修订，可谓是全方位的翻新，但是这种翻新主要是内容性因素，形式因素很少，如果要对这种内容上的翻新之处进行分类的话，可以分为两个大的类别，下面结合修改的动机分别论述之。

（一）人物形象的改叙及其原因

选集本《盐灾》对知识分子、农民、地主盐商的形象进行了改叙。

1. 知识分子形象的改叙。初版本中主人公臧岚初是"红沙沟公所的文书"，选集本改叙成了"红沙沟小学的教师兼校长"［见（1）］；而且选集本增加了"小学教师教了几十个儿童，区里几个月才发一次薪水，生活非常清苦，他长年都和庙里的和尚一起吃素"这样一段补充性的说明［见（2）］。这样的修改，臧岚初由一个旧制度下的底层官僚变成了工人阶级的一部分——纯粹的清苦的下层知识分子，阶级性出来了。可是在当时的红沙沟与樱桃堡，就连臧岚初这样的小学校长都吃不上盐，可想而知，红沙沟、樱桃堡的农民闹盐灾到了何等的程度。人物身份的变化，必然导致人物阶级意识的差异，这也为后面臧岚初的反抗行为埋下似乎更为合理化的伏笔，加强了小说的阶级对立性与革命性。

2. 农民形象的改叙。中华人民共和国成立后，工人与农民政治上得到了解放，翻身做了国家的主人，故新中国的文学在描写革命者与工农阶级时，必然会出现审视视角的变化，工农大众形象逐渐出现崇高化与神圣化倾向，以至于后来发展到极端，出现了所谓的"三突出"的创作原则。故 20 世纪 50 年代的蹇先艾在《盐灾》中描写农民时，对有损农民形象的贬义修辞和叙述都尽量避免，甚至大量删掉了不利于表现他们崇高形象的语段。最典型的如删掉的（5）"你一定看见过我们省里有一种名叫盐巴客的人吧？他们是我们这里最苦的人物，同时也是最劳苦功高的人物。他们全部属于一个典型：黑而发光的脸上布满了辛苦的皱纹，红肿着压断了骨架的双肩，脚杆上随时都带着斑斑的伤痕。他们行路时，永远像牛一样喘着气，在下着滑滑的桐油凌的天气，翻越险峻的山岭，为了什么？纯粹为了解决我们的民生问题"——这段是对盐巴客形象的生动描绘，再现了二十世纪二三十年代贵州民不聊生的黑暗现实。蹇先艾还曾因此类作品招致贵州军阀的忌恨，在一篇文章中，他曾谈到："贵州的军阀和他们的幕僚们，对我的作品是深恶痛绝的，据说他们曾经大骂过我，说我简直是胡说八道，给贵州画花脸（实际是挖了他们的墙脚），反对我还乡工作。"[5] 但是，在 20 世纪 50 年代大的语境下，这段盐巴客形象的如实描绘，也照删不误，因为把农民比喻成"永远像牛一样喘着气"，这有丑化农民光辉形象的嫌疑。同样连（16）"莫名其妙，莼县的各家盐号的门口近来也变得十分凄凉起来了。……从此以后，'贫穷'和'荒凉'这四个字便长期地主宰了红沙沟和樱桃堡了。最近这两个村子又传染上了缺盐的毛病，谁也想不出救济的方法来，只好听凭大量的病菌侵蚀与散布"。这五段共约 1100 字描写因为税局加税和盐商囤积居奇，造成红沙沟、樱桃堡下层民众户户淡食，甚至出现自杀乃至抢盐的灾祸，这种因盐灾出现的凄惨景象，本是沿海农村所不曾见闻的黔地特有怪状，也被全部删除，为何原因呢？也许是作者要改变他自己所说的"透露出来的光明和希望毕竟不多，有些篇不免显得沉闷和压抑"这一状况，算是给作品透露出一些亮色，让读者不至于彻底悲观失望，能够看到农民可以继续生存下去的希望。

3. 地主盐商的改叙。中华人民共和国成立之后，工农翻身做了国家的主人，那么他们的对立面、曾经的地主资本家势必就要被打倒并被踩在地上，事实上当时的政治生态正是如此。所以，用新时代的视角重新审视臧洪发这类地主奸商，他们一定是十恶不赦的恶魔了。（7）中"他（臧洪发）很有城府"改成"他很会算计"，由中性词语改换成贬义性词语；删掉了（8）"有人说：臧洪发要是肯做官，起码可以做到财政厅长"，像臧洪发这样的反动人物，怎么配拥有出色的个人能力呢？删掉了（14）"他这时的思想，完全像是一个人站在山头看水涨时河里的翻船，自己不惟居于安全的地带，同时最得意的是还可以打捞一些东西"；文本中不再出现对剥削阶级人物的赞美之词，多以贬义修辞替代之。（17）中

"那个挨打的人，你看，是连升栈的幺师！"替换成了"那个挨打的人，你看，不是黄大少爷吗？"，挨打的对象从开店维持生计的"幺师"（伙计）换作靠剥削不劳而获的"黄大少爷"（地主），痛打地主阶级落水狗，迎合了时代语境下读者的接受心理。至于（6）中把"吕团长"改成"力团长"，（22）中把狗腿子的名字"张升"改成"赵杰"，凭现有资料难以解密，也许是出于某种"避讳"需要吧。

（二）政治意识形态下的洁化叙事及原因

何为洁化叙事？即将一些所谓道德上、政治上甚至语言上不洁的内容删改掉，我们称之为洁化的叙述。[1]

1. 道德生活及语言上的洁化处理。新时代有新时代的道德标准，如，讲究吃喝玩乐就被视为道德腐化变质的表现，重男轻女也被视作落后思想，作者删掉了较多不宜作为宣传教育的叙述。如删除了（11）"她喜欢在她的手上带上几对镯子，金煌的耳坠微微摆动着。她一天要擦几回胭脂……"；删除了（12）"臧太太有一个小小嗜好，爱打麻将牌，一个星期总要打好几次……"；把讲究吃穿玩乐、贪图享受的描写直接删除。删除了（13）"臧洪发因为死去的两个都是赔钱货，绝没有露出惋惜的神情。……"用赔钱货来指代女儿，的确不符合新时代男女平等的精神，故而删除毫不留情。又如（18）"一点精神都没有，全身的骨头都觉得酥软，比没过足烟瘾还难受"改为了"一点精神没有，全身的骨头都觉得酥软，比没有吃饱饭还难受"，选集本对贵州旧时代种贩鸦片、抽鸦片的不良历史记忆进行了擦除；选集本也对一些骂人的脏话进行了洁化处理，如（19）"奶奶给你买碗儿糕去！不吃这个×饭啦！"改换成"奶奶给你买碗儿糕去！不吃这个气饭啦！"；如（20）"抢他的！……的东西！"改换成"抢他的！狗东西！"；又如（21）"……这个日子真不好过！……就是不死！"处理成"这个日子，真不好过啊！就是死不了！"。

2. 政治意识形态上的洁化处理。关于革命与政治叙述的删改可以看成是另一种洁化。（3）中"他不愿意在城里住，城里那些假情假意的亲戚朋友把他弄得烦腻了"改成"他根本不愿意在城里住，他认为城里是罪恶的渊薮"，这样的修改，把本来关于人情人性的描写改换成了阶级性的描述，更加强化了城市的黑暗与腐败；（4）增加了"等他来了之后，才知道乡下和城里差不多，一天到晚，村子里不是拉兵，就是派款；他更想不到他的好几个亲戚都当了保长、甲长，变成了到处伸手抓钱的人物。进小学的人也是财主家的子弟占多数，穷人家的孩子们是读不起书的",这种后来凭空添加的语段,凸显了在当时黑暗的统治下,偏远的乡村也非净土,同样龌龊不堪,穷人生活在地狱中一般;这些有意识的政治修辞洁化处理都体现了一种对黑暗时政的批判性,同时强化了农民与地主势不两立的阶级对立性。(9)中"如像放印子钱"改成了"如像放阎王账";隐含作者的臧否态度一目了然。(10)中"盐号老板,老板娘"替换成了"盐号经理、经理夫人"这样一种新时代的称谓。而第七章(28)的修改,臧岚初莫名地被捕与臧洪发大张旗鼓地进行资产转移的渲染性描写,更加彰显了阶级的对立性,主题思想更显深刻。特别值得一提的是(29)的修改,"盐灾仍然在上述的两个村庄中继续闹下去,不晓得要闹到哪一天"改换成"空前的盐灾仍然在那两个村庄中继续着"。初版本似乎找不到解决盐灾问题的出路,而到了1959年的选集本修改时,作者已经胸有成竹了,他在《倔强的女人·序言》中说道:"《盐灾》反映了贵州农村里盐商与国民党军官互相勾结垄断了食盐的销售,造成了广大人民绝盐的恐怖,这不是天灾,而是人祸。一个小学教师想给农民们解决这个严重的问题,却触怒了他的奸商叔父,结果被捕了。这种人为的灾难在旧贵州是经常发生的……贵州农民的食盐问题,是直到中华人民共和国成立后,在中国共产党的领导下,才得到完全解决的。"[6]揭露旧社会人祸甚于天灾的罪恶与黑暗,这应该也是作者修改旧作的主要动因之一。

结 语

美国文艺理论家韦勒克和沃伦认为:"在文学研究的历史中,各种版本的编辑占了非常重要的地位:每一个版本,都可算是一个满载学识的仓库,可作为有关一个作家的所有知识的手册。"[7]作品的版本演进远不仅涉及物质形态改变,更有基于政治、艺术、商业、道德等差异意图所生产出的不同意蕴文本,不同版本存在的现象和事实为版本批评提供了研究的对象。

《盐灾》的初刊本《盐》创作于1936年,初版本《盐的故事》1937年出版,这是蹇先艾创作成熟期的作品,无论是题材的选取、人物形象的塑造、展示的社会生活面以及主题深刻度等方面,都达到了一定的深度。杨义认为:"三十年代,是蹇先艾创作丰产期,也是他从广度和深度加强现实主义力量的时期。"[8]秦家伦与钱理群也认为《盐的故事》《在贵州道上》《父与女》等短篇小说写得相当成功,"《盐的故事》则真实地描写了缺盐之灾给人民带来的苦难,作品着力塑造了盐号老板臧洪发的刁滑奸恶和臧岚初的正直、善良、富于正义感。作者听到了人民发出的怒吼声，他虽然没有正面地描写人民的反抗，然而却使读者感受到了这种反抗的力量"[9]。何光渝也高度评价《盐的故事》，认为"蹇先艾的乡土小说，也由此而达到了成熟"[10]。

如果按照沃尔冈·凯塞尔的观点"一个可靠的版本，我们可以下这样的定义，就是一个能够代表作家意志的版本"[11]，那么《盐的故事》应该最能代表蹇先艾的意志，至少是他 20 世纪 30 年代的意志。只是由于时代语境的变迁，初版本《盐的故事》后来演变成了修改版的选集本《盐灾》，这是特殊时代的一种新的文学规范使然。选集本更加注重的是对新社会读者的教育作用和文本新的政治价值，向当时流行的革命现实主义靠拢，迎合了时代的需要。但是今天我们再来考察选集本，就会发现这种"主题先行"的人为修改，主要是作了内容上的时代跟进，鲜有艺术上的改进。例如，原来关于盐巴客形象的描写，本来十分生动传神，但是这一段删除之后，盐巴客形象就变得模糊不清；语言部分亦是如此，初版本中原有的人物对话使用原生态的贵州方言，本来极富个性化、形象化，但是一旦不分青红皂白被洁化之后，对话语言显得平淡无奇，艺术魅力大打折扣；而大幅度地删削文本内容（高达百分之五十）的后果，直接导致了人物形象的扁平化虚假化，故事情节存在的合理性值得怀疑。这样的强行修改，在某种程度上改变了文本本性，破坏了初版本的语义系统，原有的上佳的文学性艺术性被大大损耗。

所以，就《盐灾》版本而言，初版本体现了一种更加真实的人物关系和人性特点，无疑更具有艺术价值（杨义和钱理群称赞的就是这个版本）。值得庆幸的是，在蹇先艾去世九年之后，2003 年出版的《蹇先艾文集》重新收录这篇小说时，虽然题目沿用《盐灾》，但是文集本内容上却采用的是初版本，即《盐的故事》的文本内容，文学终于回到了它应有的轨道上。

参考文献：

[1]金宏宇：《中国现代长篇小说名著版本校评》，北京：人民文学出版社，2004。

[2]蹇先艾：《乡谈集：从〈朝雾〉到〈盐的故事〉》，贵阳：文通书局，1942。

[3]杜国景：《二十世纪文学主潮与贵州作家断代侧影》，北京：科学出版社，

2018。

[4]蹇先艾:《我的文艺思想批评》,新黔日报,1953,第3版。

[5]蹇先艾:《话说写作的甘苦》,《蹇先艾文集三》,贵阳:贵州人民出版社,2003。

[6]蹇先艾:《倔强的女人》,上海:上海文艺出版社,1959。

[7][美]勒内·韦勒克、奥斯汀·沃伦,刘象愚等译:《文学理论》,北京:文化艺术出版社,2010。

[8]杨义:《中国现代小说史》,北京:人民文学出版社,1986。

[9]秦家伦、钱理群:《蹇先艾和他的创作》,山花,1979。

[10]何光渝:《20世纪贵州小说史》,贵阳:贵州民族出版社,2000。

[11][瑞士]沃尔冈·凯塞尔、陈铨译:《语言的艺术作品》,上海译文出版社,1984。

文学创作选辑

董约坳的端午歌会

每年端午节，大山皱褶深处的独山县尧棒乡境内的董约坳都自发举行盛大的充满浓郁民族风情的歌会。那天，临近百数十里的布依族未婚青年男女都慕名前来对歌寻觅意中人。

这天天刚亮，通往董约坳的条条道路上就人来人往络绎不绝。董约坳是一处地势平缓的草坡，草坡上长有一蓬蓬茂繁的凤尾竹，正好半掩半遮那些花枝招展妩媚多情的布依族姑娘们。正午时分，等来人差不多了，大约有一两千人时（有些年份来人多时可达上万），就开始有姑娘起歌了，歌声嘹亮、圆润、婉转，是传统的布依情歌唱腔；歌词内容含蓄，大多是说花开了正等人采，果熟了正等人摘之类，暗示那些勇敢健美的小伙子大胆地前来追求。一时间，歌声此起彼伏，小伙子们闻声大胆朝自己早已选择好的姑娘走去，用浑厚质朴的歌喉充满深情地向对方倾诉自己的爱慕之情。歌会有条不成文的规矩，一旦一对男女对上了歌，开始唱情歌答爱互传心意时，旁人就绝不会再介入了。因此，尽管没有人去维持歌会秩序，但多年来很少有过不愉快的事情发生。当一对有心人越唱越近，最后走拢到一起时，他们就会撇开众人，悄悄地朝山坡顶那些草丛密林走去，更进一步地互叙自己心中的爱慕思念之情。

整个下午，董约坳都浮在一片歌声、欢笑声的海洋上。

夕阳西斜，暮色四合时，对歌的人们才开始依依不舍地离开董约坳，踏上回家的路，找到了心上人的就相约好下次某天某地再见面，没有找到的也不气馁，把心中最美好的祝愿留给来年的董约坳端午歌会。

祝福小妹

小妹远去福建打工已有四年了，四年来，我一直在默默地祝福小妹。

小妹读初二那年，年纪不到五十的双亲竟因病相继去世了。这对本已贫困潦倒的我家来说，不啻天塌下来一般，家中财物如同火燎过一遍消失殆尽，而且还欠下几千元外债。学习成绩一向优异的小妹不顾众人的劝告，毅然去学校搬回了学习用品，当望到那些自己酷爱的书本时，小妹还是伏在上面伤心地哭了。那时距小妹十四岁的生日还差十天。

小妹决定去福建打工。启程的那天清晨，天上飘着毛毛细雨，正是江南暮春季节。故乡的村庄被凝结着离愁的浓雾锁住了，偶尔有一两声犬吠咬破沉重的浓雾传来。通往村外的小石子路被昨夜的雨冲洗得光洁发亮，此时更显得格外静寂悠长。那天小妹兴致很高，似乎福州是座金山，随便找个工每月就有几百上千元的收入。但凭我二十年的人生阅历知道，小妹此去打工定是困难重重，不会一帆风顺的。我为小妹此去感到无比的忧心忡忡，但我没有表露出来。可当我望着小山似的沉重的行李重重地压在小妹瘦小稚嫩的肩膀上时，我还是禁不住转过脸悄悄地抹掉我的眼泪。那辆驶向小妹完全陌生的福州方向的火车已开走很久了，可我却还能听到小妹挤在窗口呼唤"大哥大哥"的声音，那充满哭声的呼唤听起来好凄凉好凄凉。

小妹来信了。果然不出我所料，福州并不是遍地黄金，小妹好不容易在一家冰冻厂找了份工，每天上班 12 小时，每月工资也才两百元多点。由于长期在低温下工作，小妹的手、脚都冻紫了，而且脸开始浮肿。我赶紧回信鼓励小妹要坚强挺住，并要她趁早另找工作，否则干脆来贵州大哥身边。后来，小妹陆陆续续有信来，从信中得知小妹后来又在鞭炮厂、皮鞋厂、玩具厂干过，但都干得不长。因此，四年来小妹都一直处在一种半流浪的生活中。我很难想象如同一叶浮萍的小妹到底是怎样在茫茫人海中无助地飘游挣扎的。昨天，我又收到了小妹的一封信，小妹信中说："大哥，我现在进了一家织布厂，可能我会长期待下来了，这里工资虽不高，但我却可以有更多的业余时间来看书写字，大哥您请放心，不管这世界多么充满诱惑，小妹我绝不会随波逐流放任自己的……"我仿佛看见小妹疲倦但却坚强的身影在字里行间浮现着。

晚上，我睡得很晚，小妹离家时单薄的身影老是在我脑海里出现。于是我决定给小妹写信向她诉说生活的种种滋味，但写来写去，满纸却只是一句祝福的话：

小妹一生平安！

凋谢的五月石榴花

岁月如一张大网，不留痕迹地滤去了生活中许多曾令自己如痴如醉爱过恨过的往事。但是，打捞起破碎的记忆，却发现心中有朵永开不败的石榴花，仍在一如既往地绽放着一簇簇跳跃的火苗，照亮我心灵的黑夜，温暖我生命的冬天。

那年，学院里的石榴花刚刚开始打朵儿，我在市里举办的笔会上认识了红，第一眼看到她，我就觉得她很可爱很清纯，细细柳眉下的澄澈湖水般的眼睛忽闪忽闪的，使人觉得极善解人意；她的言谈举止颇有一种高贵典雅的气度，她说她也热爱文学，于是我们之间便有了许多亲近的话题。后来，我读了她出版的一本诗集，这不仅令我自叹不如，而且也不由对她心生一种"见贤思齐"的浪漫情怀。

五月，石榴花终于如火般灿烂地燃烧了。那晚，我们散步来到江边，江面渔火点点，江水一遍遍拍打着桥墩，发出阵阵粗犷的问候，习习的凉风中，偶尔斜飘些零星的雨丝。我们谈兴正浓，不觉夜已深了，空中开始下起薄薄的白雾，我们的头发都被雾打湿了，就像两只滑稽的白头翁。看着对方，我们都忍俊不禁，这时，我们的手紧紧地握在了一起……在送她回她寄宿的那幢豪华别墅的路上，我们的脚步都放得很慢很慢，我们都很想说句话来打破深夜的沉寂，但最终谁都没有说出口。

石榴花终于凋零了，枯萎的花瓣落了一地，像一摊黑色的血，叫人惨不忍睹。红要走了，要永远地离开这片贫瘠落后的土地，重新回到属于她的那片阳光明媚的天空。那天，红穿着一袭深红色的长裙，像一位高贵的公主，被送行的人们众星拱月地簇拥着。我没有露面，静静地躲在一棵大树下目送她，这时，我真切地看到双眼哭得红肿的她转过头来，她仿佛也看到了我，看到我就躲在这棵大树下为她送行。此时，我狠心地告诫自己一定要克制。许久，红才满怀失望地收回深情逡巡的眸子，当我眺望着那一点红色最后从我的视野中完全消失时，我才发现自己好似经历了一场大病。

　　这事虽然已经过去许多年了，我也已在人生的旅途上找到了自己的坐标，拥有了一片属于自己的天空。多年以后，我终于明白了"失之东隅，收之桑榆"也是一种爱情的辩证法。

等　妻

　　传达室电话员来告知，说我未婚妻阿春中午要坐 584 次列车下来我处。我听后抬起手腕看看手表，知道离那趟车到站尚有一小时零二分钟。

　　我赶紧回到自己简陋的单身宿舍。首先把蜷伏在床头那条脏得像片烂菜叶皱得像姜皮的军用被子理好折叠齐整，又躬身从床底木箱中掏出差不多搁放了一月之久的脏衣脏鞋及臭袜子，堆放在铁皮桶里，加洗衣粉泡着，然后拎起朝水龙头走去，我今天要赶在妻到来之前把它们洗好。前几次妻来，妻每回都能魔术师般地把我煞费苦心掩藏在床底和废纸篓里的脏衣物准确无误地全部揪出来，又亲又气地用手指戳我的脑门："你呀你，就这副德行。"说完，便挽起衣袖，裸露出两只藕节般细腻、白嫩的手臂，动手麻利地把它们洗得干干净净。这次我再不能让妻坐车辛苦了还要劳累，我要给妻一个意外的惊喜，让她知道，我这双习惯拿笔杆子的手还能干很多别的事情。

　　半个小时后，我终于把衣物摆弄干净并晾好，当我收掇杂乱时，无意从镜中觑见一枚硕大黑瘦的头颅，长发乱得像野地丛生的荒草，粗黑拉茬的胡须吓人地翘起在下巴上，这就是妻眼中的光辉形象吗？我忙不迭地从抽屉中找出"休假"多时的剃胡刀，"嚓嚓嚓"地把脸面剃刮得青光溜溜，又倒了将近半瓶洗发精，换了三盆清水，才将头上那蓬藏污纳垢的长发洗清爽了，索性还梳向脑门后，成了个"伟人头"。想象妻第一眼见到我将出现的那副错愕继而欣喜万分的模样，我就忍不住要"嘿嘿嘿"地笑出声来。

　　还剩十一分钟，我开始顺路朝不远的车站方向走去。想到马上就能见到朝思暮想的妻了，我的心竟然就像打鼓一样"扑通""扑通"跳动得很厉害，心情既激动又有股莫名的紧张。来到站台上，我眼巴巴地盯着铁轨的那头望着，这个时候，我真正领会到"望穿秋水"这词语的含义和妙处，是啊，等妻的时光总是那样焦灼和悠长。

"呜……"晚点三分钟的列车喘着粗重的呼吸终于缓缓驶来了。我圆睁着熬夜使然的红眼睛在所有下车的乘客脸上逡巡，期望妻美丽的倩影会突然从人群中冒出来。然而，匆匆的人流却对我不理不睬，自顾自地朝站台出口涌去，尔后又潮水般地散去。列车"哐当"一声重新启动，继续朝终点站开去，月台上，只剩下我一个人孤零零地呆站在那里。

妻没有应约坐火车到来？妻一向可是很守信的呀！难道她突然病倒了？难道她没有赶上这趟车？难道她母亲又突然反悔变卦了……

我脑子里突然冒出了上百条妻今天失约的理由，我也无端地痛恨起自己来，懊悔起自己平日待妻的种种不足。妻是个很优秀很出众的女子，身边不乏条件优越的男子追求，但她却毅然选择了我这个穷文人并订了婚。按理说，我是受宠若惊该讨好疼爱她还来不及了，但她却从未在我面前流露出一丁点高傲自负的情绪，更不用说颐指气使。相反，为了不耽误我写稿，每次见面，都是妻坐车下来，千方百计捎来我的所需，对我嘘寒问暖，帮我收拾房间，忙得不亦乐乎。可我这块榆木疙瘩除了写稿特别精心外，对别的事情都是那么粗心和疏忽，甚至连她二十四岁的生日也给忘了，还是她第二天带来生日蛋糕让我分享时才猛然记起……

等妻，唤回我对妻那份永不忘怀永不褪色的恋情，勾起了我对妻的深深感激，我对妻的那份思念，比脚下这条返家的路还要长，还要远。

悠悠白云山

　　白云山位于贵州省金沙县境内，因其高大巍峨且险峻而闻名。我早就心驰神往，最近我有幸随省写作学会金沙采风团来到金沙岩孔镇，在一个晴朗的初秋下午，我终于有缘攀登上了白云山。

　　白云山海拔1800多千米，呈阶梯状可分为四个景区，自下而上依次为观音洞、财神庙、大庙及玉皇阁景区。如果说大娄山是条巨龙，那白云山就是龙头。

　　白云山脚下是观音洞景区，它分为三部分，上部为塔（已毁），中部为亭，下部为洞窟。洞窟内岩壁上有贵州现存较早保存较完好的明代摩崖石刻"释迦牟尼、文殊、观音、弥勒"四尊佛像，虽历经数百年岁月风雨的剥蚀，但影像仍清晰可见，神态逼真，表情庄严肃穆。洞窟上边不远处有一个八角亭，建在一块凌空突出的大岩石上。名叫颐心亭，亭柱上有一副对联"亭首翠湖碧波荡漾双狮护，阁后宝山乌蒙磅礴天马腾"。旁有一石碑，石碑上记载了岩孔镇人杰地灵，物产丰富的历史，它曾是旧社会川黔盐商必经之路，昼夜人马川流不息。这个富庶的黔北小镇曾走出过县长、专员及省部级官员，实属难得。据导游介绍，岩孔镇通过近20年来的开发扶贫，大力发展以葡萄为支柱产业的立体农业，经济得到了迅速发展，现已成为金沙县最富裕的乡镇。村庄里，别墅及私家车随处可见。

　　沿着弯曲陡峭的山路向上走。一路上，只见山脚这一带峰峦叠嶂、怪石林立。当地人根据其形状，并发挥想象附上美丽的神话传说，依次取名为"仙人垛石""悬心吊胆""翻天印""雄鸡报晓"……山路时缓时陡，一路上，泉水叮咚，林木青翠，葛藤在草丛中尽情舒展茎蔓儿，不时有美丽的小鸟在我们面前忽飞忽落，似与我们玩耍嬉戏，一派万类霜天竞自由的景象。

　　一个小时后，满头大汗的我们来到了半山腰的财神庙。财神庙里香火鼎盛，据说庙里的菩萨很灵验，有很多香客就是来还愿的。每年农历 6 月 19 日观音菩萨成道日那天的香会，来人多的时候，有来自仁怀、遵义及重庆等省内外香客上万人。财神庙周围现已发展成了旅游度假休闲区，游客可在寺庙里烧香拜佛，求签问卜，歇息餐饮。有经营头脑的农户就地取材，引来了岩缝里的山泉水，依傍山形地势，围了猪舍羊圈，修了鱼池，开辟了菜地，种植养殖了各样绿色食品，还修建了若干蒙古包似的草屋，搭起了吊床，增添了许多娱乐设施，办起了红红火火的"农家乐"。我们一行人坐在松树林中的石凳上歇息，喝着热情的主人家用山泉水冲泡的白云山绿茶，顿感神清气爽，倦意全消。此时，向东俯瞰，岩孔万亩大田坝尽收眼底，田坝中刚刚成熟的稻谷一片金黄，就像铺上了一层金黄色的地毯。岩孔镇各村庄幢幢高大别致的洋房现在看来却显得像火柴盒那样渺小，街市上、田野里的人影是看不清楚的了。岩孔这万亩大坝金沙县政府曾先后投入了 740 多万元进行农业综合开发，现已变成交通、水利等基础设施较完善的万亩良田。民间曾流传这样一段佳话：与岩孔镇一山之隔的仁怀市五马镇地势崎岖少有平地，那边的姑娘来相亲，刚刚望见岩孔万亩大坝，亲事就默许了一半；来到岩孔坝，这门好事基本就算成了。

　　在导游指引下，我们继续向上攀登。走着走着，我们无意间发现白云山上的植被渐渐起了变化，先前高大的林木不见了，山坡上取而代之的尽是些匍匐在地的小灌木、丛生的茅草及蕨类植物，且生长的高度是越来越矮。导游说这是山越高气温越低的缘故。山路也变得愈发陡峭了，尽管我们累得气喘吁吁，感觉脚底发软，但还是拖着疲惫的步伐继续向前。

　　近了，近了！我们终于远远望见了耸立于苍穹之中的大庙。我们的精神为之一振，也不由自主地加快了前进的步伐。

　　大庙其实并不大。大庙修建在陡峭的山脊上，左右两侧都是深不见底的万丈悬崖。坐在佛堂里的最里边，我还是感觉有些头晕目眩，始终不敢东张西望，恐高的缘故吧。大庙住持释祖高法师亲自出来接待，要不是导游告诉我，我绝不会相信眼前这位精神矍铄气色颇好的老人今年竟然八十有二了。请教老法师的长寿秘诀，导游从旁说法师自 18 岁入寺为僧以来，一直吃素。吃的是玉米红薯等粗杂粮，喝的是山上的山泉水，早起晚睡，生活节俭，清心寡欲，每天坚持参加劳动，当时修建大庙的很多材料也是他下山肩扛背驮运上山来的。几十年如一日，即使现在这个年纪，他一天背负上百斤什物上下两趟山三十几公里，也依然是神清气定，健步如飞。

太阳已经偏西，望着笔直耸立于天际若隐若现的玉皇顶，同行六人中有三人因感觉身体不适打起了退堂鼓，其中包括生于斯长于斯的导游小雷。三十年来他曾无数次登上过大庙，却至今没有哪一次攀登上过玉皇顶。游客中能真正登顶的也是少数。剩下的我们三人以"不到长城非好汉"的口号互相激励，跟从老法师继续进发。来到了玉皇顶的尖峰下，天啦，登顶的山路极其陡窄，两边又没有护栏，路两旁近乎全然悬空，所谓的山路犹如悬挂在半空中的"天梯"。此时，远望：方圆几十里连绵起伏的群山好像拜倒在白云山下；俯瞰：岩孔镇星罗棋布的村庄不过如一块块豆腐般大小。仿佛到了天上，"不敢高声语，恐惊天上人"。恍惚间，我感觉"天梯"也似乎在左右摇摆，一种莫名的恐惧铺天盖地而来，吓得我死死抱住一块巨石不敢动弹。望着我战战兢兢的惊恐模样，释祖高老法师善意地笑了笑："你高血压吧，多用银杏叶泡茶喝就好"。

我只能眼睛直直地望着同行的两位勇敢的文友，跟随着老法师矫健的脚步，手脚并用缓缓攀爬上了"天梯"，慢慢进入了山顶称之"南天门"的石拱门，最后，伴随着他俩不时发出的惊恐的尖叫声，他俩和老法师身披黄色袈裟的背影消失在了云雾之中……

天色渐渐暗了下来，他俩带着劫后余生的表情下来了，但却是极其欣喜地反复向我诉说登顶后的种种感受。说站在山顶上能看得到金沙、遵义县城，甚至贵阳省城；老住持还特意为他俩打开了常年紧锁的玉皇阁；说只有在山顶才能真正体会杜甫《望岳》诗中"会当凌绝顶，一览众山小"这两句诗的含义与精妙。

我无言，只能默默地随着他们下山，心中充满了羞愧与惋惜。下了大庙，下到了财神庙，这里有县里派来的越野车等着接我们下山。在夜色苍茫中，我们一行下了白云山，离开了终生难忘的岩孔镇。

金沙采风活动虽然结束了，但我一直在期待，期待能在下次某个时候再来金沙，再次攀登白云山。那时我一定会克服心中的恐惧，勇敢地登上玉皇顶。还要带上棉衣在山顶过夜观日出，亲眼看到当地人叙说中的"拂晓时分遥远的东方天际那轮火红火红的太阳喷薄而出"的伟大壮观。

父　亲

　　我常常独自思念着父亲，虽然父亲去世已经好几年了，但我总有一种感觉，恍惚觉得父亲还在我的身边。

　　父亲是个勤劳、朴实、正直善良的农民，劳碌终身，无甚奢求。他只读了一年半的书，不识几个字，尝尽了没有文化的苦处，所以，他非常希望我们家能出个有脸有面的读书人，想不到这竟成了父亲一生的精神支柱。

　　看到瘦小的父亲日夜奔波，想方设法为全家六口人寻生计，为我们兄妹找钱上学，作为长子的我时常对父亲说我不想读了，但都遭到父亲无情的训斥。

　　为了供我们上学，父亲除种好六亩责任田外，还高价承包了村里的三口鱼塘。好在父亲那时还年壮结实，浑身有使不完的劲。正午时分，别人都回家摇扇休息了，而父亲又戴着那顶破草帽出去割鱼草。父亲在夏天爱穿短裤打赤脚，说是干起活来方便，湘南的夏季烈日当头，地面被烤得火辣辣的，田沟里边的水也被晒得很是烫人。父亲每割几把草，都要用长年搭在肩上的长汗巾抹几把汗，有时，父亲图凉快干脆往自己手背腿肚上涂一层稀泥，活脱脱一个滑稽的"泥巴人"。乡亲们见了，揶揄道："老子当牛变马，儿子却坐在家里看书享清福。""幺叔，等儿子坐上候车室，你就不用卖老命喽……"父亲听了，心里很不是滋味，但还是赔着笑脸，心想：儿子未必就不会争气。

　　我在县城读高中那几年，自己吃的大米都是父亲鸡叫三遍就起床，吃了母亲的炒剩饭，燃着杉树皮火把，一次背上五六十斤步行四十多里山路亲自送来的。父亲每回来到，我们都还正在上早读课。几十年重负压在父亲累成的驼背上，父亲更成了一张满弓。父亲顾不得腰酸腿痛休息一会儿，马上又说家里活忙要赶回去。当我向父亲汇报说自己又取得较好成绩时，父亲黝黑干瘪疲倦的脸上露出了难得的阳光灿烂般的笑容。临别时，父亲总要反复叮嘱，家里你不用担心，我有钱，饭要吃饱，你只管安心念书。我目送着父亲慢慢地走在回家的路上，突然间发现，父亲比去年苍老了许多许多。

我们四兄妹就是这样花着父亲的血汗钱读上初中、高中和大学的。

然而，就在我大学毕业南下深圳找工作的那段落魄日子里，我却突然收到了正在读高中的小妹的来信。信上说父亲因劳累过度患上了绝症，鼻腔没日没夜地流着脓血，父亲又怕花钱坚持不肯上医院治疗，托人找点草药凑合着。现在父亲是靠喝米汤度日，身子瘦得只剩皮包骨了。但父亲却仍然很坚强，尽量自己维持着自己的吃喝撒拉。父亲也知道治不好了，他有一个遗愿，说他死后要葬在故乡长岭上他亲手栽的那几十亩板栗林中，他死后也要替儿女看护这片板栗好卖钱，让我们继续上完学……不等把信看完，我已是泪水滂沱，泪眼蒙眬中，我似乎又看到了瘦小的父亲戴着破草帽穿着短裤，驼着背顶着炎炎的烈日在田沟里用镰刀艰难地割着鱼草，每割几下，就用长年搭在肩上的长汗巾抹把汗……

啊，父亲，年仅五十三岁的父亲！

盖寨行

盖寨，我来了。

当载有独山作协一行十五人的中巴车徐徐驶进独山县上司镇盖寨寨门时，我不禁由衷发出了欢呼声。

两旁青山突兀耸立，对峙形成一道天然的险峻隘口，人工再用厚重方形的麻青石连接砌成古牌坊式寨门，颇显威严、沧桑之感。它任由岁月风雨无情地剥蚀，静静地蹲伏着，默默看管呵护着全寨。

进了寨门，大家眼前忽然一亮，只见四周此起彼伏的重峦叠嶂，连绵起伏簇拥成一个偌大的"围城"，中间留下了一片非常开阔且平坦如砥的盆地，估计有四五百亩面积大。盖寨就位于这片原野的正中央，此时正值阳春三月，田野里黄灿灿的油菜花正笑得热情灿烂，就像一片黄色的海洋；而青瓦白墙的盖寨村落恰似浮在海洋上一艘待发的帆船。

盖寨的山非常有特色，是典型的喀斯特地貌。千仞危壁似斧削一般拔地而起，裂缝纵横的峭壁上长满了土花苔藓，绿意森森。这里的山峰神态各异，既有秦山的雄伟，又有庐山的清奇；既有峨眉的秀丽，又有黄山的峻峭。人们根据山峰的酷似情况，把它们唤作笔架峰，狮子峰，双乳峰……最神奇的当然要数那回音峰了，人们都说此山峰中间全是空的，所以能产生回音。对此说法，按照北宋文学家王安石在《游褒禅山记》中"事不目见耳闻，而臆断其有无，可乎？"的观点，我们认为回音的原理尚有待有关专家进一步考证。

说到山峰，别忘了盖寨村落中心部位也有一小山拔地而起，山上岩兀立，乱石横生，石缝子龇牙咧嘴，有几处形成天然石洞，在岩石空隙地带，灌木丛生，密密麻麻的葛藤爬满了石崖。山顶上有一八角亭，是村民为祈求神明庇护集资修建的，名叫保寨亭。亭上有一副对联"寨保亭子亭保寨，人护树木树护人"。这是一副奇对，无论从首尾读起都是一个意思，足显他们保护大自然的意识和文化底蕴的深厚。

盖寨有一条小河，名叫外拉河（布依语，外拉即"下游"的意思）。河水清澈见底，我们可以看见许多小鱼儿在河中水草间自由追逐嬉戏。巍巍的山影倒映在水中，细蒙蒙、青黝黝，仿佛一个碧翠的梦境。这河就发源于双乳峰山底的洞穴中，同行一个作家笑说这是大自然馈赠给人类的乳汁，这话引得我们兴味陡增，个个俯下身子，用双手掬一捧河水入口，真甘甜呀！不亚于富含矿物质及多种微量元素的天然矿泉水，不愧是上苍对盖寨格外的青睐与恩赐。

盖寨民风淳朴，民众勤劳朴实，因它地处偏僻及其独特的险要地势，使其在历史上很少遭受土匪的抢掠及战争的焚燹，村中古建筑保护得尤其好，具有上百年历史的民居比比皆是。青瓦白墙，雕梁画栋，飞翘的屋檐，镂花的窗户栏杆，都无言地向世人诉说盖寨昔日的安宁和富庶。

据说，盖寨是独山花灯三大发源地之一。盖寨愿灯历史悠久，据史书记载，清朝嘉庆年间，盖寨便出现了愿灯的演出活动，清末民初最盛，盖寨土生土长的民间花灯老艺术家陆树琦更是享誉省内外。愿灯的主要内容是请神祭祖，娱乐鬼神，驱魔祛凶，保佑主人家升官发财等。有一定的封建迷信成分在内，但其作为一种古老的歌舞文艺形式，在研究风土民俗方面，愿灯以其原始古朴神秘及其独一无二性，却有着熠熠生辉的魅力和价值，引起了省内外相关专家的高度重视。愿灯现已被贵州省列为省级非物质文明文化遗产保护项目。现今也在积极申报国家级非物质文化遗产项目，到时候，神秘古老的愿灯得以保护、传承、发展。

当傍晚的西天缀满鲜艳的彩霞，林丛的阴影也开始扩大、加深时，我行在盖寨幽深曲折的小巷中，脑中一直回荡着刚才主任的一席话："盖寨这些年来由于一直靠单一的农业生产收入，经济发展后劲不足，至今仍然属于县级贫困村，村民生活尚在温饱线上徘徊。"我心中久久不能平静，再加上我目睹了有些村民住处的寒碜，生活上的捉襟见肘时，我更是心潮难平。好在又听说盖寨现在积极发展旅游业，做大做强以愿灯为文化品牌的风情民俗文化产业。"好风凭借力，送我上青云。"但愿盖寨这艘帆船能趁党中央国务院做出的大力建设社会主义新农村的这一重大战略决策的东风，扬帆出航，最终把盖寨建设成一个名副其实的"风水宝地"（盖寨在布依语里即"风水宝地"的意思）。如果真能这样，那么我们将不虚此行！

城乡之间

尽管在城市生活了近二十年，但我还是偏执地认为自己仍然是个乡下人，并且始终忘不了生我养我的乡下老家。

我的家乡深深掩藏在湘南山区的大山皱褶里。父母都是那时说起来高尚，实际却是很被人看不起的"修理地球"的农民，所以，我一降生就跟周围的绝大部分人一样，是乡下人。在 20 世纪 70 年代，城乡的差别可谓大矣，城市户口的在吃粮、招工、提干等方面拥有绝对的优先权甚至是特权。我敢肯定地说，能吃上"国家粮"是当时乡下人普遍的最大的奢望。

我们村子最漂亮的妹子细华最终嫁给了城里烧锅炉的王聋子，他不仅聋，而且腿还有点瘸。村子里为她争得翻了脸红过眼的几个年轻后生个个耷拉着脑袋，像斗败的公鸡泄了气，没了辙。人家是城里人，吃的是"国家粮"，你怎能跟人家比？细华夫妇有年回娘家来拜年，我亲眼见过细华的男人，他的形象，说句老实话，我实在不敢恭维，更何况走起路来还一拐一拐的。但是他穿着料子布做的干干净净的衣衫，举手投足间透露出来的城里人特有的傲气，以及乡邻们对他投来的羡慕的目光，都深深印在我幼时的脑海里。

我也还清楚地记得小时候，每当田地里的庄稼成熟了，有时天都快黑透了，还不见在田地里干活的父母回家。我一个人在家里很害怕，就壮着胆子去村头等候，等着等着，有时会不知不觉地睡着了，等我醒来时，我已躺在床上，父母把我抱回来了。我静静地躺在床上，听到父母亲摸黑在灶房火塘边用柴火烧晚饭，长吁短叹地说着话："大崽生在我们家真是造孽，到这个时候都还没有晚饭呷，城里人为啥子命就那样好呢？"我知道他们说的大崽就是指我，在火塘柴火忽明忽暗的光亮中，我依稀看得清父母日益消瘦的佝偻的背影，我泪流满面，心中油然而生一种说不出的心痛。

时光荏苒，光阴旋转，我大学毕业后，如愿以偿地进了云贵高原某市的党政机关，过上了当年父辈们所谓的有脸有面的城里人的生活。但因为父母亲早逝，加上换乘火车也极不方便，我已有近十年没有回湖南老家了。其实也还有另一个原因，那就是我误认为携带出生在城里的妻儿回老家，老家的生活条件太差，会委屈生活上养尊处优的他们，所以我一直都没有成行。去年春节，受不住幺叔的盛情邀请，我终于携妻儿回了趟老家。没想到这一去，日夜魂牵梦萦的故乡发生的变化，却让我看得目瞪口呆了。

记忆中村子里清一色的土坯房不见了踪影，只见眼前是一片新建成的住宅小区，几十座造型别致的楼房，错落有致地林立着。崭新的墙面贴着乳白色与淡黄色的瓷砖，与周围不乏名贵的绿树繁花交相辉映，显得生机盎然，豪华气派。幺叔满脸兴奋地告诉我："这几年，农村好事不断，农业税免了，种养殖有补贴，参加新型农村合作医疗，只交二十元钱，看病管一年，村里积极响应政府号召，大力发展冰糖橙种植，现在发了！家家都发了！"幺叔兴致颇高，如数家珍般地对我讲起村子里的种种变化，还特别提起说现在村子里好几家的媳妇都是城里嫁过来的。碰巧我还遇到了儿时玩得最好的伙伴国武，小时候他是我们村子里这帮毛头小孩的首领，人很机灵，鬼点子最多，下河摸鱼蚌、上树掏鸟蛋，数他最在行，可就是不爱学习，小学未毕业就早早辍学在家务农了。可是听幺叔说，国武近几年靠做冰糖橙批发生意发达了，买了一部价值四十万元的丰田皇冠轿车来家溜达玩耍。我俩一见面就寒暄，寒暄过后他就委婉地询问我在城里的工资情况，当我硬着头皮说我每月有将近四千元收入时，国武用了一种意味深长的眼光看了我一眼，然后气派地甩给我一包价值七十元的"软中华"香烟，"城里来的大秀才，尝尝这种烟的味道，我这个当农民老大哥的天天就抽这个"。我感觉出，他说此话时，有一种强烈的优越感溢满了他那张油光肥胖的脸。顷刻间，我身上那份长久待在城里养成的自以为是的矜持和矫情，就像爆炸了的氢气球，一下子消失得无影无踪。

回到故乡的头一晚，我就失眠了，百感交集，有点失落，但更多的却是对故乡发生翻天覆地变化的自豪。父辈们想上好日子的梦想终于实现了。也有点遗憾，遗憾辛勤劳作终生的父母英年早逝，他们不能亲眼看到这一切。

今后每年的春节无论如何我都一定要回老家过年，一是再去故乡用心去找寻那份永不忘怀的乡情和亲情；二是再去亲身感受故乡在社会主义新农村建设中取得的巨大成就。

仰望思亲桥

　　一个秋日午后，我来到独山县基长镇，特意拜谒心仪已久的阳地村，透过230年历史的烟云，我一步步走进魂牵梦绕的阳地思亲桥。

　　阳地人杰地灵，底蕴丰厚，因人才辈出而被誉为"朝阳梧凤"之地。文苑如享誉西南的"水云山"诗人廖东皋，武行如辅佐冯子材取得"镇南关大捷"的军中幕僚廖景森，以及奉天省警察厅厅长、影响了张作霖一生的廖彭，贤达如为当地群众捐资修建10多座桥的通达人士廖晟。而我今天却不想惊扰以上先人的幽梦，我要走进的是阳地村两位孝子的故事，廖震阳和廖芝兰父子两个用条条方方的青石块为我们后人砌筑的那段有关孝道的凝固的历史。

　　乾隆壬辰年（1772），清朝廪生后授登化郎的廖震阳因其母夏氏去世后，日夜思其母恩，便在阳地村前河上修桥，名曰"思亲桥"（又曰"望母桥"）。同治年间，廖震阳之子廖芝兰又修五层石塔于桥侧，倍思其亲，并时常将思亲文稿焚于塔内，祭奠先人，后人称之为"葬字塔"。他们父子的行为，很让我想起历史上的王裒，他是魏晋时期营陵（今山东昌乐东南）人，博学多能。父亲王仪被司马昭杀害，他隐居以教书为业，终身不面向西坐，表示永不作晋臣。其母在世时怕雷，死后埋葬在山林中。每当风雨天气，听到雷声，他就跑到母亲坟前，跪拜安慰母亲说："裒儿在这里，母亲不要害怕。"他教书时，每当读到《蓼莪》篇，就常常泪流满面，思念父母。

　　其实，孝道作为中华传统道德中的根本，它有永恒的魅力，篆体的孝字，上面是个弯腰弓背、白发苍苍、手拄拐杖的老人，下面是个小孩，向上伸出双手托着老人。这就很好地诠释了父母一生辛劳，将子女抚育成人，子女有责任和义务尊重、关爱、赡养父母。我们都知道太多太多有关孝的故事：王祥的"卧冰求鲤"，董永的"卖身葬父"，庾黔娄的"尝粪忧心"……这些故事之所以感动我们，是因为正如宋代诗人何铸说过的那样："动天之德莫大于孝，感物之道莫过于诚。"

我们也一定能够理解从独山阳地走出，去异地为仕的廖震阳这位孝子修建"思亲桥"的心意了，他孝心诚笃，母亲生前竭力侍奉，母亲死后因不能常来家乡探望母墓，故而才修建此桥。"树欲静而风不止，子欲养而亲不待。"这该是怎样的一种心痛和人生悲哀啊！或许是廖震阳自觉违背了孔子的古训"父母在，不远游"而深感自责和愧疚吧。但不管怎么样，他修建此桥就是要表达自己千里之外的思亲之情，思亲之痛。思亲桥——一个大写的"孝"字。

我徜徉在阳地思亲桥畔，只见眼前是一派秀美的田畴阡陌，正如一首赞美阳地的诗写的那样："桥如弓，塔似箭，一弯流水过村前，百年古树指云间。村前田畴鳞集，寨后畦町相连。浅溪流水潺潺，青山墨松舒卷……"阳地山清水秀，环境清幽，民风淳朴，我来到这里，恍如置身于陶渊明笔下的世外桃源。

我被廖氏父子的孝贤之举深深感动之后，又在思考：21世纪的今天，我们仍然要提倡孝道吗？答案是肯定的。常说家庭是社会的细胞，每个家庭都父慈子孝了，社会的和谐还会离我们太远吗？和谐是社会发展的基石，只有家庭和谐了，才会有我们社会的和谐。但我们又不能拘泥于一种孝敬模式，贫困家庭的老人首先要解决温饱，而温饱已不是问题的老人更需要的是精神的慰藉。父母对我们的要求其实并不高，有时候一个笑脸、一句感激，也许是电话那头的一声问候，就会让我们的父母感到无比地满足。

夕阳西斜，我要离开阳地了，站在村口，我再一次仰望暮色之中静穆的思亲桥，它历经了230年岁月风雨，仍然是那样地敦实而肃穆，显得神圣而不可亵渎。我心中在默默祷念：年轻的朋友们，父母亲总有要永远离开我们的一天。孝敬是不能等的，否则将会在心中留下永久的遗憾。

牛角岩的传说

"维寨风光好，奇峰鬼斧裁。清溪谷底走，山上桐花白。"笔者此诗描绘的就是独山县水岩乡维寨村春天的美好景色。走进维寨，你会看到奇特的喀斯特原始阔叶林区和秀美迷人的维寨河谷风光。维寨原始风光景区内有猴儿山、门闾河、牛角岩、将军山等奇特景观，其中许多景观在当地还流传着许多古老而神奇的传说。其中牛角岩的传说最脍炙人口。

牛角岩是一块巨大的岩石，立在维寨河的河堤上，岩石上有一对水牛角壁画。

传说很久很久以前，著名的道教内丹修炼的集大成者张三丰道士在维寨景区内的猴儿山上修炼时，看到当地百姓依然过着刀耕火种的清苦生活，决定帮他们一把。于是择定吉日良辰，净手、焚香，面向东方天庭的兜率宫方向祷告，恳请道教祖师爷太上老君帮忙。太上老君听闻实情后，决定派遣自己过函谷关时所骑的坐骑青牛下凡到人间。临行前，太上老君再三交代青牛，要求青牛施展法术犁遍维寨所有田地，但只能在夜间干活，天一亮必须遁形休息，否则天机泄露必遭天谴。

青牛告别主人后，脚踏五彩祥云降落到维寨，见此地真是一个风光绮丽的好地方，时值春夏之交，维寨漫山遍野的红杜鹃、紫杜鹃、桐子花把山山岭岭点缀得如画如屏，如诗如画，令人陶醉。青牛不敢懈怠，每到夜晚，便不辞辛劳地帮助维寨村的老百姓翻耕土地，青牛耕地很是卖力，几个夜晚下来，维寨的那一块块田，一垄垄地都翻耕得差不多了，只差最后一晚便可大功告成了。

花开两朵各表一枝。话说村子里有一个贪心的老地主，名叫潘四，平日里，他就是一肚子坏水，仗着财势经常欺负左邻右舍，大家敢怒不敢言。这几天他见村子里的土地莫名其妙地被翻耕过了，感觉其中必有蹊跷，于是最后那晚，他一夜没睡，躲藏在维寨河边附近开满雪白桐子花的树丛中静悄悄地观察夜晚四周的动静。到了半夜，只见青牛出来了，青牛肩膀上自动驾着一把犁，青牛拖着犁神速地来回翻耕土地。潘四见后，一切都明白了，原来是青牛在帮助村里的百姓。潘四转念又一想，要是能把青牛捉着，据为己有，就能卖个大价钱。人心不足蛇吞象，潘四越想越得意。贪念使人变得邪恶，潘四决定斗胆捉拿青牛。

青牛正专心忙于犁最后那块地时，不提防被悄悄靠近的潘四一下子牵住了鼻子。青牛奋起反抗，但自己的要害部位鼻子被牵，青牛始终未能挣脱潘四的手。人与牛就这样互不相让地僵持着，扭动着在一起。眼看东方破晓，天就要亮了。青牛知道：一旦天亮，自己必遭天谴，回不去天庭了。

正在此千钧一发的时刻，张三丰前来解救了，他披头散发、双手高举桃木剑，立在猴儿山的山巅上作法，朗声念起《土地神咒》："此间土地，神之最灵，升天入地，出幽入冥。为吾关奏，不得停留，有功之日，明书上清。吾奉太上老君急急如律令。"咒语话音刚落，只见一道寒光从远远的天空直射潘四的手背，吓得潘四魂飞魄散，倒地身亡。由于事发突然，青牛脱身时因为惯性，整个身体俯冲到了维寨河的河堤上一块巨石上，牛角碰得山岩巨响，地动山摇，牛角深深印在了岩石上。就这样，青牛终回天庭兜率宫太上老君身边，但这块大岩石上却永远留下了一对深深的牛角印。从此，人们便叫这个地方为"牛角岩"。

时光的风风雨雨也许会冲刷一切，但今日的维寨却依旧那样美丽那样诗意芬芳，维寨河的溪水也依旧那样清澈动人蜿蜒流淌，只有维寨河边牛角岩的存在却仿佛在无言地向人们诉说那逝去的传说，也仿佛在警示人们要知恩图报，千万不要做潘四那样的贪得无厌者。笔者有感牛角岩传说，口占七言诗一首作为此文的结尾。"神牛下界到人间，半夜悄声自耕田。农叟欲捉归自己，天亮牛遁角成岩。"

风味独特的"血豆腐"

在黔南独山布依族农家中，逢年过节或招待贵客时，餐桌上总少不了一味佳肴——血豆腐。血豆腐物美价廉、营养丰富，而且制法简单，食用方便，因而深受广大布依同胞的喜爱。

制作血豆腐的原料是水豆腐、猪血、肥肉末及常见的佐料。具体制作过程是：第一步，先把手洗干净，然后把一定量的水豆腐放到盆中用手揉碎，再倒入一盆新鲜的猪血，同时加入两斤剁成肉泥的肥肉末及适量盐和花椒末，再一次用手细心地把它们搅拌揉捏均匀。第二步，把混合均匀的豆腐用手挤捏成拳头状大小，用已经焯过的青菜叶一片或两片细心包好，然后把它们放在灶台上烘烤，使部分油水流出来，烘烤时注意要不时翻动，使之受热均匀，不至烤煳。第三步，等烤得较干较硬时，就可用干净密封性能较好的坛子把它们装起来，这样便于长时间贮存而不变味。

待食用时，从坛子里取一两坨出来，用菜刀均匀地切成片，排在盘子上拿去蒸个 10 分钟左右，端出来即成一盘清香扑鼻、色香味俱佳的美味。食来脆中带酥，爽口而不觉细腻，麻中略有香甜，实在是贵州众多美食中之佼佼者。

初秋，我又来到你家门前

罗春桃　曹　源

又是一个初秋，我来到你家门前。斑驳的院墙，落地的枯叶，风蚀的老屋，乡情依旧，说不清是离恨还是忧伤。

不敢叩响你家的房门，我不忍看到二老那两鬓斑白，翳眸苍凉。在老人面前，我能说什么呢。对你的记忆敲击着我隐痛的心。

十六年前，那是个凄凉的初秋。你悄悄地走了，像一片霜叶轻轻地飘离，无影无踪。落叶都还知道归根，可你呢？竟然撇下你的亲人和朋友，走得那样仓促，一去不返。悄悄地，你留下一张字条，只说你是出一趟远门，托我经常去看望你的双亲。我猜想你肯定去了海边，你说过，你特别向往大海，敬慕大海的博大、澎湃的气质，喜欢大海谦逊、含蕴的品格。在你的小屋里总渲现着海蓝的颜色。你说过，假如人的一生只有七天，你要用六天翻越重山奔向海岸，第七天尽情享受大海。

那年初秋，教育的职业让我与你相识。青春做伴的校园生活拉近了你和我，我们成了喜忧相诉的好朋友。你有个毛病让我特别忌妒，就是再忙再累，今天的工作绝不拖到明天。头天收的作业和测验，第二天一大早你总会把批改结果明明白白地放在五六十个学生面前。你说这叫"现蒸热卖，效果好"。可你能不能慢那么一丁点儿？免得我这个做妹妹的跟在你后面跑得累，你也犯不着废寝忘食劳累自己。看见你日渐消瘦，茶饭不思。同事们好言相劝，你却笑而不语。校长特许你长假，老师们自愿为你顶课，可你却坚定地摇摇头，说还行。你真的还真行，学生病了，你送药端水，嘘寒问暖。你说："这些山里的孩子不容易，班主任不管谁管呀。"

碰到评优评模，你总笑吟吟地说，让最需要的教师上。自己还年轻，机会有很多很多。

每天早晨，你总是第一个走进办公室，带着年轻人做好工作前的第一件事，当老师们走进窗明几净的办公室时，年长者总叫你一声殷妹，年轻人称呼你殷姐。

你有一副甜蜜的歌喉。月光下，篝火旁，你那动听的歌声、婀娜的舞姿、轻盈的步履，迎来众多粉丝。五音不全的也罢，动作笨拙的也罢，都忘形地跟着你唱啊、跳啊。夜幕下的山弯，山寨灯光点点，学校的院墙里火树银花，传来悦耳的歌声和笑声。

可如今，你走了，带走了你孜孜不倦、温馨近人的身影，带走了令人神往的舞步和歌声。

初秋，我又来到你家门前，仿佛看见你久违的身影，笑眯眯的，为我打开房门，却听不到你暖心的话音。你走了，丢下了你年迈孤苦的父母，丢下了永远怀念你的老师和学生。

你悄悄地走了，走得那样利索，没有带走一粒沙尘。你走得那样洒脱，把所有的阳光和生机留给了后人，唯独带走的是你享受大海的梦想。

我的殷姐走了，留给妹妹的是初秋的凄凉和哀愁。我能为殷姐做什么呢？只有为殷姐祈祷，祈祷我的殷姐一路春风，饱览大海。

光棍轶事

　　光棍的名字叫一根，今年五十老几了，衣着邋遢，头发胡子灰蓬蓬的，目光茫然，话语极少，仍是孑然一身。其实，他也是结过婚的，不过婚龄很短，不到两年，媳妇就跑了。

　　一根是在城里读的初中，当初在那个山旮旯儿的村子里，算是见过世面的知识分子了。初中毕业后，他便在村里小学当代课教师。

　　他不会拼音，给课文生字注音时，他一律采用汉字。如袁读元，逻读罗。当碰到一些没有同音字的生字时，他就急，窘得满脸发红。要么打囫囵跳过去，要么牵强附会地找些近音字来应付。当有学生提问时，他就很慌张，心虚地回答说："差不多是这样的，差不多是这样的。"

　　有好事者便编了这样一句戏谑的歇后语：一根上课——差不多是这样的。

　　一根好酒，不管下午有课无课，中午必喝它两口。有回他醉酒去教室，学生见他像红脸关公，酒糟鼻红得似乎要滴血，走路打拐，一歪一斜的，学生们忍不住窃窃笑起来。同学们，老师今天怎么啦？他醉眼蒙眬，用手指着自己的脸，舌头打翘道："老师又醉酒了！"

　　学生们笑得更欢了。

　　"醉酒了咋办？"

　　"醉酒了好好休息。"

　　"那老师休息了，同学们自习。"

　　说完，他真的踉踉跄跄去睡了。

　　快三十了，一根还说不上媳妇。为啥？因为一根馋，因为一根穷，因为一根是个末流的代课教师。一根心里就急，体内就躁。最后甜嘴哄得邻村一跛脚姑娘把铺盖搬过来，就算成亲了。

一年多点，媳妇临盆。是难产一直生不下来，挣扎得气力都虚脱了。媳妇苦苦地哀求，让她吃碗饭增添些力气。谁知一根怎么回答："现在都吃光了，今晚我吃什么呀？"（当时正处于全国困难时期。）硬是不肯答应。最后，胎死腹中。而娘家给媳妇坐月子送来的一坛糯米甜酒瓤也被一根添吃得一干二净，哪管床上痛苦呻吟的媳妇的死活。死里逃生拣到一条命的媳妇月子未坐完就跑了，再也没有回来过。

当有师范毕业生愿意分配到这村子时，一根便被淘汰出教师队伍。

多年养成的天塌下来也无所谓的他，田地里的体力活自然是不愿干、不屑干的。他从城里贩来一点小百货，在村口摆了个小货摊。可他又不用心经营，每日懒觉睡到日上三竿，他不会笑脸迎客，枯坐在摊子边，一张旧报纸遮住大半块脸，不知是在打瞌睡呢，还是在逐字逐句地咀嚼报纸。顾客有时喊半天，才见他不紧不慢地抬起脑壳，两眼惺忪，"嗯"一声算作答应。

生意很不景气，挣得的钱勉强够他个人糊口而已。就这样，一根真正开始了一人吃饱全家不饿的光棍生涯。

一晃二十多年过去了，看他那副懒散疲沓、无所思无所虑的模样，想来他已完全适应并满足于这种光棍生涯了。

红 雪

一

1950 年腊冬某个深夜，夜正似鹏鸟那双巨大无朋的黑色双翼，把黔桂边境偌大的 M 镇严严实实地遮护着，伸手不见五指。莫家大院位于镇东南一隅，此刻也在夜的呵护下睡着了。大院里偶尔飘荡开来的几声短促慵懒的犬吠，有如夜半熟睡的行客胡乱发出的梦呓和呻吟。风呼呼作响，是严冬劲且哀的朔风，挟持着砭人肌骨的冷雨，呼啸而过。

为啥子雪还不下呢？下场雪就好了。匪首何珍心里窝着火，他那双乌金般的眼睛，黑暗中能感觉正发出咄咄逼人的凶光，这是一双长年因极度愤怒而扭曲变形的眼睛。他的身后悄无声息地紧跟着手握二十响盒子枪的三十多名惯走夜路的土匪。突然，栖息在不远处一株古柏上的一只寒鸦，此刻不知何故，猛然发出"哇"的一声怵人的怪叫，扑腾扑腾地飞走了。不期然间，何珍似乎听见了春蚕吃桑叶那种"沙沙沙"的响声，千真万确，是那种声音。匪首何珍不由自主地伸出了自己粗粝硕大的双手。哈，是雪，果然下雪了。沙子雪洒洒扬扬地下着，濡湿了一行人的脖颈。但这支队伍却显然因这场久期而至的大雪激动了、亢奋了。空气中顿时有火药味、血腥味在弥漫。

"叭——"，接着又是几声枪响，然后整个莫家大院内传来了激烈的厮杀声。内院的寝室里，五十来岁，矮胖秃顶，白净脸皮长不出半根胡髭的莫宅主人莫清恍然惊醒，慌张伸手抽出枕头下的手枪，一骨碌坐了起来。陪睡的三姨太吴氏吓得赤条条钻进被窝，浑身撒糠地抖个不停，哆哆嗦嗦地缩进了床底下躲藏起来。

这一天终于还是来了。昔日骄横不可一世的莫老爷双眼一下失了神。目光空空落落. 一切都完了，前院那二三十个好吃懒做贪生怕死的团丁绝对不是这伙剽悍残暴狠毒匪徒的敌手。他肥白臃肿的躯体只着了条短裤。神情沮丧得像一条老狗。颓然地坐在床沿发怔愣神，右手无力地提着枪，痛苦地用左手捂上了死灰般的眼睛。报应啊，往事又如同流水一般从手指间的隙缝处流溢出来……

<h2 style="text-align:center">二</h2>

十年前，声势煊赫黔桂边界的M镇豪绅莫清还正得势，顺顺当当地做着州参议员。乘时局混乱，勾结一批奸商，做一些平常人不敢问津的枪支、烟土生意，大把大把地捞钞票。而且莫清为人狡诈凶残，颐指气使，气焰十分嚣张，成为远近闻名的"南霸天"，就连M镇镇长老爷也惧怕他三分。

这天，深秋的太阳刚刚西斜，湛蓝的天空中偶尔有几朵棉絮般白云飘过。位于M镇东南隅豪华威严的莫宅正人声鼎沸、热闹异常。莫宅主人莫清正为其享年八十又二的父亲大办丧事。丧宴办得极其有排场，光大肥猪就已经宰杀了五十多头，前来吊孝的人还络绎不绝。是日，M镇内不分住户还是两省过往客人，不分贵贱长幼男女，皆分发白孝巾，招待入席。镇上一片缟素，场面极其浩大壮观。前清落魄秀才莫老太爷恐怕生前未曾想到，死后竟会得到如此隆重的礼遇和崇敬吧，他该死后瞑目含笑九泉了。

莫老太爷的灵柩停放在前厅里，孝堂里堆满了数不清的花圈、祭文、纸扎的各种牛头马面、金童玉女。纸钱一大捆一大捆地投到香炉内焚化。灵堂内，香火闪烁，烛光摇曳，风环着烧化的冥纸腾绕而上，一派庄严肃穆。莫清此刻却正在西厢房三姨太吴氏的寝室里同吴氏调笑打趣。"咚咚咚"，门上响起了焦灼的敲门声。莫清忙收敛了神情，起身开门。原来是管家詹才，他长得像个猴子，那只尖细的嘴巴附在莫老爷耳边一阵嘀咕。莫清立刻变了脸色，急匆匆随詹才走出了房门，把惯于嗲声嗲气弄姿作态的三姨太冷在床沿上发怔。

来到后院客厅，只见刚为莫老太爷测坟穴回来的"张半仙"正坐在八仙桌旁啜茶憩息。张半仙见莫老爷进来忙不迭地起身让座。

"难道真测到有一处风水宝地？"莫清问。

"是、是，自古云：'发家靠屋场，当官靠祖坟，'如果有人能葬到老虎坡这片上好的风水地，那么定能庇佑子孙，世代其昌，后辈必定大发，将来势力不在莫老爷您之下啊。"张半仙摆弄手手中的罗盘，故弄玄虚地答道。

"这块宝地现被谁葬中了?"莫老爷开始紧张了,他用手解开了玄色的丝质长衫上面的一颗布纽扣,脸额上有密密麻麻的汗水浸出。

"是从山东来本镇开'威武武馆'的馆主何其雄,今年 40 岁,上个月暴病而死,胡乱葬中的。不过,乘其下葬不久,吸取地气有限,尚可破之。"

"啥个破法?"莫清黯然无神的眼睛一下闪现出了一丝不易察觉的凶光。

"首先,掘坟开棺,破坏死者肉身,散掉附身的地气精华。其次,测良日吉时,安葬莫老太公的灵柩在原来墓穴。莫老太公定能马上仙气附体,你们莫家后辈必定大发。"

"这还不撒脱(容易的意思)?今晚就叫人悄悄把那死鬼废了,找个地方另葬。管家,拿两百大洋来,酬谢张老,测定黄道吉日。"

过了两天,莫老太爷已经下葬稳妥。管家詹才又闯进来了。怯懦地告诉了他一个惊吓人的消息:翻出来的何其雄尸身,面色如生人一般,红润有光泽;而葬下去的莫老太爷的坟墓昨日自动膨胀;并且不知何故从坟墓中间裂开了一条大缝,从缝痕来看,好像不是人力所为。而且满城都传说何其雄前几晚还托梦给他儿子何珍,讲述自己的遭遇。现在何珍已经逃走,整个 M 镇都找不到人影。

"何珍今年多大?"莫清心慌意乱地问道。

"他好像、好像属虎,今年足足十一岁。"詹才迟疑着、吞吞吐吐。

"十一岁的小屁孩儿能反天?"莫清刚说完这句话,突然觉得冥冥中有人朝他头部猛揍了一棍。他一下子觉得天晕地转,眼冒金星,瘫倒在地。自此,他染上了头痛病,并且总治不好,身体一直恹恹的。

三

当莫清好不容易挣脱回忆之绳索的绑缚,披上外衣,正来得及迈开步子时,他突然发现面前横着一端高大坚实的黑墙。着一身皂农皂裤的匪首何珍已不知什么时候来到了屋里,一管黑洞洞的枪口正喷着血腥恐怖的幽光。

"扑通"一声,他不由自主地跪拜在地。拿枪的手被一只钉有马掌厚重的军用长筒皮靴踏上了。顷刻,那只肥肥白白的手有如被笨重的石磨碾过,撕心裂肺、万箭穿心般疼痛,屋中顿时回荡着杀猪般的嚎叫。有黄豆般的汗滴如雨般从那憋成了猪肝色的脸上流淌。浑身上下都在这只似乎有千钧之力的脚下抽搐着、扭动着、挣扎着。这只脚的主人此刻正面目狰狞,发出要吃人的怪叫。

"扑——"，沉闷的一声响，子弹穿进了地上一堆肥胖的肉体。莫清翻着白眼扭滚了几下，最后趴伏成"大"字形死在屋中。白白的眼珠子似乎要突凸出来，舌头吓人地吐出了老长一截，死相极恐怖怵人。

这时，大院西北角有通红火焰借雪风猛烈地燃烧起来。莫家大院乱成了一锅沸腾的粥。

莫家小姐秀的闺房中。匪首何珍正步步地逼向张皇失措的秀。娇小柔美的秀也是刚刚从睡梦中惊醒过来。披头散发，上身仅穿了一件粉红色丝织镂花短褂。下身着一条乳白色的绵绸睡裤，打着赤足。匪首何珍的目光蛇一样紧咬着秀开胸很低的汗褂，浓眉下那双鼓鼓的眼中似乎要喷出火来。秀今年才十七岁，瓷玉般的圆脸，两道若有若无轻烟般的柳眉，昔日无忧无虑秋天湖水般清澈宁静的双眸，此刻虽然充满了惊慌和凄迷，却仍然是那般惊心动魄地撩人，使人心痴意迷，联想浮翩。

四

第二天，镇上的人们发现，偌大的莫宅已被烧成了一片废墟，断瓦颓垣，满目狼藉，镇民打扫战场时，抬来缺头断腿被烟火烧得模糊焦黑的尸首摆放在一起，清点了一下。莫家上至老爷太太下至子媳奴仆家丁，男女老少，恰好四十七具尸身，莫家大小除八岁的儿子莫礼文上亲戚家未归侥幸逃脱，除女儿秀被掳走外，无一幸免。最令人惨不忍睹的是三姨太，她被众匪徒从床下揪出来，被马刀捅死，那双睁得大大的眼睛还残留着惊恐的余悸。

镇上的老人都说那年那场大雪真怪，不旧不迟，不偏不倚，就在要出事的当儿下了。而且老人还说那场雪是他们一生中所见过下得最大的一次。M镇本是个少雪的地方，每年一般下个两三天意思意思就打住了，那年却整整下了三三得九天。大片大片的鹅毛雪铺天盖地而来。当晚，莫家大院里，杀人后那殷红的鲜血汇集在前院地势低平的院坝处，逐渐竟积有二尺来深，真正成了一个血水塘，散发出腾腾热气。雪花飘在上面，马上融化了。雪越下越大，血水塘越积越厚。雪变成了殷红的血，血变成了殷红的雪，雪还在下着……最后，前院里就成了一幅亘古未有的奇观，出现了艳若桃花红似蜡梅的一塘红雪。似一张猩红的地毯，无言地静静地铺在那儿，只有那氤氲的血腥味，还在向人们昭示那是四十七个冤魂的鲜血所化。半夜，有人听见那塘红雪在呜呜咽咽，如泣如诉；也有人看见那塘红雪上人影憧憧，有男有女，有老有少，他们或歌或舞，如癫似狂……

尾　声

　　一九五一年，解放军三个团的兵力进入 M 镇剿匪，三千土匪或死或降，作鸟兽散，匪首何珍拒降，最后被乱枪击毙，压寨夫人秀从此流落民间，生死不详。莫清最小的儿子莫礼文后来改名换姓被亲戚家收养，长大成人，考上武汉某个大学，后出任某省负责人。至今健在，并为作者这篇小说提供了第一手真实详尽的资料。

高山之巅的青松

有人说你是一株迎春的小草
默默地为大地传递春天的信息
有人说你是一株傲雪的蜡梅
冰天雪地里依然绽放着美丽
有人说你是一只勤快的啄木鸟
不遗余力地为森林清除毒害
而我要说你是一棵青松
高山之巅的一棵青松
一棵欺霜侮傲雪、擎托蓝天的青松
扎根在厚实的土地上
无论风霜雨雪，还是寒去暑来
都始终郁郁青青，蓬勃挺立

你是，光荣的纪检人
你的职业平凡而又神圣
你是斩断邪恶的一炳利剑
你是百姓心中的一盏明灯
为了国旗更艳　党旗更红
你选择了风雨兼程
每当处理一起贪污案
说情者总是络绎不绝

你说，你是一名纪检人

不能徇私舞弊

每当你公正执法

就要得罪朋友亲戚

但是，你终无悔

为了公平正义，为了法律的尊严

只有忘记心中的"小我"

才能做到思想行动上的"无私"和"无畏"

才能让大写的"人"字耸立

二十三年的纪检生涯

你参与查处了无数起违纪违法案件

为国家挽回经济损失三百多万元

你啊，不愧为党的忠诚卫士

权为民所用，心为民所系

你时刻把群众的利益　牢记心底

你日夜奔走

一次次帮助农民工兄弟讨回血汗钱

而你

却在年三十的晚上

累倒了

在病榻上度过了本应团团圆圆的除夕

一滴水要永不干涸，就要融入大海

一棵树要引人瞩目，就要站立在高山之上

一位纪检干部自身价值的体现

就是要以身作则、勤政为民、铁面无私、廉洁自律！

这就是你

一位孩子的母亲

一位优秀的共产党员

一位"省党风廉政建设先进个人"

你就是高山之巅的一棵青松!
饱经风霜雨雪
却不改自身的本色!
你的生命执着,而坚强
有人说
山是大地的脊梁
树是大地的精神!
一棵树就是一种人生!!
是啊
像你那样
千千万万不辞辛劳、奋战在纪检监察战线上的英勇战士们
都是高山之巅的一棵棵青松!
是人间最灿烂最美丽的一道风景线!!!